中国社会科学院老学者文库

稼轩词艺术探胜

陶文鹏 ○ 著

中国社会科学出版社

图书在版编目（CIP）数据

稼轩词艺术探胜 / 陶文鹏著. -- 北京：中国社会科学出版社，2024.9. --（中国社会科学院老学者文库）. -- ISBN 978-7-5227-4119-2

Ⅰ. I207.23

中国国家版本馆 CIP 数据核字第 2024C9B588 号

出 版 人	赵剑英
选题策划	郭晓鸿
责任编辑	杨　康
责任校对	赵雪姣
责任印制	戴　宽

出　　版	中国社会科学出版社
社　　址	北京鼓楼西大街甲 158 号
邮　　编	100720
网　　址	http://www.csspw.cn
发 行 部	010-84083685
门 市 部	010-84029450
经　　销	新华书店及其他书店
印　　刷	北京君升印刷有限公司
装　　订	廊坊市广阳区广增装订厂
版　　次	2024 年 9 月第 1 版
印　　次	2024 年 9 月第 1 次印刷
开　　本	710×1000　1/16
印　　张	17.5
插　　页	2
字　　数	229 千字
定　　价	109.00 元

凡购买中国社会科学出版社图书，如有质量问题请与本社营销中心联系调换
电话：010-84083683
版权所有　侵权必究

序

陶文鹏先生大著《稼轩词艺术探胜》即将出版，命我作序，令我惶恐而不能辞。陶老师是古代文学研究领域的著名学者，当今诗词鉴赏方面的泰山北斗，且年长我十余岁，说亦师亦友或不免托大之嫌，但陶老师于我，确实既是良师，又是益友。所以不能辞或不敢辞者，是因为陶老师三十年来在学术上引导鼓励，惠我良多。2015年，我的《宋词欣赏教程》修订再版，求序于陶文鹏老师，其实他那时正忙，既因事要回故乡广西，又正赶着校对书稿，但他不辞辛劳，很快为我写了热情洋溢的大序，让其高足弟子张剑兄寄来，使我非常感动。如今陶老师有命，岂有不从之理。

我和陶文鹏老师第一次相见，是在1994年10月，王兆鹏兄主办的襄樊词学会上。事实上在那之前，我们早已通信联系，真的可说是神交已久了。此前陶老师在主编《宋诗精华》一书，我因同学阎华的关系，承担了南宋部分诗人诗作的鉴赏文字。那时没有手机，往来交流，全凭书信。陶老师的字劲健有力，神采飞扬，其字体较大，往往一行两格，见其字即可想见其豪爽热烈的性格。尤其是他信末常用的"握手"二字，仿佛真的感到他一双充满激情的手伸过来，极具感染力。那时我初涉学海，比较认真，所写赏析文字颇得陶老师首肯；再加上年轻时写过一点新诗，译诗也还可读，故得陶老师谬加青眼。就在襄樊隆中我和陶老师初见聊天时，蒋寅兄从旁说：陶老师总是说，要是所有的稿子都能像张仲谋这样就好了！

陶文鹏老师为人豪爽耿介，虽然也曾经涉足宦海，终不改诗人气质。我与陶老师一见相知，三十余年过去而感情弥深，于文章风格亦殊有同好。陶老师慧眼识文，遇到好文章，每称之不容口。我在与他交谈中，就听他夸赞过很多人的文章境界。前辈学者如钱锺书、吴世昌、程千帆、王水照诸先生，与我同辈的如莫砺锋、胡晓明、吴承学、张宏生、蒋寅、彭玉平诸兄。他认为一个人单篇论文写不好，却写出许多专著，是很奇怪的事情。1996年，我写的一篇《论唐宋词的"闲愁"主题》经陶老师之手在《文学遗产》发表，嗣后数年，每见到学界朋友，一见面就说，陶文鹏先生总在夸你的文章呢！

陶文鹏老师的学术个性，最突出的有两点。其一是他一直坚持和呼吁文学本位意识。用他的话说就是搞文学的人不应该为其他学科打工，文学作品也不应沦为其他学科的佐证材料。文学作品当然可以用作历史学、经济学、社会学或是其他学科的史料，有些前辈学者也确实这样做过并获得成功，但那种破体出位的研究不应成为古代文学研究的主流与常态。当然，陶老师并不主张局囿于文学本身，他非常重视并大力提倡文化学视野下的文学研究。他在《唐宋诗美学与艺术论》后记中写道："立足于文学本位，并不是把眼光仅仅局限在文学上。近些年来，许多古代文学研究者正越来越注意从广阔的文化学视角来考察文学，写出了见解深刻令人耳目一新的论著，把古代文学和文学史研究推向高深的境界，对此，我是非常赞成也努力这样做的。"我1997年在《文学遗产》发表的《试论文化学的批评方法——读傅璇琮先生〈唐诗论学丛稿〉》，就是在陶老师的指导和鼓励下完成的。

其二是陶文鹏老师一直主张文学研究论文要有文学性、可读性。他的论文不只是写观点，更不是仅凭材料取胜。他是把论文当文章来写。这句话好像有语病，但我想强调的是，当我们采用"论文"概念时，我们关注的往往是论点、论据和论证过程；而当我们谈"文章"时，我们也许会更多考虑文章的立意角度、谋篇布局、话语修辞以及艺术风格等。我相信陶老师的每一篇文章都在立意、构思等方面花了不少心思。换句话说，他是努力把论文写成美文，或者说他是以"创作"的态度来写论文的。其实，在老一辈文学研究者中就有不少这样文采斐然的学者。如《古诗十九首初探》的作者马茂元先生，《诗词散论》的作者缪钺先生，《红楼梦论稿》的作者蒋和森先生，《〈雷雨〉人物谈》的作者钱谷融先生，《管锥编》《谈艺录》的作者钱锺书先生，以及陶文鹏老师的导师吴世昌先生等。他们的论著都是有文采，有个性，远离高头讲章，让人读来饶有兴味的。而这种文章作风现在是日渐稀少了。

和诗人观世一样，陶文鹏老师鉴赏诗词也是六根并用。他在《唐诗艺术研究的现状和思考》中写道："既然唐代诗人们把汉语言文字的具象性、抽象性、抒情性、含蓄性、象征性、朦胧性、音乐性、跳跃性、超越性、诱惑性等奇妙性能发挥到出神入化的境地，我们就应该呕心沥血地研究诗人们是怎样运用这奇妙的汉语言文字创作出美的诗意诗境的。"他喜欢探讨书法、绘画、音乐等艺术与诗的关系。看他的文章题目，如《传天籁清音 绘有声图画——论王维诗歌表现自然音响的艺术》《论常建诗歌的音乐境界》《论宋代山水诗的绘画意趣》《论梦窗词气味描写的艺术》等，其实都是在探讨文学作为语言艺术的独特的表现力。他在文中提到，在谢灵运之前，诗中的听觉形象远少于视觉形象；从谢灵运起听觉形象大增，但诗人对于自然音响素材的提炼和概括还不够，同视觉形象往往不能有机融合，至王维则达到音响与景色和谐交融的境界。我看到陶文鹏老师这样的文章就止不住想：晚唐诗中的各种色彩和音响的调和，那才真是到了感觉浑成的极致，甚至好胜的宋人在这方面也未能反超。我要赶紧写这篇文章，题目就叫《诗至晚唐，声色大开》，不然则恐陶老师之我先。及至读到他的《论李贺诗歌的色彩表现艺术》一文，不禁慨叹自愧弗如，只能搁笔了。

陶文鹏老师的诗词鉴赏是当世一绝，这在学术界已成共识。程千帆先生读了他发表在《古典文学知识》之"名句掇英"栏目的文章，致信盛赞其"别出手眼，将古贤摘句图现代化，极具妙解"。《点睛之笔：陶文鹏谈词》卷首有莫砺锋序，称其"谈艺精微"，"探骊得珠"。黄维樑《当代诗话阅读笔记》则把余光中、李元洛、陶文鹏三家诗话并列，称陶文鹏老师是"诗词鉴赏家"，说他"深得风人之旨"，说陶的《点睛之笔：陶文鹏谈词》《点睛之笔：陶文鹏说诗》两大册"是传统《诗句图》和《秀句集》一类著作的开拓创新"。我想，主张"奇文共欣赏，疑义相与析"的陶渊明，和千载之下把此付诸实践的陶文鹏，两人都姓陶，且都是纯真率性之人，古今相望，堪称莫逆，可以相视一笑矣。

前人论诗，有学人之诗与诗人之诗，今人之文，亦有学人之文与诗人之文。学人之文，经之以经史，纬之以规矩，多闻博学，言必有据，或长于文献，或精于义理；而诗人之文，自饶本色，一往韶秀，根于创作，精于鉴赏，即兴发议，重在感悟，其诗心跳跃，诗情漫溢，随性所之，不拘一律。陶文鹏老师之文，即诗人之文也。

陶文鹏老师原是宋诗研究专家，大约在60岁前后，他开始转攻宋词。如果说之前的《苏轼诗词艺术论》，是因为研究苏轼，爱屋及乌，由东坡诗到东坡词，近年来可是由小试身手而成为专门名家了。自20世纪80年代以来，宋词研究渐成显学，是继唐诗学之后，又一块被精耕细作的领地，以至攻读宋词方向的博士、硕士，已经很难选题了。我们总以为古今文人，才力相当，哪有天然好题目留待我辈驱遣，但陶老师以其敏感卓识，总能寻到别出心裁的切入点。譬如《论唐宋词的戏剧性》《论唐宋梦幻词》《论宋词绘影绘声的艺术》《论梦窗词气味描写的艺术》等。这些选题好像自然天成，可千百年来，竟无人问津，专等陶文鹏老师来发掘拂拭，才显露其一段精光。我曾经把这些文章推荐给我的研究生，以为这些文章具有方法论意义，即单从选题炼意来说，已开启文章法门。当然，佛祖拈花，迦叶微笑，这要有慧根才能体悟。

宋词之中，最难研究的也许非稼轩莫属。因为稼轩词成就极高，研究积累极富，自宋代以来将及千载，按说是剩义无多了。但陶文鹏老师专研数年，仍多有发覆表微之处。比如谈到双调词，我们总是坚执教科书的说法，说是上下片的关系，要若断若续，似承似转，不欲全脱，不欲明粘，如是者云云。但陶老师却发现，辛弃疾对词的章法更大胆的创新，乃是他在许多作品中，有意突破双调词按上下片分段的常规，使词意前后紧接，一气贯通，借此表现其难以抑遏的感情激流。如《贺新郎·别茂嘉十二弟》和《沁园春·杯汝来前》等皆是。又如关于词的结句，最常见的不过二法，一种是以景语结，另一种是以情语结。但陶文鹏老师发现，稼轩词中有一些作品，非景非情，而是在结尾处推出一个人物的特写镜头。如《鹧鸪天·游鹅湖醉书酒家壁》结拍"青裙缟袂谁家女，去趁蚕生看外家"之类。这些都是陶老师覃思精研之所得，对传统的词学理论也构成一种丰富与补充。又如《论稼轩词的女性形象创造》，他说稼轩在退隐带湖和瓢泉期间新写的农村词里，塑造了一些淳朴美丽的山村妇女形象，如《鹧鸪天·鹅湖归，病起作》"谁家寒食归宁女，笑语柔桑陌上来"。这是稼轩对词题材内容的重要开拓，虽然数量不大，却给词坛吹来一股带着乡村泥土香味的清风，令人耳目一新。像这样的论述，都是在细读文本的基础上，发前人所未发的。

陶文鹏老师善歌，据说曾获评中国社会科学院"十佳歌手"，可见实力了得。师友中间，我最喜欢的歌手有两个，一个是擅长西北民歌的普慧兄，一个是民歌美声兼长的陶文鹏老师。陶老师的嗓音有点沙哑。他总是说，最近抽烟喝酒把嗓子搞坏了，可是我认识他三十多年，他嗓子好像一直是这样的。这种嗓音属于"云遮月"那种，不影响高音发挥，而且因为沙哑更显磁性和穿透力。1994年襄樊词学会上，我们从武当山乘坐大巴回来，陶老师和一位女教师一路对唱，我觉得把歌剧《刘三姐》差不多唱了个遍，满车人听得如醉如痴。二十多年之后，2018年在江南大学参加词学会，陶老师又唱了一首以前没听他唱过的苏联歌曲，仍然是曼声高音，内力十足，欣赏之余，尤为陶老师身体康健而欣幸。

陶文鹏老师常说他太懒，不用功。这方面有名的段子是，陶老师喜欢看电视，无论是文艺节目还是体育节目，一定要看到电视上出现"再见"二字才罢休。可是后来电视日夜播放，没有"再见"了，陶老师知道没有尽头，也就不再熬夜看电视了。我最初听到这个段子是在中国宋代文学学会上听文学所郑永晓兄说的，陶老师在一旁微笑颔首，可见是事实而非演义。可是我们看陶老师近二十年来，文章一篇篇地发，论著一本一本地出。上"中国知网"检索其近三年论文，2019年三篇，2020年五篇，2021年七篇，原来陶老师是以这种"井喷"状态跨入八十岁的啊！网上检索其2001年以来的著作，计有以下十余种：

《苏轼诗词艺术论》，上海古籍出版社2001年版。

《唐宋诗美学与艺术论》，南开大学出版社2003、2015年版。

《灵境诗心：中国古代山水诗史》（陶文鹏、韦凤娟主编），凤凰出版社2004年版。

《诗歌史话》，社会科学文献出版社2012年版。

《宋词三百首》（陶文鹏、吴坤定译注），北京出版集团公司北京十月文艺出版社2016年版。

《两宋士大夫文学研究》（主编），中国社会科学出版社2012

年版。

《苏轼集》（陶文鹏、郑园编选），凤凰出版传媒集团凤凰出版社2014年版。

《唐宋词艺术新论》（陶文鹏、赵雪沛著），南开大学出版社2015年版。

《陶文鹏说宋诗》，中华书局2016年版。

《中华经典好诗词·唐宋卷·苏轼集》（陈祖美主编，陶文鹏编著），河南文艺出版社2018年版。

《唐宋诗词艺术研究》，社会科学文献出版社2018年版。

《点睛之笔：陶文鹏说诗》，凤凰出版社2019年版。

《点睛之笔：陶文鹏谈词》，凤凰出版社2019年版。

这些可都是陶文鹏老师六十岁之后所出版的论著啊！如此高产稳产，如此论著常新，真的让我辈既歆羡又惭愧啊！

我自愧根底浅薄，又不善作序，只能略述交往体会，以报雅命。衷心祈望陶文鹏老师身笔双健，为学界，为读者，不断推出新的精品佳作！

张仲谋

壬寅仲夏于彭城

目　录

上　编

第一章　稼轩词体的集大成与新开创……………………（3）
　　一　仿效前贤多种词体……………………………（3）
　　二　多种特殊词体的创作实践……………………（10）
　　三　努力开创多种新词体…………………………（15）

第二章　稼轩词浪漫神奇的"造境"………………………（27）
　　一　与山水花鸟为知音亲密交往…………………（27）
　　二　梦天游仙的奇幻境界…………………………（33）
　　三　追步屈原的浪漫主义诗歌传统………………（36）

第三章　稼轩词章法结构的创新…………………………（42）
　　一　新奇多变的起结过片…………………………（43）
　　二　突破陈规的特殊章法…………………………（50）
　　三　创新章法的表现手段…………………………（56）

第四章　稼轩词的修辞艺术………………………………（66）
　　一　比喻与象征……………………………………（66）

二　拟物与拟人 …………………………………………（75）
　　　三　夸张、通感及其他 …………………………………（78）

第五章　稼轩词锤炼字句与对仗排比的艺术 ……………（83）
　　　一　警句超拔，篇中出奇 ………………………………（83）
　　　二　妙笔点睛，神光四射 ………………………………（89）
　　　三　对仗排比，手法高明 ………………………………（92）

中　编

第六章　稼轩词意象的创新性和交融性 …………………（103）
　　　一　自然意象的创新性 …………………………………（103）
　　　二　社会意象的创新性 …………………………………（108）
　　　三　两类意象的交融性 …………………………………（112）
　　　四　意象创新与交融的可贵启示 ………………………（119）

第七章　稼轩词的历史英杰形象塑造 ……………………（123）
　　　一　李广难封 ……………………………………………（123）
　　　二　渊明旨趣 ……………………………………………（126）
　　　三　孙权、刘裕与大禹 …………………………………（127）

第八章　稼轩词的南宋英杰形象塑造 ……………………（132）
　　　一　南宋各类英杰的人物画廊 …………………………（132）
　　　二　传神写照，手法多样 ………………………………（136）
　　　三　英雄词人与词中英杰相映照 ………………………（140）

第九章　稼轩词的女性形象创造 …………………………（142）
　　　一　典故与比兴创造的女性形象 ………………………（142）

二　闺中怀人的女性 …………………………………（146）
　　三　歌舞筵席上的少女 ………………………………（150）
　　四　归隐词与农村词中的女性形象 …………………（153）

第十章　稼轩词的动物意象创造 ………………………（157）
　　一　神奇与常见的动物意象 …………………………（157）
　　二　禽鸟意象,百态千姿 ……………………………（161）
　　三　结盟鸥鹭,意象奇美 ……………………………（165）

下　编

第十一章　稼轩词的写水艺术 …………………………（173）
　　一　画水之词,情意丰厚 ……………………………（174）
　　二　妙笔生花,画出活水 ……………………………（177）
　　三　师法屈苏,尽水之变 ……………………………（181）

第十二章　稼轩词的写山艺术 …………………………（186）
　　一　"东山"与"南山"之志 …………………………（186）
　　二　词人与山相对待 …………………………………（190）
　　三　雄放飞动而多姿的形象 …………………………（194）

第十三章　稼轩的比兴象征词 …………………………（198）
　　一　象征意象的真切性、鲜活性、多样性 …………（199）
　　二　象征灵境的雄奇性、戏剧性、层深性 …………（206）
　　三　象征词篇的多义性、歧义性、开放性 …………（212）

第十四章　稼轩小令词的宏大气魄与深远境界 ………（221）
　　一　重大主题与高尚情操 ……………………………（221）

二　悲壮气概与阔大境界 …………………………（224）
　　三　深邃意蕴与隽永韵味 …………………………（227）

第十五章　稼轩《鹧鸪天》词 ……………………………（230）
　　一　广泛、丰富的题材内容 ………………………（230）
　　二　农村生活与田园风光的美妙书写 ……………（234）
　　三　多种多样的艺术表现 …………………………（237）

第十六章　稼轩《贺新郎》词 ……………………………（247）
　　一　以诗为词,兼学苏张 …………………………（248）
　　二　以文为词,独树一帜 …………………………（253）
　　三　写英雄词,激励人心 …………………………（261）

上 编

第一章　稼轩词体的集大成与新开创

辛弃疾（1140—1207），字稼轩，是南宋伟大的爱国词人，也是中国词史上创作成就最高的词家。从古至今，稼轩词深受广大读者的喜爱与词学家的高度评赞。笔者粗略统计，中华人民共和国成立 70 余年来，已经发表的辛词研究论文有七八百篇之多，此外，还有多种评传与研究专著，可见对辛弃疾及其词的研讨已非常广泛和深入。笔者近日拜读了吴企明的大著《辛弃疾词校笺》（上海古籍出版社 2018 年版），受到吴先生在该书"前言"中"集词家之大成"说的启发，才找到这个尚未被人深细研究的课题，从以下三个方面论证辛弃疾是中国词史上首屈一指的词体集大成者与开创者。

一　仿效前贤多种词体

在辛弃疾的词集中，有多首词题标明"效花间体""效白乐天体""效介庵体""效朱希真体""效李易安体"。这种情况，在宋代词人中独此一家。所谓"体"，就是南宋诗论家严羽《沧浪诗话》中所说的"体制""家数"，指某个时代、某个流派、某个诗人或词人作品的艺术风貌和特色，当然也包括其作品的题材内容、表现手法、语言以及体裁的特点。所谓"效体"，就是学习、模仿别人作品的艺术风貌、体调、特色。有那么多词题标明"效

体"之作,可见稼轩虚怀若谷、广收博采、含英咀华的大家襟怀。我们先读其《唐河传·效花间体》:

> 春水,千里,孤舟浪起,梦携西子。觉来村巷夕阳斜。几家,短墙红杏花。　晚云做些儿雨,折花去,岸上谁家女。太狂颠。那边,柳绵,被风吹上天。①

在《花间集》中,有温庭筠、韦庄、张泌、顾敻、孙光宪、阎选、李珣的《河传》词共18首,这些词的句数、字数、句式并不一样。稼轩这首仿作,与孙光宪的一首调式完全相同,而其题材内容却更接近温庭筠的《河传·江畔》,这两首花间词都是抒写水乡青年男女恋爱的。温词着重刻画采莲女的心态,辛词主要表现划舟男子看见岸边折花女时的狂颠。稼轩这首仿作,状景写人,纯用白描,语言清朴,"晚云做些儿雨"和"太狂颠"更是浅近活泼的口语。通篇意象真切生动,鲜明如画。可见,稼轩对"花间体"的仿效,不拘一家,信手挥洒,却得其民歌风韵。

再看稼轩的《河渎神·女城祠,效花间体》:

> 芳草绿萋萋。断肠绝浦相思。山头人望翠云旗。蕙肴桂酒君归。　惆怅画檐双燕舞。东风吹散灵雨。香火冷残箫鼓。斜阳门外今古。

稼轩此词与《花间集》中温庭筠的三首同调词,都是抒写女城祠神女与情人的离别相思之情。温词第二首,有屈原《九歌》风味,情景亦真亦幻、真幻结合,凄艳动人。稼轩的仿作以萋萋芳草、画檐双燕、冷残香火以及古今斜阳来衬托、渲染神女的孤苦哀怨,

---

① 本书引用的辛词,均出自(宋)辛弃疾著,吴企明校笺《辛弃疾词校笺》,上海古籍出版社2018年版,以下不再一一标注。

虽无温词"何处杜鹃啼不歇，艳红开尽如血"的警句，但也如一股清风吹动读者的心弦。从以上这两首效体之作看，稼轩学得了花间体词的民歌风味，也学到了花间派词人善写幽婉之情与凄迷之境的本领，这对稼轩创作出一批清新纯朴、生活气息浓郁的田园词，写出诸如《祝英台近·晚春》《青玉案·元夕》《蝶恋花·月下醉书雨岩石浪》《摸鱼儿·更能消几番风雨》等辞丽情真、缠绵悱恻、婉约曲折、意蕴幽深的名篇杰作是大有帮助的。

稼轩《玉楼春·效白乐天体》词云：

少年才把笙歌盏。夏日非长秋夜短。因他老病不相饶，把好心情都做懒。　　故人别后书来劝。乍可停杯强吃饭。云何相见酒边时，却道达人须引满。

唐代大诗人白居易，字乐天，也擅词，但今存其词基本是七言四句的竹枝词等，故收入其诗集。已确定为其作品的长短句，只有《忆江南》三首，因为出色地描绘了江南的美丽风光与人情而脍炙人口。显然，辛稼轩这首上下片皆为七言四句的《玉楼春》词，从内容到形式都在模仿白氏的闲适诗而非其词。全篇用直笔叙事抒情议论，缺乏形象与韵味，也无词体的句法参差、文辞优美、意蕴含蓄，可见他仿效白诗并不成功。

宋人赵蕃，字昌父，号章泉，兼擅诗词。《全宋词》收录其《小重山》与《菩萨蛮》词各一首，为寄人、送友之作。前者有"陶令赋归辰，未尝轻出入，犯风尘。江洲太守独情亲。庐山醉，谁主复谁宾"之句。辛稼轩一生最推崇的诗人是屈原、陶渊明、李白、杜甫、苏轼。也许是赵蕃对陶渊明的敬慕感动了他，于是他写下了《蓦山溪·赵昌父赋一丘一壑，格律高古，因效其体》：

饭蔬饮水，客莫嘲吾拙。高处看浮云，一丘一壑、中间甚乐。功名妙手，壮也不如人，今老矣，尚何堪，堪钓前溪月。　　病来止酒，辜负鸬鹚杓。岁晚念平生，待都与、邻翁细说。人间万事，先觉者贤乎，深雪里，一枝开，春事梅先觉。

赵昌父的《蓦山溪·一丘一壑》词今已不存，无法比较其与稼轩的仿作孰高孰低。原作可能是抒写学陶渊明归隐山居寄情林壑的意趣。稼轩的仿作也表现了他于高山上看浮云、在月下溪前垂钓之乐。全篇押入声"拙""壑""乐""月""杓""说""觉"韵，确实显出一种高古的格律，情、景、理交融。看来稼轩仿效赵昌父体是颇有收获的。

稼轩还有效介庵体之作，其《归朝欢·山下千林花太俗》词题云："灵山齐庵菖蒲港，皆长松茂林，独野樱花一株，山上盛开，照映可爱。不数日，风雨摧败殆尽，意有感，因效介庵体为赋，且以菖蒲绿名之。丙辰岁三月三日也。"词曰：

山下千林花太俗。山上一枝看不足。春风正在此花边，菖蒲自蘸清溪绿。与花同草木。问谁风雨飘零速。莫悲歌，夜深岩下，惊动白云宿。　　病怯残年频自卜。老爱遗编难细读。苦无妙手画于菟，人间雕刻真成鹄。梦中人似玉。觉来更忆腰如束。许多愁，问君有酒，何不日丝竹。

词题中"介庵"，即赵彦端（1121—1175），有《介庵词》传世。"丙辰"，即庆元二年（1196）稼轩退隐上饶带湖家居之时。此词抒写对灵山上野樱花与绿菖蒲被风雨摧败殆尽的惋惜悲哀之情，表达对赵彦端其人其词的怀念和赞赏，更含蓄地寄寓了自我被投降派打击罢官隐居壮志难酬的愤懑。上片融情于山中景物，下片主要抒情。词中化用了赵彦端三首词里的句子，即"看波面垂杨蘸绿""起舞人如玉""酒愁花暗,沈腰如束"等。赵彦端是稼轩敬重的前辈词人,其《谒金门》词有"波底斜阳红湿"句,为高宗皇帝所喜。介庵词"多婉约纤秾"[1],其《鹊桥仙》词有"春愁元自逐春来,却不肯,随春归去"句,宋人陈鹄《耆旧续闻》卷二说,稼轩《祝英台近》的名句"是他春带愁来,春归何处。却不解、带将愁去"正是脱胎于赵句[2]。此外,赵彦端还有"忆得鲈鱼来后,杂以洞庭新橘,月堕酒杯中"(《水调歌头·秀州坐上作》)等为人传诵的佳句。稼轩这首仿介庵体写得情深景美,既学了介庵,又发挥了自我想象奇丽的特长。

稼轩又有"效朱希真体"的《念奴娇·赋雨岩》：

> 近来何处有吾愁,何处还知吾乐。一点凄凉千古意,独倚西风寥廓。并竹寻泉,和云种树,唤做真闲客。此心闲处,未应长藉丘壑。　休说往事皆非,而今云是,且把清尊酌。醉里不知谁是我,非月非云非鹤。露冷松梢,风高桂子,醉了还醒却。北窗高卧,莫教啼鸟惊着。

朱敦儒(1081—1159),字希真,号岩壑,有《樵歌》三卷,其词号"朱希真体",又称"樵歌体"。早岁隐居,以志行高洁为朝野所称。人赞其"东都名士,天资旷逸,有神仙风致"[3]。其词既有沉郁苍凉、悲歌慷慨的忧国之歌,又有豪迈放逸、清狂颓废之篇,还有清丽自然、婉转深曲之章。希真《念奴娇》七首,其中咏梅词有"横枝消瘦,一如无,但空里疏花数点",语意空灵；咏月词有"插天翠柳,被何人,推上一轮明月",平常景物写得奇警

---

[1] (清)永瑢等：《四库全书总目》卷一九八《介庵词提要》,中华书局1965年版,第1816页。
[2] (宋)赵彦端：《鹊桥仙》,载(清)鲍廷博辑《知不足斋丛书》本。
[3] (清)阮元：《揅经室外集·四库未收书提要·樵歌》,载吴熊和主编《唐宋词汇评·两宋卷》第2册,浙江教育出版社2004年版,第1297页。

瑰丽。《鹧鸪天·西都作》"我是清都山水郎，天教分付与疏狂"，抒写浪漫疏狂情怀，直可抗衡李白；而《相见欢·金陵城上西楼》"万里夕阳垂地大江流"，更被誉为"笔力雄大，气韵苍凉，短调中具有万千气象"①。稼轩与朱希真可谓肝胆相照、志趣相通，推想他肯定从《樵歌》词中汲取了不少思想与艺术营养。他这首仿作，与"朱希真体"的清超旷逸风格可谓伯仲之间、高下难分。

如果说，辛弃疾仿效朱希真体的成绩还不够显著，那么，他对李易安体的模拟却惟妙惟肖，令人赏心悦目。请诵读其《丑奴儿近·博山道中效李易安体》：

千峰云起，骤雨一霎儿价。更远树斜阳，风景怎生图画。青旗卖酒，山那畔、别有人家，只消山水光中，无事过这一夏。　　午醉醒时，松窗竹户，万千潇洒。野鸟飞来，又是一般闲暇。却怪白鸥，觑着人、欲下未下。旧盟都在，新来莫是，别有说话。

李清照，号易安居士，是宋代也是中国古代最杰出的女词人。稼轩此词是他在上饶带湖闲居期间之作。上片写博山道中夏日阵雨及雨后夕照景色。作者随意点染而风景清雅淡净，画面疏朗而有层次。下片写山那畔酒家及其周围环境。松窗竹户的万千潇洒与词人的闲适畅快相互映照，加上他与鸥鸟亲切交流的情景，更加引人入胜。此词明显看出稼轩正是追步李清照词高超的白描技法与美妙的口语，全篇无一色彩字，却使人感觉到画面色彩的鲜丽与多变；而"一霎儿价""怎生""只消""莫是"等，都是口语，无不清新自然，生动活泼。全篇具有"易安体"那种"清水出芙蓉，天然去雕饰"的艺术风貌，又显示出稼轩词幽默风趣、

---

① （清）陈廷焯：《词则》，载吴熊和主编《唐宋词汇评·两宋卷》第 2 册，第 1331 页。

故作波澜的美学特征。从稼轩这一首词足以窥测到他已深得李清照这位词坛同乡女杰的艺术三昧。

　　以上，是对辛稼轩词集中标明仿效前人词体作品的检阅。其实，稼轩在词创作上虚心、认真学习仿效的何止以上诸体！众所周知，稼轩最推崇也最刻苦学习的是屈原、陶渊明、李白、杜甫、苏轼的诗，而在词创作上，他努力地继承并发扬了东坡的豪放词风，故而被后人并称"苏辛"。例如他的怀古词和理趣词，很明显地就从东坡的同类词作中含英咀华。他那些深受历代读者喜爱的农村田园词，就是从东坡描写徐州农村生活的那一组《浣溪沙》词发展、深化的。他喜欢写山，尤擅长用奔马来描状山的飞动态势，例如，"青山欲共高人语，连翩万马来无数"（《菩萨蛮·金陵赏心亭为叶丞相赋》）和"叠嶂西驰，万马回旋，众山欲东"（《沁园春·灵山齐庵赋，时筑偃湖未成》），一看便知是从东坡"太行西来万马屯，势与岱岳争雄尊"（《雪浪石》）和"众峰来自天目山，势如骏马奔平川。中途勒破千里足，金鞭玉镫相回旋"（《游径山》）的词句脱胎而出。笔者还感觉到，稼轩的名篇《永遇乐·京口北固亭怀古》，面对雄伟的千古江山，在缅怀"金戈铁马，气吞万里如虎"的历史英雄，借古事影射现实，抒发北伐抗金壮志等方面，都从苏轼的经典之作《念奴娇·赤壁怀古》中模仿、学习并获得有益启迪。所以，尽管稼轩词并无一首在题目中标明效东坡体，但稼轩词最主要是继承东坡词的。正如前人所说："苏辛皆至情至性人，故其词潇洒卓荦，悉出于温柔敦厚。"[1]"子瞻天才夐绝一世，稼轩嗣响，号曰苏、辛。"[2]"感激豪宕，苏、辛并峙千古。"[3] 毫无疑问，才大气雄，有牢笼万态、吞

---

[1] （清）刘熙载：《艺概·词曲概》，上海古籍出版社1978年版，第110页。
[2] （清）樊增祥：《东溪草堂词选自叙》，载吴熊和主编《唐宋词汇评·两宋卷》第3册，第2341页。
[3] （清）陈廷焯：《词则·放歌集》卷一，载吴熊和主编《唐宋词汇评·两宋卷》第3册，第2342页。

吐八方之概的辛稼轩,是宋代词人中最广泛地学习前贤而集词体之大成者。

二 多种特殊词体的创作实践

在辛稼轩孜孜不倦地创作长短句期间,宋代词坛上正流行着若干种带有游戏色彩的特殊词体,如福唐独木桥体、集句体、檃栝体、禁体、藏字体、药名体等。这些词体在格律与语言上有特殊的要求和限制,近似文字游戏,创作难度较大,但并不重视作品思想内容的高低、深浅、广狭。宋代有些词人为了显示才华、博学与写作技巧高妙,喜用这类词体写作。博学多才、笔墨超凡的苏轼,就写了《哨遍》檃栝词一首,《定风波·集古句作墨竹词》一首,《浣花溪》回文词七首。才情富艳、思力果锐、性格幽默、好奇心强的辛稼轩,是宋代词人中对这些特殊词体最感兴趣的一个。但稼轩可能嫌回文词逐句回文、意思重复、内容单薄,并没有尝试写一首,而其他多种特殊词体都引发了他的勃勃兴致,一一挥毫试作。显然,稼轩有意要在限制中大显身手,在束缚中体会运斤如风的快乐与自由。

先看稼轩写的福唐独木桥体词,其《柳梢青·辛酉生日前两日,梦一道士话长年之术,梦中痛以理折之,觉而赋八难之辞》云:

    莫炼丹难。黄河可塞,金可成难。休辟谷难。吸风饮露,长忍饥难。   劝君莫远游难。何处有、西王母难。休采药难。人沉下土,我上天难。

稼轩巧妙利用《汉书·张良传》中"张良发八难"的典故及其字面,用八个"难"字押韵,创作了这首福唐独木桥体词,讽刺道士所谓辟谷服丹长生升天之术的虚妄与欺骗。清代张德瀛《词征》卷一云:"福唐体者,即独木桥体也。创自北宋。黄鲁直《阮郎归》用'山'字，辛稼轩《柳梢青》用'难'字，赵惜香《瑞鹤仙》用'也'字，均然。"①

比福唐独木桥体创作难度更大的，是集句体。稼轩《踏莎行·赋稼轩，集经句》词云：

进退存亡，行藏用舍。小人请学樊须稼。衡门之下可栖迟，日之夕矣牛羊下。　去卫灵公，遭桓司马。东西南北之人也。长沮桀溺耦而耕，丘何为是栖栖者。

集句体是中国古典诗歌多种特殊体裁之一。据吴企明先生考察："集句诗始于晋代傅咸。他的《化经诗》，就是一首集经句的诗。两宋盛行集句诗，以此体式写词，较早见于苏轼《定风波·集古句作墨竹词》，这只是一首集句词，并不集用经句。稼轩此词，纯用经句，又与苏词有别。"② 全篇用了《论语》《诗经》《礼记》《易经》中的句子。为了适应词调句式、押韵、平仄等格律要求，稼轩对于一些经句也略作增减或变化，还有一些是檃栝文意而成。全篇纯用经语来表达自己的情意，用得自然贴切，使情思连续，一气呵成，浑然一体，显示出稼轩熟读经书，思维敏捷，行文灵活。明代卓人月《古今词统》卷九评赞此词为："百宝装成无缝塔。"③ 清代沈雄《古今词话·词品》卷上引《柳塘词话》曰："徐士俊谓集句有六难：属对，一也；协韵，二也；不失粘，三也。切题意，四也；情思联续，五也；句句精美，六也。……余更增其一难，曰打成一片。稼轩俱集经语，尤为不易。"④ 信然。

与集句体近似的是檃栝体。所谓檃栝词，指檃栝前人诗文入

---

① 唐圭璋编：《词话丛编》第5册，中华书局1986年版，第4083—4084页。
② （宋）辛弃疾著，吴企明校笺：《辛弃疾词校笺》中，第844页。
③ （宋）辛弃疾著，吴企明校笺：《辛弃疾词校笺》中，第846页。
④ 唐圭璋编：《词话丛编》第1册，第843页。

词,大致可分为两类,一类是檃栝单篇散文,如苏轼《哨遍·为米折腰》檃栝陶渊明《归去来兮辞》,黄庭坚《瑞鹤仙·环滁皆山也》檃栝欧阳修《醉翁亭记》,此类词作,别无新意。乃至清代贺裳《皱水轩词荃》谓"东坡檃括《归去来辞》,山谷檃括《醉翁亭》皆堕恶趣"①。但批评得对。另一类是檃栝前人成句而成新境,如贺铸《行路难·小梅花》、张孝祥《水调歌头·泛湘江》。张德瀛《词征》卷一评:"贺方回长于度曲,掇拾人所弃遗,少加檃括,皆为新奇。"②陈廷焯评:"掇拾古语,运用入化,借他人之酒杯,浇自己之块垒。"③稼轩《声声慢·隐括陶渊明〈停云〉诗》曰:

> 停云霭霭,八表同昏,尽日时雨濛濛。搔首良朋,门前平陆成江。春醪湛湛独抚,恨弥襟,闲饮东窗。空延伫,恨舟车南北、欲往何从。　叹息东园佳树,列初荣枝叶,再竞春风。日月于征,安得促席从容。翩翩何处飞鸟,息庭树、好语和同。当年事,同几人、亲友似翁。

陶渊明《停云》诗是思亲友之作,四言体,计四章三十二句,128字。清代王夫之《古诗评选》卷二评赞为"四言之佳唱,亦柴桑之绝调"④。稼轩的檃栝词也抒发思亲友之情,词人把檃栝与集句两种表现手法结合起来运用,词中有三言、四言、五言、六言、七言句,参差错落,仅97字,却把陶诗中的霭霭停云、濛濛时雨、湛湛春醪、翩翩飞鸟,以及春风中枝叶初荣的东园佳树等优美意象都呈示出来,诗的风格清腴简远,平淡自然,耐人寻味,

---

① 唐圭璋编:《词话丛编》第1册,第710页。
② 唐圭璋编:《词话丛编》第5册,第4083页。
③ (清)陈廷焯:《词则·别调集》卷一,载钟振振校点《东山词》,上海古籍出版社1988年版,第107页。
④ (宋)辛弃疾著,吴企明校笺:《辛弃疾词校笺》中,第610页。

是一首优秀的檃栝词。

辛稼轩还试作了禁体词。禁体词是从禁体诗移用过来的。欧阳修《六一诗话》说，此体是宋代进士许洞所创。欧公守汝阴日，因小雪会饮聚星堂赋诗，也学许洞禁体，相约不得用玉、月、梨、梅、练、絮、白、舞、鹅、鹤等字，因又叫作"欧阳体"。苏轼《江上值雪效"欧阳体"，限不以盐、玉、鹤、鹭、絮、蝶、飞、舞之类为比，仍不得使皓、白、洁、素等字，次子由韵》诗，句句写"雪"，而不用相约所禁之字，此所谓因难见巧，愈险愈奇。稼轩《水调歌头·和王正之右司吴江观雪见寄》，就是一首最早的禁体词：

> 造化故豪纵，千里玉鸾飞。等闲更把，万斛琼粉盖玻璃。好卷垂虹千丈，只放冰壶一色，云海路应迷。老子旧游处，回首梦耶非。　谪仙人，鸥鸟伴，两忘机。掀髯把酒一笑，诗在片帆西。寄语烟波旧侣，闻道莼鲈正美，休裂芰荷衣。上界足官府，汗漫与君期。

此词上片描绘吴江奇丽雪景，下片转入对友人的怀想与劝勉，并表达了相约隐居的意愿。词中用了玉鸾、琼粉、玻璃、冰壶等喻象，但仍受唐宋诗人禁体的影响，不用一个"雪"字，然而雪景鲜明如画。明人卓人月《古今词统》卷一二评赞："（'诗在'句）佳句忽来，正如一片远帆，从天际落。"①

宋代特殊词体中又有藏字体。辛稼轩亦饶有兴味地用此体作词，其《永遇乐·戏赋辛字送茂嘉十二弟赴调》写道：

> 烈日秋霜，忠肝义胆，千载家谱。得姓何年，细参辛字，

---

① （宋）辛弃疾著，吴企明校笺：《辛弃疾词校笺》上，第272页。

>一笑君听取。艰辛做就,悲辛滋味,总是辛酸辛苦。更十分、向人辛辣,椒桂捣残堪吐。　世间应有,芳甘浓美,不到吾家门户。比著儿曹,累累却有,金印光垂组。付君此事,从今直上,休忆对床风雨。但赢得、靴纹绉面,记余戏语。

稼轩在此词上片中藏了五个"辛"字,描写了他坚持抗金救国却屡遭打击,饱经艰辛、悲辛、辛酸、辛苦、辛辣的人生经历。词的意脉贯通流畅,毫无堆砌造作之感。下片就"辛"字的反义词"甘"字做文章,自我调侃既然姓"辛",就别想得到"芳甘浓美"了。字面上是"戏语",却使读者感受到词中燃烧着激愤的火焰。

在稼轩词集中,还有两首药名体词,其一是《定风波·用药名招婺源马荀仲游雨岩,马善医》:

>山路风来草木香。雨馀凉意到胡床。泉石膏肓吾已甚。多病。提防风月费篇章。　孤负寻常山简醉。独自。故应知子草玄忙。湖海早知身汗漫。谁伴。只甘松竹共凄凉。

其二是《定风波·再和前韵,药名》:

>仄月高寒水石乡。倚空青碧对禅床。白发自怜心似铁。风月。史君子细与平章。　平昔生涯筇竹杖。来往。却惭沙鸟笑人忙。便好胜留黄绢句。谁赋。银钩小草晚天凉。

关于药名体,宋人王楙《野客丛书》说:"《西清诗话》云:'药名诗起自陈亚,非也。东汉已有离合体,至唐始著药名之号,如张籍《答鄱阳客》诗……'仆谓此说亦未深考,不知此体已著于六朝,非起于唐也。当时如王融、梁简文、元帝、庾肩吾、沈约、竟陵王皆有，至唐而是体盛行，如卢受采、权、张、皮、陆之徒多有之。吴曾《漫录》谓药名诗……本朝如钱穆父、黄山谷之辈，亦多此作。"① 辛稼轩受了前人写药名诗的影响，写了这两首药名词，送给他的医生朋友马荀仲。前首招马氏来游雨岩，后首抒发自己在上饶闲居的感慨。二词基本上是每句嵌入一个药名，运用谐音手法巧妙处理药名与词句意义不协调的矛盾。前首暗藏了木香、禹余粮、石膏、防风、常山、卮子、海藻、甘松八种药名，后首暗藏寒水石、空青、莲心、使君子、筇竹、蚕沙、硫黄、小草八种药名。读者在感受词意诗情之余，再猜出词中暗藏的药名，体会词人的灵心妙思，同时获得审美与学到新知识的愉悦。

以上六种带有游戏性质的特殊词体，都是流行于宋代词坛的。绝大多数宋代词人都不曾涉笔此间。仅有苏轼、刘攽、黄庭坚、朱熹等几个词人，填写过一两种或两三种特殊词体。《全宋词》收辑词人一千三百多家，用了六种特殊词体来写作的，也仅有辛稼轩一人而已，可见他在词体上涉猎之广、兴趣之浓。为了使自己的词笔更灵动活泼，词作风格更加丰富多样，稼轩一直努力对词体作多方面的尝试与探索。

三 努力开创多种新词体

辛弃疾在词体方面更大的贡献，是他以筚路蓝缕、勇敢开辟的精神和气魄，创造出一种又一种令人耳目一新的词体。

首先，他学习、模仿苏轼《醉翁操》诗而创作了同题诗，并将其作为词，收入词集中，从而为词苑增添了一种新词体，后人又将之作为一个新词调，编入词谱。

古代诗歌中有"琴操"一体，出自东汉蔡邕。宋代严羽《沧浪诗话·诗体》列有"琴操"一体。唐代韩愈仿蔡邕作《琴操》

---

① （宋）辛弃疾著，吴企明校笺：《辛弃疾词校笺》中，第 856 页。

十首，苏轼仿欧阳修而作《醉翁操》，诗云：

琅然，清圜。谁弹。响空山，无言。惟翁醉中知其天。月明风露娟娟。人未眠。荷蒉过山前，曰有心也哉此贤。

醉翁啸咏，声和流泉。醉翁去后，空有朝吟夜怨。山有时而童巅，水有时而回川，思翁无岁年。翁今为飞仙，此意在人间。试听徽外三两弦。

稼轩仿苏轼作云：

长松。之风。如公。肯余从。山中。人心与吾兮谁同。湛湛千里之江。上有枫。噫，送子于东。望君之门兮九重。

女无悦己，谁适为容。不龟手药，或一朝兮取封。昔与游兮皆童。我独穷兮今翁。一鱼兮一龙。劳心兮忡忡。噫，命与时逢。子之所食兮万钟。

此词题太长，不录。近人俞陛云《唐五代两宋词选释》评释："此赠范先之作。范为世臣之后，与稼轩交甚久。其时廷旨录用元祐党籍后裔，先之将趋朝应仕，稼轩因其长于《楚辞》，且工琴，为赋《醉翁操》以赠别。上阕言与其仕隐殊途，故有人心不同之句。后言昔童而今叟，子龙而我渔，言之慨然。此词为《稼轩集》中别调，亦庄亦谐，似骚似雅，固见交谊深久，亦见感怀激越也。"[①] 评得精切。稼轩此首和苏之作，基本上仍仿照其句式，长短参差，押平声东风韵，韵脚较密，韵律和谐优美，如诗更如词，所以他收入词集中。清代朱彝尊注《醉翁操》云："案《词谱》云，此本琴曲，所以苏词不载。自辛稼轩编入词中，后遂沿为词

---

① 俞陛云：《唐五代两宋词选释》，上海古籍出版社1985年版，第386页。

调。"① 在宋人中，亦只有辛词一首。清代张德瀛《词征》卷一云："《醉翁操》乃琴调泛声。……辛稼轩'长松。之风'一阕……元明人无赋是调者，惟于本朝得三阕焉。"② 所以清代万树将《醉翁操》编入《词律》卷十三。《醉翁操》成为新鲜词体后又被编入《词律》，辛稼轩有开创之功。

范先之长于楚辞，因此稼轩在《醉翁操》的句中用了八个楚辞体常用的"兮"字，并且引用屈原《九章·哀郢》《楚辞·招魂》以及《楚辞·九辩》的句意。明代卓人月《古今词统》卷十一评《醉翁操》乃"小词中《离骚》也"③。在稼轩词集中，模仿楚辞而创造出新体的作品，远不止《醉翁操》一首，请读《水龙吟·听兮清珮琼瑶些》：

听兮清珮琼瑶些。明兮镜秋毫些，君无去此，流昏涨腻，生蓬蒿些。虎豹甘人，渴而饮汝，宁猿猱些。大而流江海，覆舟如芥，君无助、狂涛些。　　路险兮、山高些。愧余独处无聊些。冬槽春盎，归来为我，制松醪些。其外芬芳，团龙片凤，煮云膏些。古人兮既往，嗟余之乐，乐箪瓢些。

庆元元年（1195）稼轩被当政者罢官，自闽中归铅山瓢泉后作此词。通篇是他对着心爱的瓢泉说话。上片赞美瓢泉明洁如镜，泉水奔流声如玉珮叮咚，继而劝说瓢泉不要出山去遭受污染或助纣为虐。下片为已经流逝的泉水招魂，招它归来为自己酿美酒煮清茶，从而表现山居生活的孤寂，并表明自己追求芳洁的意趣。全篇字面超旷而内含幽愤，是对屈原《离骚》诗意的继承与发扬；而在艺术构思上，显然受到杜甫《佳人》"在山泉水清，出山泉

---

① （宋）辛弃疾著，吴企明校笺：《辛弃疾词校笺》中，第671页。
② 唐圭璋编：《词话丛编》第5册，第4089页。
③ （宋）辛弃疾著，吴企明校笺：《辛弃疾词校笺》中，第673页。

水浊"的启发。从体制形式上看，它是《水龙吟》的异调，是稼轩灵心独创的新体。在韵律上，它每句都用《楚辞·招魂》句尾的"些"字作为后缀的韵脚，又在"些"字前押实际的平声"萧肴豪"部平声韵，从而形成长尾韵，好像有两个韵脚在起作用，别具回环和谐、音韵响应之美。这就不同于每句只用"也"或"难"或"山"字缀尾而无实际韵脚的"福唐独木桥体"，而应当称为"招魂体"或"稼轩体"。其后，晚宋著名词人蒋捷作《水龙吟》，即题为"效稼轩体招落梅之魂"，每句尾也都用"些"字，并在"些"字前押七阳韵；又作《瑞鹤仙》，每句尾皆用"也"字，在"也"字前押"支""微""齐""灰"韵，都是仿效稼轩首创的"招魂体"的。

辛稼轩又创造了屈原《天问》体词，其《木兰花慢·可怜今夕月》词云：

可怜今夕月，向何处、去悠悠。是别有人间，那边才见，光影东头？是天外空汗漫，但长风，浩浩送中秋。飞镜无根谁系，姮娥不嫁谁留。　　谓经海底问无由，恍惚使人愁。怕万里长鲸，纵横触破，玉殿琼楼。虾蟆故堪浴水，问云何玉兔解沉浮。若道都齐无恙，云何渐渐如钩。

屈原的《天问》，是古代诗苑的一株奇葩。诗人向天提出一百多个包蕴广泛的自然和社会问题，表现出他对传统观念大胆怀疑、勇于批判的精神。其中问月的仅四句："夜光何德？死则又育？厥利维何，而顾菟在腹？"稼轩这首咏月词从送月而非待月这一新颖角度落笔，巧妙运用《木兰花慢》这个词调长短参差、层叠排比的句式，打破上下片分段的章法，连珠炮般对月亮提出了九个问题，天真地表达出他对月亮的喜爱、关怀、忧虑与困惑。全篇把丰美的想象、奇瑰的神话、睿智的思维以及神秘的体验融为一体，营构出一个富于浪漫主义特征的新意境，成为我国古代咏月词继东坡《水调歌头·明月几时有》后又一首经典名篇。而从词体角度来看，这是辛弃疾学习屈原《天问》诗以奇思妙想创造出的又一种新型词体。

勇于尝试探索的辛稼轩，对词体的创新并未停止。他又从汉代扬雄《解嘲》、东方朔《答客难》、班固《答宾戏》、唐代韩愈《毛颖传》等有问有答的俳谐古文中，或从一主一仆两个角色演出的小喜剧——唐代"参军戏"[①]中获得艺术灵感，创造出多首不同人物与事物扮演两个角色相互问答、对话的词，姑且名之曰稼轩"戏剧体词"。先看人与酒杯演出的小喜剧《沁园春·杯汝来前》：

> 杯汝来前！老子今朝，点检形骸。甚长年抱渴，咽如焦釜；于今喜睡，气似奔雷。汝说"刘伶，古今达者，醉后何妨死便埋"。浑如此，叹汝于知己，真少恩哉！　更凭歌舞为媒，算合作人间鸩毒猜。况怨无大小，生于所爱；物无美恶，过则为灾。与汝成言，勿留亟退，吾力犹能肆汝杯。杯再拜，道"麾之即去，招则须来"。

这首戒酒词运用拟人化手法，设计出词人与酒杯的两番对话。词人对酒杯发牢骚，申斥酒杯紧紧追随让自己戒不了酒；酒杯揣摩到词人的心理，机智幽默地用"麾之即去，招则须来"巧妙应对。全篇既有散文化、议论化色彩，又生动活泼、滑稽突梯，饶有奇趣、谐趣、理趣，尤富于戏剧性，使人好像在观看了一幕动漫喜剧。其后，稼轩又作《沁园春·杯汝知乎》写对酒开戒，作为前首的姊妹篇，使之珠联璧合，相互映照。

---

　① 参见周啸天赏析《沁园春·杯汝来前》，载唐圭璋等撰写《唐宋词鉴赏辞典·南宋·辽·金卷》，上海辞书出版社1988年版，第1568页。

自觉充当屈原与李白浪漫主义门徒的稼轩，还以一枝神来之笔，写了他醉后与松树的一番冲突，请看：

醉里且贪欢笑，要愁那得工夫。近来始觉古人书，信著全无是处。　昨夜松边醉倒，问松："我醉何如？"只疑松动要来扶，以手推松曰："去！"

——《西江月·遣兴》

词人醉后问松、推松的憨态，活灵活现；戏剧性的场景，生动风趣，又耐人咀嚼。稼轩还在词中编导了他对白鹭从不满到劝告再到赞赏的一出情真理深的正剧：

溪边白鹭，来吾告汝：溪里鱼儿堪数。主人怜汝汝怜鱼，要物我、欣然一处。　白沙远浦，青泥别渚，剩有虾跳鳅舞。任君飞去饱时来，看头上、风吹一缕。

——《鹊桥仙·赠鹭鸶》

上片，词人劝说溪边白鹭不要再食鱼了，人、鱼、鹭要欣然相处。下片，词人再诱导白鹭去远浦捕食那些在泥沙中跳舞的讨厌的虾鳅，并把白鹭想象为一个头上白羽飘飘除恶归来的斗士。全剧在曲折有趣的戏剧情境中隐含理趣。而《临江仙·停云偶作》，更是有三个角色演出的喜剧：

偶向停云堂上坐，晓猿夜鹤惊猜："主人何事太尘埃？"低头还说向："被召又还来。"　多谢北山山下老，殷勤一语佳哉："借君竹杖与芒鞋。径须从此去，深入白云堆。"

词人偶然来到停云堂上，猿鹤们惊猜："主人你因何事显得风尘仆仆?"词人愧疚地低头回答,我是应召出山,又再次被罢官而归来的。下片写一位曾经无情嘲笑过"假隐士"的北山老人,热情地借给他竹杖草鞋。于是词人畅快地说:"我就拄着你的竹杖穿上你的草鞋登山而去,一直到山的最高处隐居下来。"一首小令写了三个角色的言语动作,明快紧凑,风趣生动,意蕴含而不露,耐人寻味。

《宋史·乐志》云:"真宗不喜郑声,而或为杂剧词,未尝宣布于外。"① 所谓杂剧词,即在宋代宫廷宴会中配合歌舞杂戏的歌词。但因无作品流传,故其体式不详。北宋还兴盛《调笑转踏》,又名《传踏》《调笑》《调笑令》《调笑歌》。它是歌舞相兼的词曲,不属歌舞相兼的剧曲。王国维、任半塘都说它不演故事,大多以一诗一词咏一故事,所咏故事前后不连贯,并无剧中说白,即无剧中人按所扮人物身份之代言。它最初始于民间,至宋代有士大夫仿作,郑仅、秦观、晁补之、毛滂、曾慥、洪适等人均写有《调笑转踏》或《调笑令》。② 秦观有《调笑令十首并诗》,分别咏唱王昭君、乐昌公主、崔徽、无双等人物。如其《王昭君》,就是一首七言乐府《踏歌词》加上一首《调笑令》。其体制特点是踏歌词尾句最后二字与调笑令首句二字相同,形成顶针修辞的连珠效果。而其在诗词体式上并无新创,也没有上述稼轩这些词所特有的戏剧性。

笔者还进一步感受到,在稼轩词集中,有一些吸收了唐代传奇与宋代话本叙写故事刻画人物形象的小说体词,这是稼轩为了丰富词的表现力而作出的又一重要创新,也是宋代各种不同的文学艺术形式相互学习借鉴、"破体"出新的表现。试读《兰陵王》:

---

① (元)脱脱等:《宋史》卷一四二,中华书局1985年版,第3356页。
② 参见周义敢、程自信、周雷编注《秦观集编年校注》,人民文学出版社2001年版,第821页。

恨之极，恨极消磨不得！苌弘事，人道后来，其血三年化为碧。郑人缓也泣：吾父攻儒助墨。十年梦，沉痛化余，秋柏之间既为实。　　相思重相忆。被怨结中肠，潜动精魄。望夫江上岩岩立。嗟一念中变，后期长绝。君看启母愤所激，又俄顷为石。　　难敌。最多力。甚一忿沉渊，精气为物？依然困斗牛磨角。便影入山骨，至今雕琢。寻思人世，只合化、梦中蝶。

此词作于庆元五年（1199），时稼轩闲居瓢泉。词原题是：

己未八月二十日夜，梦有人以石砚屏见饷者。其色如玉，光润可爱。中有一牛，磨角作斗状。云："湘潭里中有张其姓者，多力善斗，号张难敌。一日，与人搏，偶败，忿赴河而死。居三日，其家人来视之，浮水上，则牛耳。自后并水之山往往有此石，或得之，里中辄不利。"梦中异之，为作诗数百言，大抵皆取古之怨愤变化异物等事，觉而忘其言。后三日，赋词以识其异。

这段文字完整地讲述了大力士张难敌与人搏斗，偶败后愤恨赴河而死，变化为石牛的奇异故事，犹如一篇传奇小说，长达136字。这样长的词题，而且在词题中讲故事，在词史上是罕见的。全词共分三片，前二片各写二男、二女冤魂变化的传说故事，再在第三片引出张难敌的故事。梁启超《辛稼轩先生年谱》评："词文恢诡冤愤，盖借以摅其积年胸中魂磊不平之气。"[①] 邓广铭先生在《稼轩词编年笺注》卷四中说："此词上中片用苌弘、郑人缓、望夫妇、启母四人变化之事。苌弘化碧玉，玉自石出；缓化秋柏之

---

① （宋）辛弃疾著，吴企明校笺：《辛弃疾词校笺》上，第23页。

实,实石音同;望夫妇、启母皆化为石。四例取证古来怨愤变化为石之事。下片以张难敌虽斗败,化为石而仍作困斗之状,赞扬张难敌抵死不屈之精神。则此记梦词亦托意甚微,藉以抒胸中激愤之气耳。"① 评析精到。总之,这首词主要叙写了五个故事,通篇充沛着怨愤激情与奇幻之趣。笔者说它是诗的小说、小说的诗,是稼轩为发泄一腔忠愤骇人听闻的艺术创造,是词史上别开生面、活色生香的新奇体式,能使历代读者心弦震撼、热血沸腾!

小说注重在叙事中刻画生动传神、活灵活现的人物形象。稼轩词中就有成功塑造人物形象的杰作。例如《八声甘州·夜读〈李广传〉,不能寐,因念晁楚老、杨民瞻约同居山间,戏用李广事,赋以寄之》:

> 故将军饮罢夜归来,长亭解雕鞍。恨灞陵醉尉,匆匆未识,桃李无言。射虎山横一骑,裂石响惊弦。落魄封侯事,岁晚田园。　谁向桑麻杜曲?要短衣匹马,移住南山。看风流慷慨,谈笑过残年。汉开边、功名万里,甚当时、健者也曾闲?纱窗外,斜风细雨,一阵轻寒。

淳熙八年(1181)稼轩首次落职退居上饶带湖,夜读司马迁《史记·李将军列传》,有感于汉代名将李广功高反黜的不幸境遇,抒发了自己遭谗被废的愤懑不平。全篇将写景、绘人、抒情、叙事、议论融为一体。上片描写李广遭受灞陵尉呵斥、轻侮,插入"长亭解雕鞍"的具体细节,显得情景逼真。继而用司马迁所引俗谚"桃李无言",赞美李广虽不善辞令,却是天下景仰。接着写李广射虎南山,又插入"裂石响惊弦"的精彩细节,以想象之笔,渲染李广神勇,可谓石破天惊。下片写自己要邀约词题上提到的二

---

① (宋)辛弃疾撰,邓广铭笺注:《稼轩词编年笺注》(增订本)卷四"按语",上海古籍出版社1993年版,第428页。

友一起"移住南山",却又是暗写李广,一石二鸟,表现李广在闲居南山后仍然短衣匹马,射猎练武,风流慷慨,强健勇武。"汉开边、功名万里,甚当时、健者也曾闲"二句,尖锐地指出西汉统治者对人才的压抑,又借古讽今,揭露南宋小朝廷排斥打击爱国忠良的卑劣行径。收拍处以景结情,把满腔悲愤融入风雨微寒、黑夜沉沉的景象中。

在词中刻画历史英雄人物,辛弃疾之前,只有苏轼的《念奴娇·赤壁怀古》,词中以"遥想公瑾当年,小乔初嫁了,雄姿英发。羽扇纶巾,谈笑间、樯橹灰飞烟灭"之句,刻画周瑜与东吴美女小乔喜结良缘后,雄姿英发,在赤壁大战中风度翩翩、潇洒从容地指挥吴军火烧曹操万艘舳舻。作者仅用28字,就把周瑜的英雄形象刻画得栩栩如生。辛稼轩在这首《夜读〈李广传〉》词中,以司马迁所写李广传为样板,又参照了苏轼描绘周瑜的艺术手段,其笔下的李广比东坡的周瑜情节更丰富,细节更生动,形象更饱满,寓慨更深长。有论者评赞:"一篇李广传长达数千字,但作者只用数十字便勾画出了人物的性格特征和生平梗概,而且写得有声有色,生动传神,真是超凡入圣本领。"[①]

辛稼轩还在《南乡子·登京口北固亭有怀》词中,热烈赞颂孙权称雄江东,北拒强曹,把这位一代英主写得虎虎有生气,威风凛凛。而在《水龙吟·老来曾识渊明》中,稼轩把东晋高士、杰出诗人陶渊明看作灵犀相通、心心相印的千古知音,深情歌咏渊明不为五斗米折腰的高洁品格,令读者眼前宛然如见这位北窗高卧、东篱采菊、潇洒风流、任真自得的五柳先生形象。稼轩更善于运用巧妙的艺术构思、新奇的章法结构以及灵活多样的表现手法,在篇幅短小的令词中,寥寥一二句就使现实中的普通人形象跃然纸上。例如《鹧鸪天·鹅湖归,病起作》:"着意寻春懒便回。

---

① 唐圭璋等撰写:《唐宋词鉴赏辞典·南宋·辽·金卷》,第1559页。

何如信步两三杯。山才好处行还倦，诗未成时雨早催。　携竹杖，更芒鞋。朱朱粉粉野蒿开。谁家寒食归宁女，笑语柔桑陌上来。"春日田畴上，野花烂漫开放，一群女子趁着寒食空闲回娘家，她们走在嫩叶葳蕤的桑间小路上，无拘无束，笑声爽朗，青春健美，神采飞扬！再读一首人们更熟悉的《清平乐·村居》：

茅檐低小，溪上青青草。醉里吴音相媚好，白发谁家翁媪。　大儿锄豆溪东，中儿正织鸡笼。最喜小儿无赖，溪头卧剥莲蓬。

作者信手速写出一幅和平安乐的农家生活素描图，图中有茅屋、青草、小溪、莲荷、鸡群等景物，更有六个活灵活现的人物：一个带着醉意、漫步乡村、处处感受到清新纯朴的田园美的词人；一对白发的老公公和老婆婆，正操着软媚动听的吴音相互逗乐；他们家的大男孩在溪东头地里为豆子锄草；二男孩在家门边空地上编织着鸡笼；最小的孩子真是顽皮，他正躺在溪边剥着莲蓬吃着玩儿呢！一首小令词，仅46个字，写了景，抒了情，还活画出六个形神生动、可亲可爱的人物形象。这不禁使笔者想到了晚唐贾岛的五绝《访隐者不遇》："松下问童子，言师采药去。只在此山中，云深不知处。"全篇20字，写了山村中高山苍松白云等景色，写了"我"与童子的三问三答，写了急于寻访隐者的"我"，顽皮逗弄"我"的童子，更暗写出为乡民采药治病品格高尚的隐者。仔细品味，诗中还含蕴着探寻真谛的哲理。我想，在全世界各国的诗歌史上，恐怕很难再找到像这两首用那么少的文字描绘出那么多生动的人物和景物的诗吧！中国古代诗歌的短小精悍令人拍案叫绝！

总之，辛稼轩学习借鉴诗文、戏剧、小说的艺术表现手法，创造出那么多种新颖独特的词体，使作品富于音乐性、戏剧性、故事性，人物形象跃然纸上，是值得我们认真深入地研究和总结的。在中国词史上，是否有可与辛稼轩相媲美，能集词体之大成并创造出多种新词体的词家呢？我想到了两位，一位是清初阳羡词宗陈维崧（1625—1682），平生作词1800多首，居古今词人之冠。另一位是晚清四大词家之首王鹏运（1849—1904），他今存700多首词，数量也超过辛稼轩。二人都推崇并学习苏、辛，使豪放词大放异彩，又有多种风格，可以说是清三百年间成就最大的杰出词家。然而，陈、王二人词作的思想高度、意境深度、艺术才华和创新气魄，笔者认为都比不上苏、辛，他们也没有像苏、辛那样留下那么多脍炙人口、妇孺皆知的经典名篇。而在词体的集大成与创新方面，与辛稼轩相比，更有明显差距。陈维崧对前贤与同辈的词，都是用韵、和韵、次韵，只有一首《小梅花·感事括古语》，在词题上标明效贺铸体。王鹏运在仿效前贤词体方面用力最勤，在其词题中就有标明模拟花间、李煜、东山（贺铸）、樵歌（朱敦儒）、易安（李清照）、幽栖（朱淑真）、稼轩、梅溪（史达祖）、玉田（张炎）的，还有模拟金代蔡松年、元代方岳与明代邵亨贞的。从词题标明来看，他模仿的前贤数量超过稼轩。陈维崧没有用过任何一种特殊词体写过词。王鹏运也只写过一首《调笑令》——《调笑转踏·巴黎马克格尼尔》，其词体与秦观的《调笑令》十首完全相同，只是抒写了法国小仲马《茶花女》女主人公玛格丽特的悲剧命运，题材新颖。更令人遗憾的是，二人尽管词作数量丰富，却没有新创出一种词体。因此，在词体的集大成与新开创这两方面，中国词史上没有一个人能与辛稼轩相颉颃。清代陈廷焯《云韶集》卷二评赞："稼轩如健鹘摩天，为词坛第一开辟手。"[①] 诚哉斯言！壮哉斯言！

---

① 吴熊和主编：《唐宋词汇评·两宋卷》第3册，第2343页。

第二章　稼轩词浪漫神奇的"造境"

王国维《人间词话》论境界："有造境，有写境，此理想与写实二派之所由分。"[①] 指出词人创造意境的方法，有造境与写境，亦即西方诗论所说浪漫主义与现实主义。笔者曾撰《论宋词浪漫神奇之"造境"》一文[②]，从远大理想与高洁人格的诗意抒写、营造浪漫神奇意象境界的艺术、屈原与"三李"诗歌传统的发扬三个方面展开论述，但并未对宋代词人的"造境"作个案研究。近日，笔者研读辛弃疾词，发现有二十多首属于"造境"之作，在数量上已超过了擅长"造境"的苏轼，更超过了有"造境"之作的李清照、张孝祥、刘过、姜夔、刘仙伦、刘克庄、吴文英等人。而辛词的"造境"之作，其思想与艺术成就也最高，值得作专题探讨。

一　与山水花鸟为知音亲密交往

辛弃疾是一位胸怀收复中原的远大政治理想的杰出政治家和军事家，一位兼具文才武略的英雄词人。他性格豪爽，激情充沛，热爱生活，热爱大自然，又有丰富、超凡的想象力与幻想力，因

[①] 王国维原著，施议对译注：《人间词话译注》，广西教育出版社1990年版，第4页。
[②] 陶文鹏：《论宋词浪漫神奇之"造境"》，《北京联合大学学报》（人文社会科学版）2011年第2期。

此比一般词人更喜欢也更擅长创造浪漫神奇的意境。在他的稼轩词中，反复不已、意气飞扬地声称或柔情倾诉他与青山林泉、花鸟风月的深情厚谊，一次次地把这些有生命或无生命的自然物称为与他性灵相通肝胆相照的"知己"与"盟友"。这在两宋的诗人与词家中，是表现最突出的。你听，他说："一松一竹真朋友，山鸟山花好弟兄。"（《鹧鸪天·博山寺作》）"人言头上发，总向愁中白。拍手笑沙鸥，一身都是愁。"（《菩萨蛮·金陵赏心亭为叶丞相赋》）"却怪白鸥，觑着人欲下未下。旧盟都在，新来莫是，别有说话？"（《丑奴儿近·博山道中效李易安体》）他对青山的感情尤为强烈、深厚。你听，他说："青山幸自重重秀。问新来，萧萧木落，颇堪秋否？"（《贺新郎·用前韵再赋》）"万事新奇，青山一夜，对我头先白。"（《念奴娇·和韩南涧载酒见过》）"我见青山多妩媚，料青山、见我应如是。情与貌，略相似。"（《贺新郎·甚矣吾衰矣》）当稼轩不只是诉说他对这些客观自然景物的喜爱，而是飞腾起想象与幻想的灵翼，生动活泼地描写他与青山碧水、明月鸥鹭的对话、交往情景时，也就展现出超现实的浪漫主义的"造境"。请看《水调歌头·盟鸥》：

带湖吾甚爱，千丈翠奁开。先生杖屦无事，一日走千回。凡我同盟鸥鹭，今日既盟之后，来往莫相猜。白鹤在何处，尝试与偕来。　破青萍，排翠藻，立苍苔。窥鱼笑汝痴计，不解举吾杯。废沼荒丘畴昔，明月清风此夜，人世几欢哀。东岸绿阴少，杨柳更须栽。

此词是稼轩被人诬告弹劾落职后初隐上饶时作。词中抒写了他对自己筹划营造的带湖新居的由衷喜爱与隐居生活乐趣，也流露出他忧虑时世、感叹救国壮志难酬的苦闷心情。词人表白他要与湖山鸥鹭为伍，回归自然。全篇大部分写他与鸥鹭结了盟，对鸥鹭说盟誓之后，就不要互相猜疑，又让鸥鹭去请白鹤一块儿来欢聚。词的下片，生动地描写白鸥"破青萍，排翠藻"，十分调皮，然后站立在湖边的苍苔上。"窥鱼笑汝痴计"二句更风趣并有戏剧性：词人嘲笑白鸥只顾着痴痴地窥鱼待机捕捉，却不领会他举杯相邀的心意。稼轩以浮想联翩的艺术构思，妙用拟人化手法，把他与白鸥的活动作为全篇的中心来表现，创造出"人与物化"的超现实意境，超越了前人陶渊明、李白、杜甫以及同时期的陆游在诗中对鸥鹭的简略描写。其中"凡我同盟鸥鹭，今日既盟之后，来往莫相猜"三句，套用《左传·僖公九年》所载古人盟誓之词语，更是大胆的创新。宋人陈鹄赞为"新奇"[1]。清代李调元评曰："颇有稼轩气味。"[2]

再如《沁园春·再到期思卜筑》：

> 一水西来，千丈晴虹，十里翠屏。喜草堂经岁，重来杜老；斜川好景，不负渊明。老鹤高飞，一枝投宿，长笑蜗牛戴屋行。平章了，待十分佳处，著个茅亭。　　青山意气峥嵘，似为我归来妩媚生。解频教花鸟，前歌后舞；更催云水，暮送朝迎。酒圣诗豪，可能无势？我乃而今驾驭卿。清溪上，被山灵却笑，白发归耕。

此词是宋光宗绍熙五年（1194）秋，作者由福建安抚使再次被弹劾而罢官，回到带湖，往瓢泉所在地期思卜筑而作。上片描绘期思秀美的山水风光，尽管有比喻有夸张，但基本上是"写境"。作者把青山比喻为十里长的翠色屏风，从山中奔泻而出的大瀑布宛

---

[1] （宋）陈鹄：《耆旧续闻》卷五，载（宋）辛弃疾著，吴企明校笺《辛弃疾词校笺》上，第252页。

[2] （清）李调元：《雨村词话》卷三，载（宋）辛弃疾著，吴企明校笺《辛弃疾词校笺》上，第252页。

若千丈白虹，从晴空垂下。其后自比为杜甫返回草堂和陶渊明隐居柴桑，抒发重回田园隐居的喜悦，又以老鹤高飞，一枝投宿，嘲笑蜗牛戴屋而行，表明自己随遇而安、不为物累、持逍遥旷达的人生态度。下片运用拟人化手法，以灵动遒劲的笔法，赋予青山以诗人的性格和感情，说这意气峥嵘的青山为了欢迎他的归来，竟然显得格外妩媚。它还懂得驱使花鸟云水，对作者频频前歌后舞，暮送朝迎。青山的殷勤逢迎，使作者的逸怀浩气陡然升起，他对青山说：我是个酒圣诗豪，怎么能够没有权势？我从今天起要驾驭你啦！词情至此达到最高潮，不料陡然一落千丈，结韵却写他在清溪上被山灵嘲笑：你是一事无成，才白发归耕！词情由明快喜悦豪迈，转为失意沉郁悲凉。全篇由"写境"到"造境"，稼轩以丰富复杂的情思与大胆奇妙的幻想，营造出一个雄奇妩媚兼容、豪放悲愤并出的"造境"。

以上所举二例，都是长调慢词。稼轩在篇幅短小的令词中，也能营造出浪漫神奇意境。例如《生查子·独游雨岩》：

溪边照影行，天在清溪底。天上有行云，人在行云里。
高歌谁和余，空谷清音起。非鬼亦非仙，一曲桃花水。

此词写他独游博山雨岩所见的幽美景色。全篇词眼是个"清"字。上片表现溪水之清。人在溪边走，影子就倒映在溪水中，就连天上的行云，也飘落到清溪底了。因此人也走进了白云之中，也就是走到了天上云端，飘飘欲仙。下片表现溪声之清。词人在这清幽的溪上兴奋高歌，盼望有人应和，但四周杳无人影，只有空谷传来清亮的声音，发声的既非鬼怪亦非神仙，而是这条清溪的桃花水，用它那潺潺悦耳的流淌声与孤独的他相应答。稼轩在此词中以无人唱和，只有深山清溪回应，含蓄地表达他在现实社会中缺少知音的孤寂苦闷。而对清溪与桃花水绘声绘色绘影的描写，也有意使人联想到东晋诗人陶渊明的《桃花源记》与唐代诗人王维的《桃源行》，神游到这比仙境还幽美的雨岩清溪。作者用笔空灵流畅，在短小篇幅中，有意重复"溪""行""天""云""清""非"等字，使词作增添了民歌自然、复沓的情调。看似"写境"，其实营造出一个幻境、仙境、灵境。

与上首同时创作的同调词《生查子·独游西岩》更是表现了词人与青山、明月性灵、品格、志趣完全相融：

> 青山招不来，偃蹇谁怜汝。岁晚太寒生，唤我溪边住。　　山头明月来，本在天高处。夜夜入清溪，听读《离骚》去。

上片借青山抒情。词人先招邀青山，山不来。词人说：你太高傲了吧，还有谁怜惜你呢？后二句写正逢岁晚，青山就呼唤词人到溪边住，相依相伴，共御岁寒。下片借明月言志。山头明月，原本在碧天高处，突然由山头走下来，夜夜都进入清溪中，原来他是被词人读《离骚》之声打动和吸引，凝神专注倾听他朗读。词人巧用清溪里的月影代替月亮，显示他专注于读《离骚》而无心仰天望月，并使月在溪中倾听的行为更自然合理。而词人与明月夜夜同读《离骚》，含蓄地抒发人与月都怀着政治失意的牢骚和悲凉。此词"唤我溪边住"到"夜夜入清溪"上下衔接，桴鼓相应，浑然一体，情味深长，可谓小中见大的"造境"妙品。

我们再读一首《鹊桥仙·赠鹭鸶》：

> 溪边白鹭，来吾告汝：溪里鱼儿堪数。主人怜汝汝怜鱼，要物我、欣然一处。　　白沙远浦，青泥别渚，剩有虾跳鳅舞。任君飞去饱时来，看头上、风吹一缕。

此词似乎通篇是词人对盟友白鹭的劝告与赞赏。这种人与物谈话的写法就是浪漫、超现实的。词人直呼溪边食鱼儿的白鹭前来，对它说溪中鱼儿已寥寥可数。作为主人我怜惜你，你也要怜惜鱼，要物我欣然相处。下片他告诉白鹭，在白沙远浦的青泥小洲中有无数跳舞的虾鳅，任由你飞去饱餐一顿再飞回来。显然，词人在强调物我欣然相处时，并没有泯灭善恶美丑。词中的鱼儿和虾鳅，分别是善类和恶类的象征。

词人在结尾把饱食归来的白鹭描写成一个头上白羽迎风飘飘的斗士，就表达了他惩恶扬善的正义感。这首寓言般的小令词，写得风趣幽默，形象生动活泼，蕴含着深情哲理。王兆鹏先生评赞道："是宋代一首罕见的生态词，词中表达了辛弃疾自觉而明确的生态平衡意识……八百年前辛弃疾就有这样超前的生态观念，不能不令人惊叹敬佩！"[①] 在稼轩词中，还有一首把高标直立、不畏严寒的青松看作知己倾诉心声的小令《西江月·遣兴》：

> 醉里且贪欢笑，要愁那得工夫。近来始觉古人书，信著全无是处。　　昨夜松边醉倒，问松："我醉何如？"只疑松动要来扶。以手推松曰："去！"

"醉"字是此词之眼，全篇写醉态。上片写他有意进入醉乡贪欢取乐，其实是借酒浇愁，借醉抒愤。作者说古书全无是处，是用反语讽刺和针砭当时政治上没有是非，把古人的至理名言都抛弃了。下片专写醉态。作者在醉眼蒙眬中向松树询问自己醉态如何，其后又怀疑松来搀扶，于是以手推开松，喝之使去。作者写醉中的幻觉、疑觉和动作，憨顽逼真，显示出其独立、倔强的性格。境界迷离奇幻，独具一格，可谓前无古人后无来者。正如明代李濂

---

① 王兆鹏：《辛弃疾词选》（古代诗词典藏本），商务印书馆2017年版，"导言"第33页。

《批点稼轩长短句》所评:"清狂老子好作奇怪语。"①

以上所论,都是表现词人与景物结为盟友、成为知音,相互交流、问答、关怀、体贴,共同行动的作品,可谓性灵契合、人与物化、融为一体,是稼轩词第一类浪漫神奇的"造境"之作。

二 梦天游仙的奇幻境界

稼轩词第二类浪漫神奇的"造境"之作,包括两种,一种是以雄奇飞动的意象并结合神话传说来描绘山水景物以造境;另一种是直接表现自我梦天游仙的奇幻经历。我们先看第一种,例如《满江红·题冷泉亭》:

直节堂堂,看夹道、冠缨拱立。渐翠谷、群仙东下,珮环声急。谁信天峰飞堕地,傍湖千丈开青壁。是当年、玉斧削方壶,无人识。　山木润,琅玕湿。秋露下,琼珠滴。向危亭横跨,玉渊澄碧。醉舞且摇鸾凤影,浩歌莫遣鱼龙泣。恨此中、风物本吾家,今为客。

这首咏杭州冷泉亭山水风光的词,作于乾道六、七年间(1170—1171),时稼轩任临安司农寺主簿。词的上片写冷泉亭周围环境以作铺垫和渲染:通向飞来峰的两旁,是高大挺拔的树木,它们像戴冠垂缨的官吏,仪表堂堂,夹道挺立。接着三句,写山涧泉流琤琮,像东下群仙衣上的环珮叮当作响。以下四句写飞来峰,形状如灵鹫飞堕地上,于是西湖之滨,矗立起千丈青色峭壁。不知是何年,仙人用玉斧削成这座神山,沧桑变幻,现已无人能识。以上描写,比喻夸张、虚实结合,表现出一个清冷、幽深、仙气氤氲的奇特环境。下片写冷泉亭,因为亭边的山木美石都很湿润,

---

① (宋)辛弃疾著,吴企明校笺:《辛弃疾词校笺》下,第1159页。

秋露结成的水点像琼珠向下滴落。词人横跨过这高高的亭子，但见泉水澄清如碧玉。美景激发出词人的豪兴，他情不自禁喝酒醉梦，感觉神鸟鸾凤的身影也随着摇动；他引吭悲歌，却又怕使水中的怪兽伤感哭泣。这冷泉亭景色与北方家乡历城风光极为相似，他却长期回乡不得，至今仍在南方作客，胸中充满了不能北伐中原收复故土之"恨"。全篇绘景写实与幻想相结合，引人入胜，创造出一个清奇灵幻、使人由乐生悲的意境。

这一类词的第二种写词人梦天游仙之作，《太常引·建康中秋夜为吕叔潜赋》尤为典型：

　　一轮秋影转金波，飞镜又重磨。把酒问姮娥：被白发欺人奈何？　乘风好去，长空万里，直下看山河。斫去桂婆娑，人道是清光更多。

词人起笔即把圆月比为重磨的飞镜，表现出中秋月格外皎洁明亮。"转""飞""磨"三个动词连接呼应，尤显其灵动之美。接韵即转笔写他把酒向月中女神嫦娥提问：白发欺我，肆意生长，奈何？这一问，问出了他对宇宙永恒人生苦短的忧思，更问出了他对于抗金复土壮志难酬而岁月飞逝的苦闷焦躁。换头词情如奇峰陡起，词人幻想自己乘风飞上万里长空，俯视祖国山河。但在今夜的明月下，却无法看清，原来是被月中桂树的阴影遮蔽了。于是他要砍掉桂树，使山河重光。显然，这月中的婆娑桂树，象征着造成山河残缺不全的黑暗势力，包括入侵的金人和南宋朝廷的投降派。词人飞腾起瑰奇的想象和幻想，运用隐喻与象征手法，成功地营造出一个寄托遥深情味隽永的浪漫"造境"，以小令词写出了统一祖国山河的宏大主题。

再如《水调歌头·我志在廖阔》：

> 我志在寥阔，畴昔梦登天。摩娑素月，人世俯仰已千年。有客骖鸾并凤，云遇青山赤壁，相约上高寒。酌酒援北斗，我亦虱其间。　少歌曰："神甚放，形如眠。鸿鹄一再高举，天地睹方圆。"欲重歌兮梦觉，推枕惘然独念。人事底亏全？有美人可语，秋水隔婵娟。

这首词借梦境抒怀。除了结尾，通篇写梦境。词人梦中飞上了天空，摩挲素月，俯仰之间，人世已过千年。接着有"客"来相告，说是他遇到了李白、苏轼，相约到更高更远的天上去。于是词人欣然与他们同往。飘飘飞到了北斗之旁，便以斗勺酌酒，四个人开怀痛饮。在酒酣耳热之际，他们小声吟唱，唱他们无拘无束，自由自在地遨游太空，灵魂像鸿鹄一样飞到最高天，尽情地观看这天圆地方的世界。当他们还想再唱一遍时，词人却突然惊醒，发觉自己还是躺在博山的小茅庵中，于是推枕而起，独自思索人间之事为何如此不尽如人意，宛如月亮的暂满还亏？最后他用美人娟娟远隔秋水、可望而不可及为喻，切合词的题面，表达了对友人的思念，更表达了理想难以实现的惆怅。全篇在写梦境中突破了生死、古今、远近、天人之别，想象丰富而奇幻，其中写他"摩挲素月"、以北斗为勺酌酒，意象奇伟，气魄宏大。词人化用了《离骚》、苏轼、贾谊、杜甫诗文中的语言，以其心胸为炉熔化之，语如己出，足见其非凡的想象力。

在写作了《水调歌头·我志在寥阔》之后，稼轩又写了一首《千年调·左手把青霓》，词曰：

> 左手把青霓，右手挟明月。吾使丰隆前导，叫开阊阖。周游上下，径入寥天一。览玄圃，万斛泉，千丈石。　钧天广乐，燕我瑶之席。帝饮予觞甚乐，赐汝苍璧。嶙峋突兀，正在一丘壑。余马怀，仆夫悲，下恍惚。

作者开山径得石壁,"棱层势欲摩空"(《临江仙·莫笑吾家苍壁小》),自以为是上天所赐,在喜悦、兴奋中幻想自己乘着神马飞入太空,"左手把青霓,右手挟明月",还使雷神丰隆作开路先锋,叫开了天门,在天国里上下周游,游览了仙山玄圃,观赏了万斛泉水与千丈仙石。天帝以隆重仪式迎接他,在瑶池设宴款待,众多乐工奏起仙乐。天帝亲自斟酒,还高兴地对作者说:"我要将苍壁赐予你。"词的最后三句,写他在天宫过着美好生活,但仍深情怀念故土,致使随从和神马都悲伤起来,于是辞别天宫,恍恍惚惚地回返尘寰。这首词化用了《史记·赵世家》所载赵简子梦游天国的故事,又用了《离骚》中的一些情节和语句,并经过加工、改造和融会创新,创造出一个神游天外的浪漫神奇"造境",借以表现他的积极用世思想、为国立功抱负与被罢官隐居的矛盾苦闷。清代李佳《左庵词话》卷下评:"用笔如龙跳虎卧,不可羁勒,才情横溢,海天鼓浪。"[①] 略显空泛,但评赞颇高。

三 追步屈原的浪漫主义诗歌传统

辛弃疾最崇敬的古代诗人是屈原和陶渊明。他说:"千古《离骚》文字,芳至今犹未歇。"(《喜迁莺·暑风凉月》)又说:"须信采菊东篱,高情千载,只有陶彭泽。"(《念奴娇·重九席上》)"千载后,百篇存,更无一字不清真。若教王谢诸郎在,未抵柴桑陌上尘。"(《鹧鸪天·读渊明诗不能去手,戏作小词以送之》)如果说稼轩的"写境"之作,主要是学陶渊明田园诗清真朴素、生动自然的风格,那么他的"造境"之作,还有一类明显地继承了屈原《离骚》等诗歌的浪漫主义传统。请看《水龙吟·听兮清珮琼瑶些》:

[①] (宋)辛弃疾著,吴企明校笺:《辛弃疾词校笺》中,第773页。

听兮清珮琼瑶些。明兮镜秋毫些。君无去此，流昏涨腻，生蓬蒿些。虎豹甘人，渴而饮汝，宁猿猱些。大而流江海，覆舟如芥，君无助、狂涛些。　路险兮山高些。愧余独处无聊些。冬槽春盎，归来为我，制松醪些。其外芳芬，团龙片凤，煮云膏些。古人兮既往，嗟余之乐，乐箪瓢些。

这首词是作者退隐瓢泉期间之作。首韵以玉珮叮咚形容泉水奔流时的声音清脆，次韵用明镜照见秋毫形容水色清亮，以下转入对瓢泉的劝说。他一劝瓢泉不要出山，以免受到山外浊水污染而生出蓬蒿；二劝瓢泉不要去为那以人肉为美食的虎豹解渴，宁愿留在此地供猿猱饮用；三劝瓢泉不要与他水合流进入江海，为覆舟杀生推波助澜。这三劝层层推进，在劝告泉水中抒写出高洁自守的情怀。过片写路险山高，慨叹自己幽居无聊。其后两韵为已经流逝的泉水招魂，一招它归来为自己酿造解愁的松子美酒，再招它回来为自己煮出芬芳滑爽如云膏的醒酒茶。这两招隐含着词人追求芳洁的志趣。结韵进而直接表明他厌恶污浊的现实环境，甘愿追步孔门弟子颜回，安贫乐道，过箪食瓢饮的简单纯洁生活。全篇模仿《招魂》的艺术构思与表现手法，又用《招魂》的语尾"些"字作为后缀的韵脚，与其前的平声"萧肴豪"部韵脚形成更和谐的双韵，这是一首兼具屈原楚骚的情操美、"造境"美与音乐美的佳作。

稼轩的《山鬼谣·问何年》，更是一首直接学习、模仿屈原诗歌的精神与意境的绝妙好词，词云：

问何年，此山来此。西风落日无语。看君似是羲皇上，直作太初名汝。溪上路，算只有、红尘不到今犹古。一杯谁举。笑我醉呼君，崔嵬未起，山鸟覆杯去。　须记取。昨夜龙湫风雨。门前石浪掀舞。四更山鬼吹灯啸，惊倒世间儿女。依约处、还问我，清游杖履公良苦。神交心许。待万里携君，鞭笞鸾凤，诵我远游赋。

此词也是稼轩闲居瓢泉之作。词题为："雨岩有石，状甚怪，取《离骚·九歌》，名曰'山鬼'，因赋《摸鱼儿》，改名《山鬼谣》"，《山鬼谣》即《摸鱼儿》。《九歌》是屈原所作，其第九篇名《山鬼》，歌咏一位寂寞的山中女神。稼轩采取了《山鬼》中人神之恋的抒情方法，写他与这块绰约有仙气的石头"神交心许"，使全篇境界具有浓厚的浪漫主义色彩。起句突兀地问雨岩何时飞来，问得新奇怪诞，更妙在以"西风落日无语"作答，渲染了神秘荒古、冷峻阴森的环境气氛。"溪上路"一韵，写他独自前来观赏雨岩的经历，表明雨岩处于偏远之地。接着写他希望雨岩举杯邀约他共饮，但雨岩未起，却是山鸟飞来把他放在雨岩上的杯子踏翻了。这几句即事抒情，风趣幽默，又神秘奇幻。过片补叙昨夜龙湫风雨，这被他称为"山鬼"的雨岩巨石，竟然翻飞起舞，在四更时巨石曾变成吹灯的山鬼，发出奇怪的呼啸，把世间一般儿女都吓得胆战心惊。在词人的神笔下，怪石具有超自然的巨大力量，有惊世绝俗的精神气魄，与词人心灵相通。词人感觉巨石依稀在向自己问安："您拄杖清游真够辛苦。"从而觉得他与它精神相通、心意相许。结韵拓宽并升高词境：词人表示要与"山鬼"一起乘鸾驾凤，"诵我远游赋"，携手云游万里。"远游"是屈原《楚辞》的篇名。词人在这里表明他要追求并发扬屈原伟大的爱国主义精神。稼轩词中还有一首《蝶恋花·月下醉书雨岩石浪》，也是游雨岩所作，其浪漫神奇的意境与《山鬼谣》颇相似，词云：

九畹芳菲兰佩好。空谷无人，自怨蛾眉巧。宝瑟泠泠千古调，朱丝弦断知音少。　　冉冉年华吾自老，水满汀洲，何处寻芳草？唤起湘累歌未了，石龙舞罢东风晓。

稼轩在这首词中成功地学习了屈原在《离骚》中运用的比兴寄托之法，以香草美人自喻，抒写政治失意与缺少知音的满腹幽愤。《离骚》云："余既滋兰之九畹兮，又树蕙之百亩。"又云："纫秋兰以为佩。"词人也满怀深情地采撷兰花为佩，以形容自己的才高性洁。"空谷"一句，既是实写雨岩环境，也是借以怜惜自己的幽独。《离骚》云："众女嫉余之蛾眉兮，谣诼谓余以善淫。"词人也在无人的空谷自怨"蛾眉巧"招嫉，其实是怨自己因兼具文韬武略之才而遭到政敌的无情打击。接韵写这位幽居空谷的美人用宝瑟弹出了千古罕闻的清越之调，可是弹断了弦索也无知音欣赏。下片进一步抒发了自我虚度光阴无所作为的悲凉，又化用了《离骚》"老冉冉其将至兮，恐修名之不立"，词意极沉痛。"水满汀洲，何处寻芳草"二句，反用《离骚》"何所独无芳草兮，尔何怀乎故宇"句意，喻示理想难以实现的可悲处境。结拍二句，词人即这位空谷佳人唤起"湘累"即屈原的灵魂一起合唱哀歌，被感动的石龙也为之起舞。然而歌舞未毕，在阵阵松风中，东方破晓，屈原灵魂消失，词人也酒醒梦消，跌回现实世界。尾句以景结情，加重了全篇的伤感幽怨气氛，也使"造境"更完整浑成，韵味悠长。

稼轩词浪漫神奇的"造境"之作，还有一首学习屈原辞赋的《木兰花慢·可怜今夕月》：

可怜今夕月，向何处、去悠悠。是别有人间，那边才见，光影东头？是天外空汗漫，但长风，浩浩送中秋。飞镜无根谁系，姮娥不嫁谁留。　　谓经海底问无由，恍惚使人愁。怕万里长鲸，纵横触破，玉殿琼楼。虾蟆故堪浴水，问云何玉兔解沉浮。若道都齐无恙，云何渐渐如钩。

此词原题为："中秋饮酒将旦，客谓前人诗词有赋待月，无送月者，因用《天问》体赋。"《天问》，屈原所作。作者提出 172 个包蕴广泛的自然、历史和社会问题，表现出勇于探索的精神。稼轩运用《天问》诗体入词咏月，又突破前人只咏待月而不咏送月的缺陷，根据月亮盈圆和奇瑰的神话传说，打破上下片分段体式，连珠炮似的对月亮提出七个问题，其中，问月像一面飞天宝镜，却不掉落地上，是谁用一根无形的长绳把它系住？问月宫里的嫦娥千秋不嫁，是谁留住了她？又问月亮游入海底，大海中万里长鲸横冲直撞，会不会触破你宫中的玉殿琼楼？月从海底经过，会水的虾蟆不用担心，可是那玉兔可曾学会游泳？如果这一切都安然无恙，我问你，为何逐渐变成弯钩？词人展开幻想的灵翼，飞上太空又沉入海底，对月亮提出一连串问题，问得奇妙，饶有风趣，闪耀着作者探索宇宙奥秘的睿智思想光辉。王国维《人间词话》评赞："稼轩中秋饮酒达旦，用《天问》体作《木兰花慢》以送月……词人想象，直悟月轮绕地之理，与科学家密合，可谓神悟。"① 稼轩把超凡的想象、瑰奇的神话、睿智的思想以及大胆创新的精神熔于一炉，造出了又一个富于浪漫主义色彩的新境界。

以上，是对辛弃疾词三类浪漫神奇的"造境"作品的评论。古今体诗歌与被称为长短句诗的词，都离不开想象。想象是诗歌的翅膀，可分为联想和幻想。中国现代杰出诗人艾青说："联想是由事物唤起类似的记忆，联想是经验与经验的呼应。""联想是情绪的推移，由这一事物到那一事物的飞翔。"② 而幻想"是以社会或个人的理想、愿望以及个人的主观感受为依据，对还没有实现或根本无法实现的事物的想象。它是从时空世界里解放出来的一种回忆和预见。比起联想来，幻想的翅膀更刚健有力，因而它腾飞得更高远神奇"③。笔者打个比喻说，如果联想是苍鹰之翅，那

---

① 王国维原著，施议对译注：《人间词话译注》，第 82 页。
② 艾青：《诗论》，人民文学出版社 1980 年版，第 200 页。
③ 谢文利、曹长青：《诗的技巧》，中国青年出版社 1984 年版，第 81 页。

么幻想就是大鹏之翼。积极浪漫主义的幻想，要求诗人有高远宏伟的理想抱负，有由于理想抱负在现实中碰壁而引发的炽烈如火、汹涌如潮的激情。激情是幻想的推动力。辛弃疾一生怀着挥戈跃马、澄清中原的雄心壮志，但归来后二十多年屡遭对敌妥协求和的当权者排挤压抑打击，请缨无路，报国无门，因此，胸中郁积着火山熔岩般的悲愤与激情，这股激情的巨大力量推动他的幻想翅膀一次次奋飞冲天，使他创作出一首首闪耀着浪漫主义奇光异彩的"造境"杰作。而且，即使在他那些基本上是写实的词篇中，也因为刚健有力的幻想翅膀时常飞腾，从而涌现出一些雄奇瑰丽的意象或意象群。例如下面的句子："翠浪吞平野。挽天河、谁来照影，卧龙山下。"（《贺新郎·三山雨中游西湖，有怀赵丞相经始》）"鹏翼垂空，笑人世、苍然无物。还又向、九重深处，玉阶山立。"（《满江红·建康史帅致道席上赋》）"笑拍洪崖，问千丈、翠岩谁削？"（《满江红·游南岩和范廓之韵》）"我笑共工缘底怒。触断峨峨天一柱。补天又笑女娲忙，却将此石投闲处。"（《归朝欢·题赵晋臣敷文积翠岩》）"青山欲共高人语，联翩万马来无数。"（《菩萨蛮·金陵赏心亭为叶丞相赋》）以上这些浪漫、神奇的幻想意象，却被稼轩安排在写实的词作开篇，使读者一见即耳目耸动，心弦大振！

辛弃疾的浪漫主义"造境"词，其思想内涵与艺术表现，主要是师法屈原的骚赋，其次是受到李白、杜甫、韩愈、李贺、苏轼的巨大影响。此外，稼轩也从南宋李清照、张元干、张孝祥等词人的一些"造境"作品中汲取了营养。辛弃疾作为南宋爱国词坛的盟主、豪放词派的领袖，其"写境"与"造境"的杰作，对辛派词人陆游、刘过、陈亮、戴复古、刘克庄，对其他流派的词人姜夔、吴文英、蒋捷等都有广泛深刻的影响。多种宋代文学史、宋代词史已有专门论述，这里就不赘言了。

第三章　稼轩词章法结构的创新

　　宋词绝大多数是长短句，又有众多格律形式不同的词调，因此它的章法结构，比起唐代五七言近体律绝诗来，更复杂多变、曲折顿挫、多层递进，从而有利于词人将其主观生命情调与客观自然或社会的景象层层深入地交融互渗。美学家宗白华先生在《中国艺术意境之诞生》一文中指出：正是诗人和艺术家主观的生命情调与客观的自然景象交融互渗，才形成"鸢飞鱼跃，活泼玲珑，渊然而深的灵境；这灵境就是构成艺术之所以为艺术的'意境'"①。研究词的章法结构，可以深细地领悟词的灵境并认知词人营造灵境的艺术本领。古代和现代的词学家十分重视章法，发表了不少精到的见解，当代词学界对词的章法似关注不够，研究成果不多。笔者曾经拜读过几篇论文，探讨"以赋为词"的柳永和周邦彦的词的章法，但至今未见到一篇专门研究苏轼与辛弃疾——这两位宋代最杰出词人章法艺术的文章。尤其是辛弃疾，被清代词学家陈廷焯誉为"词坛第一开辟手"②。稼轩词纵横驰骤，气势排荡，又迂曲要眇，顿挫沉郁。稼轩在章法结构上勇于探索，大胆创新，很值得认真深入地研究。本章拟就此课题，谈

---

① 宗白华：《美学散步》，上海人民出版社1981年版，第60页。
② （清）陈廷焯：《云韶集》卷二，载吴熊和主编《唐宋词汇评·两宋卷》第3册，第2343页。

一些初步探讨的心得。

一　新奇多变的起结过片

词的章法结构，有三个关键部位，即是起、结与过片。研究稼轩词章法，也应首先看其在这三个关节点上有哪些突破与创新。

起，又称起拍，指词开头的一韵。清代沈雄说："起句言景者多，言情者少，叙事者更少。"① 而在才大气雄的稼轩词中，起句有写景，有抒情叙事，还有议论说理；有单起调，也有双起调；有描写、叙述，更有感叹、疑问、设问、反诘，其笔法灵活多变，警句异彩纷呈，令人击节称赏。

稼轩起笔或直抒悲壮慷慨的爱国情怀，或借古人古事浇自我胸中块垒，或以自然景物兴发情思、影射时局，或用投枪匕首般的笔锋刺向屈膝媚敌的奸佞小人。请看："渡江天马南来，几人真是经纶手。"（《水龙吟·甲辰岁寿韩南涧尚书》）劈空而下，笔力千钧，对南宋朝廷腐败无能的蔑视与愤慨之情喷薄纸上。"千古江山，英雄无觅，孙仲谋处。"（《永遇乐·京口北固亭怀古》）开篇即怀念雄霸江南抗击强曹的历史英雄孙权，寄寓对当下无人可御外敌的深沉感喟。词人怀古伤今，悲壮苍凉，动人肺腑。

清代词论家况周颐说："起句不宜泛写景，宜实不宜虚。"② 此论前句中肯，后句失之偏颇。稼轩词中有不少篇章，起句写实景、小景、秀丽之景，如"陌上柔桑破嫩芽。东邻蚕种已生些"（《鹧鸪天·代人赋》）、"春入平原荠菜花。新耕雨后落群鸦"（《鹧鸪天·游鹅湖醉书酒家壁》）、"明月别枝惊鹊，清风半夜鸣蝉"（《西江月·夜行黄沙道中》）。这些小令词的起句描写山乡田野景色，清新优美，饶有乡土气息。但其小令词中，也有写大景、壮景的，如"千丈悬岩削翠，一川落日镕金"（《西江月·渔父

---

① （清）沈雄：《古今词话·词品》，载唐圭璋编《词话丛编》第1册，第838页。
② 况周颐：《蕙风词话》卷一，载唐圭璋编《词话丛编》第5册，第4416页。

词》）、"一轮秋影转金波，飞镜又重磨"（《太常引·建康中秋夜为吕叔潜赋》），一般婉约派词人就写不出来。而稼轩数量更多的中调词与长调词，多在起句描写大景、壮景，展现出空阔高远的气象，显示词人博大浩荡之襟怀。《水龙吟·登建康赏心亭》开篇："楚天千里清秋，水随天去秋无际。"词人登高望远，将千里楚天、无际秋色尽收笔底。唐圭璋先生评："起句浩荡，笼照全篇。"① 这八个字精准概括了稼轩许多中长调豪放词起拍的艺术特点。再看："翠浪吞平野。挽天河、谁来照影，卧龙山下。"（《贺新郎·三山雨中游西湖，有怀赵丞相经始》）用浪漫想象与艺术夸张，把大雨过后的福州西湖写得波澜壮阔，气吞平野。清代沈际飞评："奇险灏瀚之致。"② 可谓一发破的。

　　清代刘熙载云："文之神妙，莫过于能飞。"③ 辛稼轩喜爱并擅长起笔描绘飞动之景，如："青山欲共高人语，联翩万马来无数。"（《菩萨蛮·金陵赏心亭为叶丞相赋》）赋予青山以人的性灵，又用比喻活画其奔驰飞动的态势，借以表达自己欲追随高人叶衡跃马杀敌的心愿。此处是虚笔写景，想象奇特，可见况周颐"宜实不宜虚"之说有些武断。又如："叠嶂西驰，万马回旋，众山欲东。"（《沁园春》）绵亘数百里的灵山或西驰，或东向，好像万匹骏马连续不断地回旋奔腾，真是意象飞动，气势磅礴！稼轩还善于在词的开篇展开幻想的翅膀，创造雄奇瑰丽的意象。《满江红·建康史帅致道席上赋》起拍："鹏翼垂空，笑人世、苍然无物。"大鹏高飞，其翼若垂天之云，笑看人世，比喻建康留守史致道志向高迈，才能超群。又如《千年调·左手把青霓》起拍："左手把青霓，右手挟明月。"词人乘神马，入太空，把青霓，挟

---

①　唐圭璋：《唐宋词简释》，载吴熊和主编《唐宋词汇评·两宋卷》第 3 册，第 2373 页。

②　（明）沈际飞：《草堂诗馀续集》卷下，载吴熊和主编《唐宋词汇评·两宋卷》第 3 册，第 2443 页。

③　（清）刘熙载：《艺概·文概》，第 8 页。

明月，在神奇的幻想世界中纵横飞驰。

稼轩是英雄豪杰，性格豪爽，激情奔放，故其词起拍多突兀奇崛之笔。《贺新郎·甚矣吾衰矣》开篇："甚矣吾衰矣。怅平生、交游零落，只今余几？"起拍即大声疾呼，深沉感叹自己年老力衰，功业未成，交游零落，其情意、语气、声调撼人心魄。《鹧鸪天·寻菊花无有，戏作》劈头二句："掩鼻人间臭腐场。古来惟有酒偏香。"以酒徒的感觉与口吻，抨击封建专制下人间的丑恶臭腐，如钟响雷鸣，振聋发聩。"何人半夜推山去。四面浮云猜是汝。"（《玉楼春·戏赋云山》）此词戏赋云山。起拍二句说：是什么人半夜把青山推走了？词人只见四面都是浮云弥漫，猜想你就在云里。用拟人手法写云山，一"推"一"猜"，词人对云与山的喜爱的情趣皆跃然纸上。

清代词论家陈廷焯独具慧眼，说稼轩的《摸鱼儿》起拍，"是从千回万转后倒折出来"①。其后，梁启超论词的起拍"文前有文，如黄河伏流，莫穷其源"，也举《摸鱼儿》为例。②《摸鱼儿·淳熙己亥，自湖北漕移湖南，同官王正之置酒小山亭，为赋》起拍云："更能消、几番风雨，匆匆春又归去。"可见此词所写"美人"和春花一起，已遭受过多次风雨袭击，而今身心交瘁，落红满地，再也禁不起风雨的摧残了。开篇"文前有文"，如九曲黄河，又伏流百里，突然喷出。当然，这种"从千回万转后倒折出来"的起拍之法，并非稼轩首创，梁启超就说："欧阳修《蝶恋花》'谁道闲情抛却久'，稼轩《摸鱼儿》起处从此夺胎。"③ 其实，南唐后主李煜名篇《虞美人》起句"春花秋月何时了"，宋初词人张先《一丛花令》起句"伤高怀远几时穷"都是。但在

---

① （清）陈廷焯：《白雨斋词话》卷一，载吴熊和主编《唐宋词汇评·两宋卷》第 3 册，第 2363 页。
② 梁启超：《饮冰室评词》，载唐圭璋编《词话丛编》第 5 册，第 4305 页。
③ 梁启超：《饮冰室评词》，载唐圭璋编《词话丛编》第 5 册，第 4305 页。

《稼轩词》中，此种"从千回万转后倒折出来"的手法用得最多，最出彩。如《兰陵王·恨之极》起拍"恨之极。恨极消磨不得"，《踏莎行》起拍"吾道悠悠，忧心悄悄"，《满江红·敲碎离愁》起拍"敲碎离愁，纱窗外、风摇翠竹"，《水龙吟·过南剑双溪楼》起拍"举头西北浮云，倚天万里须长剑"等，都是"文前有文"，"千回万转"，突然折出，奇气喷涌！

稼轩词还有一些作品，起拍状物写人，寥寥几笔，形神入妙，映照全词。如《贺新郎·赋水仙》开篇："云卧衣裳冷。看萧然、风前月下，水边幽影。"仅十六字，活画出水仙花在风前、月下、水边，幽冷、高洁的形影神，笔墨精警不凡。又如《贺新郎·和徐斯远下第谢诸公载酒相访韵》开篇："逸气轩眉宇。似王良，轻车熟路，骅骝欲舞。"状人风神笑貌，气度不凡。《江城子·和陈仁和韵》开篇："宝钗飞凤鬓惊鸾。望重欢。"顾随先生评赞说："'凤钗''鸾鬓'在词中用得非常多，但都是死的，而稼轩一写，真动，活了，真好！""一个'飞'字，一个'惊'字，所写是一个活泼健康女性。"①

以上几点，是稼轩词起拍的创新。当然也学习、借鉴了前人。上文已提到"更能消、几番风雨，匆匆春又归去"，夺胎于前人之句。而"楚天千里清秋，水随天去秋无际"和"翠浪吞平野。挽天河、谁来照影，卧龙山下"，就使人自然联想到柳永的"对潇潇暮雨洒江天，一番洗清秋"（《八声甘州》）和周邦彦的"暮色分平野。傍苇岸、征帆卸"（《塞垣春·大石》）。但柳、周词的起拍绝大多数是平起，辛词的起拍无疑更多地受到苏轼词（也包括其诗）的影响。东坡词的起拍，如"大江东去，浪淘尽、千古风流人物"（《念奴娇·赤壁怀古》）、"明月几时有，把酒问青天"（《水调歌头·明月几时有》）、"有情风万里送潮来，无情送潮归"

---

① 顾随讲，叶嘉莹笔记，顾之京、高献红整理：《中国古典诗词感发》，北京大学出版社2012年版，第259页。

(《八声甘州·寄参寥子》)、"老夫聊发少年狂，左牵黄，右擎苍"(《江城子·密州出猎》)、"我梦扁舟浮震泽，雪浪摇空千顷白"(《归朝欢·和苏坚伯固》)等，或笔挟大江，思接千载，高唱入云；或如突兀雪山，卷地而来，气象雄杰；或牵犬擎鹰，纵马出猎，以一个"狂"字贯穿全篇；或梦见雪浪摇空，壮浪幽奇，超尘出俗。这些起拍的意象、境界、情调都在稼轩词中得到继承与发扬，从而极大地丰富和提升了词起拍的艺术。

结，与作为全词开头的起对应，指词的结尾。前人论词的章法，多认为结句更难，也更重要。稼轩词的结尾，有景结、情结、事结、理结，其内容之丰富、句式之多变、风格之多彩，洵为两宋词人之冠。有以豪壮语结，唱出时代最强音，如："我最怜君中宵舞，道男儿、到死心如铁。看试手，补天裂。"(《贺新郎·同父见和，再用前韵》)有以怨语结，表达闺妇满腹痴情，奏出绵邈飘忽之音，如："是他春带愁来，春归何处。却不解、带将愁去。"(《祝英台近·晚春》)有以幻想语结，宣泄英雄无用武之地的慷慨悲凉，如："目断秋霄落雁，醉来时响空弦。"(《木兰花慢》)有以狂语结，抒发雄视今古恨少知音的深沉感慨，如："不恨古人吾不见，恨古人不见吾狂耳。知我者，二三子。"(《贺新郎·甚矣吾衰矣》)有以贾谊自拟，痛哭流涕，抒无穷悲愤："甚当年、寂寞贾长沙，伤时哭！"(《满江红·倦客新丰》)有以谐语结，道出一肚皮不合时宜："万一朝家举力田，舍我其谁也。"(《卜算子》)还有以趣语结，揶揄沙鸥，曲折表现自我愁情难遣："拍手笑沙鸥，一身都是愁。"(《菩萨蛮·金陵赏心亭为叶丞相赋》)以上结句，或与起拍首尾呼应，神光离合；或宕开一笔，别出新意；或言尽意余，弦外有音，都收到了动人心弦又耐人寻味的艺术效果。

但稼轩词更多也更有创新性的，是"以景结情"。《鹧鸪天·代人赋》结尾："城中桃李愁风雨，春在溪头荠菜花。"将城中桃李与乡野荠菜花对照描写，表现他厌恶红尘滚滚的都市，喜爱生机勃勃的农村，也彰显他的倔强个性和清新朴素的审美趣味，在写景中又蕴含丰富、深邃的人生哲理。又如《清平乐·独宿博山王氏庵》：

> 绕床饥鼠。蝙蝠翻灯舞。屋上松风吹急雨，破纸窗间自语。　平生塞北江南。归来华发苍颜。布被秋宵梦觉，眼前万里江山。

此词上片写夜晚山中旅舍凄凉荒寂之境，下片前二句概述他为国事奔波，失意归来，已容颜苍老。结尾波澜陡起，写他眼前浮现梦中所见万里江山的壮丽景象。词人对祖国的一颗赤心，在秋天曙色中光芒四射。这个结句，大大开拓与提升了全词的思想境界。

稼轩词借以"结情"的"景"，有不少是梦景、幻景、奇景，景中有烈火燃烧般的激情。如《贺新郎·甫前韵赠金华杜仲高》结尾："夜半狂歌悲风起，听铮铮、阵马檐间铁。南共北，正分裂。"词人送别友人后愁思难眠，夜半狂歌，悲风骤起，听檐下俗称"铁马"的风铃铮铮作响，恍若他正骑着铁马在沙场上冲锋陷阵，可谓奇思突起、意境悲壮。《蝶恋花·月下醉书雨岩石浪》收拍云："唤起湘累歌未了，石龙舞罢松风晓。"《山鬼谣》结尾曰："待万里携君，鞭笞鸾凤，诵我远游赋。"这两首词皆咏博山雨岩怪石，表明词人追求屈原伟大的爱国主义精神，都营造出与《离骚》相似的虚幻奇诡意境，结拍却有幽深清冷与雄放高远之别。

在稼轩词借以"结情"的"景"中，多有象征性、隐喻性。《摸鱼儿·淳熙己亥，自湖北漕移湖南，同官王正之置酒小山亭，为赋》结拍："休去倚危栏，斜阳正在，烟柳断肠处。"刘永济先生评析说："'斜阳'以比国势之衰微，'烟柳'则比朝政之昏暗，此正所以令人'断肠'之处也。观结尾之意，可知所惜之春非止一身之遭遇，实乃身世双关。"① 此说有理，斜阳、烟柳、危栏，既映衬美人的迟暮哀愁，也象征暗示政局的危急，寄托的意蕴似无似有。《念奴娇·登建康赏心亭，呈史留守致道》结拍云："江头风怒，朝来波浪翻屋。"联系词中"柳外斜阳""兴亡满目"等句，结尾狂风怒号、巨浪翻屋的险恶景象，渗透着词人对时局的深深忧虑。至于《太常引·建康中秋夜为吕叔潜赋》结拍"斫去桂婆娑，人道是清光更多"，词人要砍掉遮挡月光的婆娑桂树，正是以浪漫的幻想表达驱除黑暗使大地山河重光的壮志抱负。稼轩词多用带有象征性的自然景象结尾，使词的情思意味丰富深邃，有不确定性，更令人咀嚼回味不尽。

稼轩词还有一些作品，在结尾处推出一个人物的特写镜头，形神鲜活，诗画兼得。例如两首《鹧鸪天》结拍："谁家寒食归宁女，笑语柔桑陌上来。""青裙缟袂谁家女，去趁蚕生看外家。"都是绘出清新秀丽的农村风光之后，推出画中主体——健美淳朴的村姑形象，令人如见其人、如闻其声、如临其境。又如《清平乐·村居》："茅檐低小，溪上青青草。醉里吴音相媚好，白发谁家翁媪。　大儿锄豆溪东，中儿正织鸡笼。最喜小儿无赖，溪头卧剥莲蓬。"纯用白描，表现溪边一个农家老小五人不同的行为意态。结尾处浓墨点染那个躺卧溪头剥莲蓬的小儿，其天真烂漫的神态活灵活现，堪称点睛妙笔。

过片，又称"过遍""过变"或"过拍"，一般指双调词下片起句。稼轩许多词篇，其过片既能发起别意，又能承上接下；既不全脱，亦不明粘。或藕断丝连，或异军突起，似断若续，似承若转，展示出上片与下片之间最佳的联系状态，充分体现了过片的结构功能，足见稼轩双调词高超的章法艺术。然而，宋代许多

---

① 刘永济：《唐五代两宋词简析》，载吴熊和主编《唐宋词汇评·两宋卷》第3册，第2365页。

优秀词人也都能这样处理"过片"。那么,稼轩词"过片"的创新何在?笔者认为,就在于打破双调词上下片分段立意的传统程式。在稼轩以前,已有一些这样的词作,如晚唐词人韦庄的名篇《菩萨蛮》:"人人尽说江南好,游人只合江南老。春水碧于天,画船听雨眠。　　垆边人似月,皓腕凝霜雪。未老莫还乡,还乡须断肠。"全词起首与结尾各两句分别用来抒情议论,中间四句却是一气贯注,连续写景,实际上"过片"的作用已消失了。这种章法结构,只是少数词人偶尔为之;而在稼轩词中,却有很多上下片紧密连接融为一体的作品,可见,稼轩是自觉地、有意地突破上下片各为一大段的老套子的。对于这一点,下文再作具体论述,但从稼轩词的起拍与结拍,我们已看到了这云中神龙的雄奇惊人之首与夭矫穿云之尾,不能不为之气壮神旺也。

二　突破陈规的特殊章法

词调的绝大多数是双调。词人填写双调词,在章法结构方面,首先要考虑如何处理好上下片的关系。唐圭璋先生在《论词之作法》一文谈到章法时,把上下片关系梳理归纳成"上景下情""上情下景""上今下昔""上昔下今""上外下内""上去下来""上昼下夜""上问下答""上虚下实""上下相连""上下不连"和"上下相反"十二种类型。[①] 这对于词的创作与研究是有引领启发作用的。然而,从唐宋到明清,历代词作数十万首,仅宋词就有两万多首,其所表现的内容与章法无比丰富,可谓千变万化,很难全部概括归纳。对此,张仲谋先生说:"也许是因为有感于'词的章法''变化无端',宛敏灏先生在他的《词学概论》中,就放弃了对词的章法进行穷尽归纳的努力,而采取了一种比较宽松自由的讲述方式,那就是在讲完'词的分段''过片和意脉'

---

① 唐圭璋:《词学论丛》,上海古籍出版社1986年版,第857—860页。

以后，以'几种特殊章法'为标目，列举了四种类型。"他将宛先生概括的"上下片紧密依存者""上下片平列对照者""上下片融成一体者""上下片关系微妙者"这四种"特殊章法"列为简表，并各举出词例。[①] 在他列举的八位词人中，只有辛弃疾一人的作品兼具这四种"特殊章法"。由此可见稼轩最热衷追求"特殊章法"，敢于突破有关章法的陈规旧套，大胆创新。

笔者阅读稼轩词后发现，稼轩为了突出表现其青年时代的英雄传奇经历与中老年被迫投闲置散境况的巨大反差，突出表现其杀敌报国理想与南宋朝廷妥协求和现实的尖锐矛盾，突出表现其厌恶黑暗腐败官场与热爱清新纯朴田园的鲜明对立，在词作中着意营构平列对照的章法。为此，他特地选择上下片完全相同的词调来写，如《丑奴儿·书博山道中壁》：

少年不识愁滋味，爱上层楼。爱上层楼，为赋新词强说愁。　而今识尽愁滋味，欲说还休。欲说还休。却道天凉好个秋。

词人有意用淡语、轻松语表达积郁内心的忧国伤时之愁，收到了语淡而情浓、语轻松而意沉郁的艺术效果。全篇处处注意上下片的平行、呼应、对照：上片说"少年"，下片说"而今"；上片言"不识愁滋味"，下片则言"识尽愁滋味"；上片叠用"爱上层楼"，下片就叠用"欲说还休"，从而使整首词平列对比，上下对称，章法严谨，结构整饬。《鹊桥仙·松冈避暑》也是上下片相同的平行对比：上片写他被迫闲居中的孤独寂寞；下片写他分享了农家婚娶的欢乐热闹。更多词作，上下片字数、句数、句式并不相同，作者仍然追求强烈对比，如《鹧鸪天·有客慨然谈功名，

[①] 张仲谋：《宋词欣赏教程》，南京大学出版社2007年版，第221页。

因追念少年事，戏作》：

> 壮岁旌旗拥万夫。锦襜突骑渡江初。燕兵夜娖银胡䩮，汉箭朝飞金仆姑。　　追往事，叹今吾。春风不染白髭须。却将万字平戎策，换得东家种树书。

上片回忆青年时聚众抗金、跃马杀敌的非凡经历，下片叙写目前被迫闲居的颓唐老境。上片的雄壮与下片的悲凉强烈对比，词情更显得沉郁深厚，催人落泪。又如《一枝花·醉中戏作》，上片描写酒醉中幻想自己率领千军万马，立功封侯，成了国家擎天柱；下片跌回现实之中，写酒醒后失意叹恨虚度光阴，如今白发满头，空自回首。这些作品的章法或可称为上下片"不平列对照"。

　　辛弃疾对词的章法更大胆的创新，乃是他在许多作品中有意突破双调词按上下片分段的常规，使词意前后紧接，一气贯通，借此表现其难以抑遏的感情激流。小令词如《鹧鸪天·石门道中》：

> 山上飞泉万斛珠。悬崖千丈落鼪鼯。已通樵径行还碍，似有人声听却无。　　闲略彴，远浮屠。溪南修竹有茅庐。莫嫌杖屦频来往，此地偏宜著老夫。

此词就打破了上片写景下片抒情的惯例，前七句写景，景中寓情；后二句抒情，情随景生。长调词如《念奴娇·书东流村壁》：

> 野棠花落，又匆匆过了，清明时节。刬地东风欺客梦，一枕云屏寒怯。曲岸持觞，垂杨系马，此地曾轻别。楼空人去，旧游飞燕能说。　　闻道绮陌东头，行人长见，帘底纤纤月。旧恨春江流未断，新恨云山千叠。料得明朝，尊前重见，镜里花难折。也应惊问：近来多少华发？

上片写故地重游，景物依旧，不禁回忆当年情事，怀念伊人，但见人去楼空，只闻燕子呢喃。过片处意脉不断，如行云流水，一气注入下片。换头三句写他听说行人曾见江楼帘底露出如纤月般的美人足，接下去是设想明朝能重见伊人的情景。此词也是上下片紧密衔接，于过片处并无山断云连或奇峰陡起的迹象。下文引述的《贺新郎·别茂嘉十二弟》和《沁园春·杯汝来前》，前者使典用事连贯上下片，不在分片处分层；后者从开篇起直到下片"吾力犹能肆汝杯"句，都是词人谴责酒杯的话语，仅在结拍三句才是酒杯的"再拜"和回答。这两首都是对双调词传统章法结构的大胆突破。可见，稼轩不按上下片分段并非偶然为之，而是有意创新。

稼轩词追求前后对比和上下贯通，绝不意味着其词平铺直叙、板滞单调。恰恰相反，稼轩却多有章法婉曲、层层转折、愈转愈深的词篇。先看其小令词的章法。清代黄苏《蓼园词选》评南宋杰出女词人李清照的《如梦令·昨夜雨疏风骤》说："短幅中藏无数曲折，自是圣于词者。"[1] 稼轩小令名篇《菩萨蛮·书江西造口壁》云：

> 郁孤台下清江水，中间多少行人泪。西北望长安，可怜无数山。　　青山遮不住，毕竟东流去。江晚正愁余，山深闻鹧鸪。

此词乃淳熙三年（1176）作者任江西提点刑狱时作。全词抒写深沉的爱国情思，主要运用比兴手法，即清人周济《宋四家词选》所说"惜水怨山"[2]。开篇二句以郁孤台和台下赣江起兴，写江水流不尽行人的伤心泪，沉痛追忆四十多年前金兵犯赣给人民带来的巨大苦难。三、四句笔锋一转，写他西北望"长安"，却被重重

---

[1] 唐圭璋编：《词话丛编》第 4 册，第 3024 页。
[2] 唐圭璋编：《词话丛编》第 2 册，第 1655 页。

"青山"遮蔽，含蓄表达怀念中原故土和憎恨金兵与南宋投降派的感情。"可怜"一句，感慨深沉。过片"青山"句直承上片结句"无数山"，上下片紧密连接，有如诗中的"顶真格"。但细味词意，五、六句又作转折，写青山终究遮不住一江之水向东奔流，以"江水"隐喻广大爱国者抗金恢复的坚定意志，情绪昂扬，音韵铿锵有力。不料七、八句又一转折，写江晚山深，暮色苍茫，满怀愁绪的词人，听到鹧鸪"行不得也"的悲鸣之声。结拍二句，暗示偏安危局依旧，抗金统一前途坎坷。全词八句四韵，每韵一转，词情抑扬顿挫，也如李清照《如梦令》一样，"短幅中藏无数曲折"。不同的是此词"忠愤之气，拂拂指端"[1]，而"《菩萨蛮》如此大声镗鞳，未曾有也"[2]。

再看稼轩的中、长调词，例如《祝英台近·晚春》：

宝钗分，桃叶渡，烟柳暗南浦。怕上层楼，十日九风雨。断肠片片飞红，都无人管，更谁劝、啼莺声住。　　鬓边觑。试把花卜归期，才簪又重数。罗帐灯昏，哽咽梦中语。是他春带愁来，春归何处。却不解、带将愁去。

这是一首闺怨词。上片"宝钗分"三句追忆暮春时节她与情郎在南浦分别的情景。"怕上"二句转到当前，写她怕上层楼，怕看到绵绵不断的风雨。"断肠"三句，一波三折，写片片落红乱飞，都无人管束得住，更没有谁能劝止群莺啼鸣。上片在婉曲转折中已层层渲染了闺妇惜春怀人之情。下片前三句直接描摹其行为动作与神情意态：先是斜眼见到鬓边之花，灵机一动，试数花瓣占卜

---

[1] （明）卓人月：《古今词统》卷五，载吴熊和主编《唐宋词汇评·两宋卷》第3册，第2393页。

[2] 梁令娴：《艺蘅馆词选》丙卷引梁启超评语，载吴熊和主编《唐宋词汇评·两宋卷》第3册，第2394页。

游子归期，卜后把花插回发上，但不放心，又拔下来，一瓣瓣重头数过。这三句描写细腻传神，也是一波三折。"罗帐"二句，白日转至夜晚，由独坐写到睡眠，更写她梦呓中的哽咽之声，可见其怨别之苦、离愁之深。结拍三句是梦呓之语：她怨恨并责问春把愁带来，而今不知到哪里去了，却不懂得把愁带走。这三句怨问极无理，在无理中显出少妇的满腹痴情，仍是一句一转，越转越深。这一类稼轩词，其章法有曲折层深之美。但稼轩还有转折变化急促、腾挪起伏强烈的词篇，如《汉宫春·会稽蓬莱阁观雨》：

秦望山头，看乱云急雨，倒立江湖。不知云者为雨，雨者云乎。长空万里，被西风、变灭须臾。回首听、月明天籁，人间万窍号呼。　谁向若耶溪上，倩美人西去，麋鹿姑苏。至今故国人望，一舸归欤。岁云暮矣，问何不、鼓瑟吹竽？君不见、王亭谢馆，冷烟寒树啼乌。

此词上片写登阁见闻。起拍二句写风狂雨骤，想象浪漫，有东坡诗"风吹海立""飞雨过江"（《有美堂暴雨》）气势。以下词笔急转，写云散雨收，又转为月明天籁，忽又接以"万窍号呼"，可谓笔笔转折、变幻莫测。下片怀古抒情。前五句怀念助越灭吴的范蠡，闪耀着传奇色彩，情调昂扬乐观。紧接着却以设问句写出岁晚当及时行乐之意，继之以反问语作答，写旧时王谢亭馆荒芜，已无可行乐之处，再作跌宕。结句"冷烟寒树啼乌"，以景结情，流露出对历史沧桑、人生无常的伤感，又似隐喻南宋王朝的惨淡前景，词情词境跌落到凄凉悲郁的深渊中。全篇章法极转折跌宕之能事。

更多的稼轩长调词，其章法纵横捭阖，大开大合，大起大落，如长江黄河，波澜起伏；如春云拂空，卷舒变灭；更如生龙活虎，挟雷呼风。试读《水调歌头·汤朝美司谏见和，用韵为谢》：

　　　　白日射金阙，虎豹九关开。见君谏疏频上，谈笑挽天回。千古忠肝义胆，万里蛮烟瘴雨，往事莫惊猜。政恐不免耳，消息日边来。　　笑吾庐，门掩草，径封苔。未应两手无用，要把蟹螯杯。说剑论诗余事，醉舞狂歌欲倒，老子颇堪哀。白发宁有种？——醒时栽。

　　此词是写给被贬谪放还的友人汤朝美的。上片赞扬汤氏忠肝义胆，直言谠论，却被贬到蛮烟瘴雨之地，并预料他能重新入朝，东山再起，为国立功。下片写自己被削职回家闲居，心情落寞、悲愤。全篇上下对比映衬，又转折顿挫，如滩起涡旋。赖汉屏先生评其章法："上片节节暗转，于无字处为曲折，极掩抑零乱、跳跃动荡之美；下片却一气奔注，牢骚苦闷，倾泻而来，却又累出反语……故作幽塞，掀起波澜，豪放中仍不失顿挫曲折，词的构局可谓错综多变。"[①] 评得精妙。

　　在稼轩词中，这种张弛开合、波澜跌宕、错综多变的篇章，在两宋词人作品中数量第一，创新特色也最鲜明。尤其是他擅长运用长调《水调歌头》《满江红》《贺新郎》《念奴娇》《沁园春》《水龙吟》写成之作，笔墨纵横驰骤，转折顿挫，如龙跳虎掷，使人读来心魂震撼，堪称两宋词坛的一大奇观。

三　创新章法的表现手段

　　作为两宋词坛的巨擘，辛弃疾以多种表现手法写出不少章法新奇独创之作，其中有千秋传诵的经典，从而为词的章法创造了新的类型，树立了新的范式。

　　运用逆转反跌手法在结尾翻出新意，是稼轩词常见的一种特殊章法。请看《踏莎行·庚戌中秋后二夕带湖篆冈小酌》：

[①] 唐圭璋等撰写：《唐宋词鉴赏辞典·南宋·辽·金卷》，第1487页。

> 夜月楼台，秋香院宇。笑吟吟地人来去。是谁秋到便凄凉？当年宋玉悲如许。　　随分杯盘，等闲歌舞，问他有甚堪悲处？思量却也有悲时，重阳节近多风雨。

词的上片描写带湖秋夜的幽美景色，景中之人来来往往，个个脸绽笑容，欢乐无比。于是词人觉得，像宋玉那样逢秋即悲大可不必。换头三句承接上片，说秋夜有美景，有赏心乐事，可以随意小酌，随便听歌观舞。请问那些悲秋的文人，有什么值得悲伤的事呢？这一反问，是对上片设问的回应，更坚定地否定了悲秋。结尾二句突作逆转，全盘推翻上文一再渲染的秋之欢乐，并以"重阳节近多风雨"这一双关象征句，暗喻当时政局险恶，含蓄地表达忧国情思。结尾逆转，突兀新奇，结句有山雨欲来风满楼之势。

《青玉案·元夕》词云：

> 东风夜放花千树。更吹落、星如雨。宝马雕车香满路。凤箫声动，玉壶光转，一夜鱼龙舞。　　蛾儿雪柳黄金缕。笑语盈盈暗香去。众里寻他千百度。蓦然回首，那人却在，灯火阑珊处。

此词同前首一样，打破了上下片分段。前八句着力铺陈元宵佳节花灯如雨，仕女如云，歌舞彻夜的欢乐热闹场面，笔调明快，绘声绘色；最后四句，才推出词人在闹市中苦苦寻觅不遇的女子——她独自一人，在"灯火阑珊处"。正如梁启超所评："自怜幽独，伤心人别有怀抱。"[①] 这位孤独美人的形象，正是作者政治失意后落寞幽愤情怀的曲折写照，也是其不随众流、正直高洁品格的含蓄

---

① 梁令娴：《艺蘅馆词选》丙卷引梁启超评语，载吴熊和主编《唐宋词汇评·两宋卷》第 3 册，第 2405 页。

表现。结尾三句突兀转折，寓意蕴藉，耐人寻味。词的章法奇特，具有令人难忘的艺术魅力。

稼轩词逆转反跌章法最精彩的篇章，是《破阵子·为陈同甫赋壮词以寄之》：

> 醉里挑灯看剑，梦回吹角连营。八百里分麾下炙，五十弦翻塞外声。沙场秋点兵。　马作的卢飞快，弓如霹雳弦惊。了却君王天下事，赢得生前身后名。可怜白发生！

开篇突兀而起，写他醉酒之后，在半夜里挑灯看剑，继之写梦回闻角，追忆梦中分炙麾下，沙场点兵，冲锋杀敌，完成统一大业。这九句一气奔泻，豪壮激越，酣畅淋漓。末一句陡然下跌，发出一声沉痛慨叹，即戛然而止，把词人壮志难酬的悲愤表达得扣人心弦。李白《越中览古》诗云："越王勾践破吴归，战士还家尽锦衣。宫女如花满春殿，只今惟有鹧鸪飞！"清代沈德潜评曰："三句说盛，一句说衰，其格独创。"[①] 黄庭坚《病起荆江亭即事十首》其五云："司马丞相昔登庸，诏用元老超群公。杨绾当朝天下喜，断碑零落卧秋风。"乃三句说喜，一句说悲。辛弃疾将前人诗中结尾一句逆转反跌之法用于词中，写出了这首杰作。章法之新奇独创，前无古人，似也后无来者！

辛弃疾喜爱并善于用典使事，常在一首词中多处用典，于是典故就成为作者结构布局的一个重要手段，如《永遇乐·京口北固亭怀古》：

> 千古江山，英雄无觅，孙仲谋处。舞榭歌台，风流总被，雨打风吹去。斜阳草树，寻常巷陌，人道寄奴曾住。想当年，

[①]（清）沈德潜：《唐诗别裁》，载陈伯海主编《唐诗汇评》，浙江教育出版社1995年版，第710页。

金戈铁马,气吞万里如虎。　　元嘉草草,封狼居胥,赢得仓皇北顾。四十三年,望中犹记,烽火扬州路。可堪回首,佛狸祠下,一片神鸦社鼓。凭谁问:廉颇老矣,尚能饭否?

这首怀古感今词,上片用了孙权和刘裕两个典故,抒写自己坚决抗金北伐恢复中原的豪情壮志。下片用南朝宋文帝刘义隆元嘉北伐惨败,招致北魏太武帝拓跋焘(小字佛狸)大举南侵的典故,影射宋孝宗隆兴元年(1163)张浚仓促北伐失败之事,告诫当权派韩侂胄等切勿轻敌冒进,以免蹈元嘉覆辙。结尾三句用廉颇事,表达至老不衰的抗敌气概与忠愤情怀。作者精心选择和巧妙组织这一连串典故,加强了词篇的形象性,表达出丰富、复杂、深厚的情思意蕴。这几个典故的巧妙运用,使这首词章法严谨,结构缜密,意境宏深,风格沉郁。《贺新郎·别茂嘉十二弟》更是几乎全篇铺陈古代"别恨"的事例,串联成篇:

绿树听鹈鴂,更那堪、鹧鸪声住,杜鹃声切。啼到春归无寻处,苦恨芳菲都歇。算未抵、人间离别。马上琵琶关塞黑,更长门、翠辇辞金阙。看燕燕,送归妾。　　将军百战身名裂。向河梁、回头万里,故人长绝。易水萧萧西风冷,满座衣冠似雪。正壮士、悲歌未彻。啼鸟还知如许恨,料不啼、清泪长啼血。谁共我,醉明月。

此词开篇先写三种悲鸣的鸟声,接着就连续用了王昭君、陈皇后、戴妫三个古代薄命女子和李陵、荆轲两位失败英雄的典故,完全打破上下片分段的常规。词人在这些历史人物故事中暗寓家国兴亡及其本人壮志难酬的悲愤。正是这些典故,连缀、编织成这首沉郁苍凉、寓意深远的杰作。近人王国维《人间词话》评此词"章法绝妙",张伯驹《丛碧词话》亦赞"章法奇绝",陈匪石

《宋词举》说:"稼轩以生龙活虎之才,为铸史熔经之作,格调不惮其变,隶事不厌其多,其佳者竟成古今绝唱,却不容人学步。"俞陛云《唐五代两宋词选释》曰:"'啼鸟'二句回应起笔,词极沉痛。歇拍二句归到送弟,章法完密。"① 稼轩这类词,其章法可称为"典故串连体"。

在稼轩词中,还有通篇或大半篇运用比喻来精心结构的,例如《粉蝶儿·和赵晋臣敷文赋落花》:

> 昨日春如、十三女儿学绣。一枝枝、不教花瘦。甚无情,便下得,雨僝风僽。向园林,铺作地衣红绉。 而今春似,轻薄荡子难久。记前时、送春归后,把春波,都酿作,一江醇酎。约清愁,杨柳岸边相候。

此词抒写惜春之情,上片以十三岁少女学绣花比喻烂漫春光,又以起皱纹的红地毯比喻被风雨摧残的满地落花。下片把短暂春光比作爱情难久的轻薄子,又把满载落花的江水都酿成醇酒,约"清愁"在杨柳岸边共饮留春。词人以联想营造出一连串新奇喻象,并使之形成平列反向鲜明对照的章法。又如《生查子·简子似》:"高人千丈崖,千古储冰雪。六月火云时,一见森毛发。俗人如盗泉,照眼成昏浊。高处挂吾瓢,不饮吾宁渴。"全篇都用比喻表达对高人的敬仰和对俗人的憎厌。这样的作品,可谓"比喻对照体"。

辛弃疾还妙用"词眼"点醒词旨并使其脉络井然。南宋张炎《词源》、明代陆辅之《词旨》、清代况周颐《蕙风词话》,都将"词眼"看作词中精警传神的字句。清代刘熙载却能从章法意义上来论词眼,他说:"词眼二字,见陆辅之《词旨》。其实辅之所谓'眼'者,仍不过某字工,某句精耳。余谓眼乃神光所聚,故有通

---

① 此段引文皆见(宋)辛弃疾著,吴企明校笺《辛弃疾词校笺》上,第84—85页。

体之眼,有数句之眼,前前后后,无不待眼光照耀。若舍章法而专求字句,纵争奇竞巧,岂能开阖变化,一动万随耶?"① 刘氏眼光独到,见解精辟,但他没有举具体例子说明何谓"通体之眼"与"数句之眼"。而辛稼轩在一些词作中,早就巧妙地设置了"通体之眼"与"数句之眼"。《摸鱼儿·更能消几番风雨》开篇第三句"匆匆春又归去","春归"为通篇之眼,以下"惜春长怕花开早""春且住""怨春不语"又接连安排了"惜春""留春""怨春"这三个"数句之眼",使全篇借残春暮景隐喻南宋国势衰败的情思,婉转曲折又层次清晰地表达出来。又如《永遇乐·戏赋辛字送茂嘉十二弟赴调》词云:"烈日秋霜,忠肝义胆,千载家谱。得姓何年,细参辛字,一笑君听取。艰辛做就,悲辛滋味,总是辛酸辛苦。更十分、向人辛辣,椒桂捣残堪吐。 世间应有,芳甘浓美,不到吾家门户。比着儿曹,累累却有,金印光垂组。付君此事,从今直上,休忆对床风雨。但赢得、靴纹绉面,记余戏语。"此词题为:"戏赋辛字,送茂嘉十二弟赴调。"作者戏赋辛字,意在咏叹辛辣以自遣。上片以一"辛"字概括平生境况,又以一"辣"字点出自己个性,"辛辣"可谓上片之"眼",而"艰辛""悲辛""辛酸""辛苦"则是具体形容自己饱尝过的劳瘁、悲凉、哀痛的句眼。《兰陵王·恨之极》尤能见出稼轩词兼以通体之眼与数句之眼组织章法之妙:

恨之极。恨极销磨不得。苌弘事,人道后来,其血三年化为碧。郑人缓也泣。吾父攻儒助墨。十年梦,沉痛化余,秋柏之间既为实。 相思重相忆。被怨结中肠,潜动精魄。望夫江上岩岩立。嗟一念中变,后期长绝。君看启母愤所激,又俄顷为石。 难敌。最多力。甚一忿沉渊,精气为物。

---

① (清)刘熙载:《艺概·词曲概》,第116页。

依然困斗牛磨角。便影入山骨，至今雕琢。寻思人世，只合化，梦中蝶。

这是一首记梦词。稼轩记梦中所见一块怪石，"中有一牛，磨角作斗状"。传说湘潭中有张姓者，多力善斗，号张难敌。一日，与人博斗，偶败，"忿赴河而死"，变为牛，浮水上，自后水边之山多有此石。梁启超《稼轩年谱》释此词云："词文诙诡冤愤，盖借以摅其积年胸中磈磊不平之气。"① 邓广铭先生按："此词上中片用苌弘、郑人缓、望夫妇、启母四人变化之事。苌弘化碧玉，玉自石出；缓化秋柏之实，实石音同；望夫妇、启母皆化为石。四例取证古来怨愤变化为石之事。下片以张难敌虽斗败，化为石而仍作困斗之状，赞扬张难敌抵死不屈之精神。则此记梦词亦托意甚微，借以抒胸中激愤之气耳。"② 吴则虞先生说："上片苌弘事言'忠'；中阕与末阕皆言'愤'。'忠愤'二字，为此词之骨。"③ 笔者想把"忠愤"二字看作此词的"通体之眼"，照映全篇；而上片的"恨"，中片的"怨"，下片的"忿"，正是作者精心设置的"数句之眼"。两种"眼"互相配合，再加上中下阕用了"极""也""既""重""被""嗟""又""最""甚""便"等动词和虚字，更使全词意脉分明，一气贯通，章法细密，开阖变化。

这是刘熙载从章法角度论词眼的极好例证。笔者甚至想到，也许是刘氏读了此词，才悟出词眼与章法关系的吧？此类"词眼映照体"尤能显出稼轩在构思布局时既气壮如虎，纵横驰骤，又心细如发，金针密缝。

辛弃疾还学习屈原的《天问》，首创出通篇设问、一问到底的

---

① （宋）辛弃疾撰，邓广铭笺注：《稼轩词编年笺注》（增订本），上海古籍出版社1993年版，第428页。
② （宋）辛弃疾撰，邓广铭笺注：《稼轩词编年笺注》（增订本），第428页。
③ 吴则虞选注：《辛弃疾词选集》，上海古籍出版社1993年版，第13页。

"天问体"《木兰花慢·可怜今夕月》：

> 可怜今夕月，向何处、去悠悠。是别有人间①，那边才见，光景东头？是天外空汗漫，但长风，浩浩送中秋。飞镜无根谁系？姮娥不嫁谁留？　谓经海底问无由，恍惚使人愁。怕万里长鲸，纵横触破，玉殿琼楼。虾蟆故堪浴水，问云何玉兔解沉浮？若道都齐无恙，云何渐渐如钩。

词人巧妙地编织有关月亮的多种神话传说，一口气对月发出多个疑问，奇想联翩，妙趣横生，章法新奇，独创一格。

在稼轩词中，还有先问后答的"问答体"词，试看《南乡子·登京口北固亭有怀》：

> 何处望神州。满眼风光北固楼。千古兴亡多少事，悠悠。不尽长江滚滚流。　年少万兜鍪。坐断东南战未休。天下英雄谁敌手，曹刘。生子当如孙仲谋。

通篇设三问，作三答。前后呼应，词中点化古人诗句与词语，灵活自如，精当巧妙，如同己出。此词情调昂扬，节奏跳跃，风格豪放明快，堪称又一首以小令词表现大主题的千古绝唱，也是在词史上章法新变奇创的杰作。

性格豪爽而幽默的辛稼轩，还有富于戏剧性的"对话体"词，如《沁园春·杯汝来前》：

> 杯汝来前！老子今朝，点检形骸。甚长年抱渴，咽如焦釜；于今喜眩，气似奔雷。汝说"刘伶，古今达者，醉后何

---

① "人间"，《辛弃疾词校笺》作"人闲"，此据《稼轩词编年笺注》本改正。词的标点亦据邓本。

妨死便埋"。浑如此，叹汝于知己，真少恩哉！　更凭歌舞为媒。算合作人间鸩毒猜。况怨无大小，生于所爱；物无美恶，过则为灾。与汝成言，勿留亟退，吾力犹能肆汝杯。杯再拜，道"麾之即去，招亦须来"。

汉代辞赋作品中多有主客对话体，稼轩很有创意地运用于词，将酒杯拟人化，以主人与杯的对话结构成章。从起拍到"吾力犹能肆汝杯"止，共二十二句，是主人对杯的谴责和对酒害的议论，为第一段；第二段却只是篇末三句，是酒杯机智幽默的应答。作者竟用这一谐趣洋溢的喜剧，来表现政治失意的苦闷。词中还运用了古文的章法、句式、词语，体现了稼轩"以文为词"的艺术特色。

在宋词发展史上，北宋后期的周邦彦是"词人之词"的杰出代表。他在柳永开创的基础上，继承发展了慢词的创作技巧。在章法结构方面，变柳词的平铺直叙为曲折变化，突破柳词"今—昔—今"的常见结构模式为时空错综（亦即回忆与现实的错综）。张仲谋先生说周邦彦"多次采用'闪回'的手法，造成一种非常具有现场感和戏剧性的情境"[1]，见解精当。周词巧妙绾合今昔、人我、虚实的情事与情景，交叉叙写，开阖变化，转接灵活，赢得了历代词论家的称赏。陈廷焯《白雨斋词话》卷二评赞云："词法之密，无过清真。""顿挫之妙，理法之精，千古词宗自属美成。"[2] 可见，周邦彦创新慢词章法结构的贡献巨大。而辛弃疾是宋词的集大成者。他在兼取前人"以词为词""以赋为词""以诗为词"的基础上，再加上"以文为词"。他的《祝英台近·晚春》《满江红·敲碎离愁》这一类婉约秀媚之词，在章法上也从周邦彦词中汲取了艺术养分。但辛词是英雄豪杰之词，其主要风

---

[1]　张仲谋：《宋词欣赏教程》，第209页。
[2]　吴熊和主编：《唐宋词汇评·两宋卷》第2册，第878页。

格是悲壮慷慨。为了更有力地抒写抗金复国壮志和壮志难酬的愤激郁勃之情，他对词的章法结构作出比周邦彦更多更大胆的创新。以上论述足以证明这个论断。概言之，稼轩词章法结构的创新成果丰硕，影响深远。"词坛第一开辟手"之誉，实至名归，当之无愧。

第四章　稼轩词的修辞艺术

辛弃疾高超的修辞艺术，使他的627首词宛若一座绽放着语言奇花异卉的广大园林。这些奇花异卉永不凋谢，永远显露着鲜丽姿色，散播出芬芳气味，给予一代代游园的读者无限美好的感受。鉴于至今尚无专门研究稼轩词修辞艺术的论文，本章拟从三个方面作具体探讨。

一　比喻与象征

首先说比喻。因为比喻是诗人创造生动感人意象的重要表现手段，是诗人超凡想象力的显示，也是其创作灵感与艺术才华的体现。法国诗人龙沙（1524—1585）说："创造、描写、比喻，是诗的神经和生命。"[1] 英国大诗人雪莱（1792—1822）说："诗的语言的基础是比喻性。诗的语言揭示的是还没有任何人察觉的事物的关系，并使其为人永记不忘。"[2] 中国现代大诗人艾青也说："为事物寻找比喻，是诗人的几乎成了本能的要求。只有充分理解

---

[1] ［法］龙沙：《法语诗艺简篇——给阿台贡比教堂堂长亚尔封斯·德尔宾尼》，曾觉之译，载文艺理论译丛编辑委员会编《文艺理论译丛》第3期，人民文学出版社1958年版。

[2] 转引自马依明《艺术的比喻思维和换喻思维》，载中国社会科学院外国文学研究所、外国文学研究资料丛刊编辑委员会编《外国理论家作家论形象思维》，中国社会科学出版社1979年版，第626页。

事物之间的差别，才能找出逼真的比喻。"① 辛弃疾就像其敬仰的前辈苏轼一样，是喜欢并擅长运用比喻与比拟的艺术大师。笔者在稼轩的627首词中，统计出喻象和拟象②共303个。其中《沁园春·灵山齐庵赋，时筑偃湖未成》一首，就有8个喻象，4个拟象。

比喻就是将两个不同的事物，取其某一相同或相似点来比拟，使二者互相辉映，彼此印证。比喻可分为明喻、暗喻、借喻、曲喻、倒喻、博喻六种，在稼轩词中都有。明喻最常见，是在本体和喻体之间用"如""像""若""似""仿""犹"之类的比喻词语加以联结。例如辛稼轩词云："诗坛千丈崔嵬，更有笔如山墨作溪"（《沁园春·答杨世长》），"日月如磨蚁"（《水调歌头·送杨民瞻》），"看风流杖屦，苍髯如戟"（《满江红·寿赵茂嘉郎中。前章记广济仓事》），"一舸归来轻似叶，两翁相对清如鹄"（《满江红·呈赵晋臣敷文》）等。隐喻又称暗喻，是在本体与喻体之间用"是"字联结，但古代诗词中用"是"字联结的例子不多。稼轩词中的隐喻，其本体与喻体之间，或用动词连接，或不用任何字径直连接。例如"山头怪石蹲秋鹗"（《贺新郎·题傅君用山园》），用动词"蹲"字描状山头怪石酷似一只蹲踞着的秋鹗，生动精警。"山上飞泉万斛珠"（《鹧鸪天·石门道中》），本体"飞泉"与喻体"万斛珠"直接连接。同样，"旧恨春江流不断，新恨云山千叠"（《念奴娇·书东流村壁》），本体"旧恨""新恨"与喻体"春江流不断""云山千叠"焊接，化抽象的恨情为眼前可见的生动意象，诗句凝练有力。

比明喻、隐喻更妙的是借喻，它是完全省略了本体，而仅说出喻体。这种比喻，在语言极精练的古典诗词中用得很广泛，稼轩词中甚多。例如："造物故豪纵，千里玉鸾飞。等闲更把，万斛琼粉盖玻璃。"（《水调歌头·和王正之右司吴江观雪》）豪迈放纵的造物

---

① 艾青：《诗论》，第32页。
② 拟象，即比拟（包括拟人与拟物）之象。

主让白羽鸾鸟千里飞舞,又洒出万斛琼粉盖住了大块玻璃。作者用这两个喻象形容吴江天上雪花飘洒,冰冻的广阔江面已被白雪覆盖。画面壮丽,动静相生。又如:"蓦地管弦催,一团红雪飞。"(《菩萨蛮·淡黄弓样鞋儿小》)以一团红雪飞,比喻穿红裙的少女在舞蹈。"闻道绮陌东头,行人曾见,帘底纤纤月。"(《念奴娇·书东流村壁》)用"帘底纤纤月"这纤细白亮意象,比喻佳人之小足,引人遐想。以上几例,可见稼轩根据所要描绘的事物的特征,运用雄奇或秀丽的意象来比喻,无不生动贴切,给人以美的感受。

曲喻,是以此物与彼物相似的一面作比,然后从喻体形象出发,进一步发挥想象,写出与本体毫不相似或其无力做到的另一面。简言之,曲喻就是认假作真,将喻体做实,再妙想联珠,让喻体有行为动作。唐代神童诗人李贺最擅长运用曲喻。钱锺书先生分析李贺妙用曲喻的诗句"银浦流云学水声"(《天上谣》)说:"云可比水,皆流动故,此外无似处;而一入长吉笔下,则云如水之流而有声矣。"分析"羲和敲日玻璃声"(《秦王饮酒》)说:"日比琉璃,皆光明故;而来长吉笔端,则日似玻璃光,亦必具玻璃声矣。"①

我们看稼轩词运用曲喻的几例:

看公风骨,似长松磊落、多生奇节。

——《念奴娇·赵晋臣敷文十月望生日,自赋词,属余和韵》

当年众鸟看孤鹗。意飘然、横空直把,曹吞刘攫。

——《贺新郎·韩仲止判院山中见访,席上用前韵》

心似风吹香篆过,也无灰。

——《添字浣溪沙·病起,独坐停云》

---

① 钱锺书:《谈艺录》,中华书局1984年版,第51页。

酒是短桡歌是桨。和情放。醉乡稳到无风浪。

——《渔家傲·湖州幕官作舫室》

第一例词人既把有风骨的友人赵晋臣比喻为长松，于是他也就像长松那样"磊落"，并且"多生奇节"。第二例说他自己当年像一只刚猛不群的"孤鹗"，这孤鹗意兴飘然，能横空吞曹操、攫刘备。第三例，说一颗心既似焚香所生曲折如篆文的烟缕，被风吹过，就没有灰烬留下。词人运用曲喻，把自己病起并未灰心之情意表达得既形象，又曲折有趣。但平心而论，稼轩这几个曲喻，都不如李贺的新奇精彩。

博喻，就是用一连串不同的喻体形象来形容一件具体事物、一种情景或一个抽象的概念。正如钱锺书先生所说："一连串把五花八门的形象来表达一件事物的一个方面或一种状态。这种描写和衬托的方法，仿佛是采用了旧小说里讲的'车轮战法'，连一接二的搞得那件事物应接不暇，本相毕现，降伏在诗人的笔下。"① 请读稼轩《青玉案·元夕》词上阕：

东风夜放花千树。更吹落、星如雨。宝马雕车香满路。凤箫声动，玉壶光转，一夜鱼龙舞。

词人铺叙元夕临安满城灯火，尽情狂欢的情景：五光十色的彩灯缀满街巷，好像一夜之间被春风吹开的千树繁花，又如满天星斗被风吹落，更似万滴晶莹雨珠洒落夜空……那用白玉制成的灯，像清冰玉壶，光华转动。稼轩运用博喻和夸张手法，描绘火树银花斗艳争奇，好像是展现出了一幅幅彩色电影画面。

再看《摸鱼儿·观潮上叶丞相》：

---

① 钱锺书选注：《宋诗选注·苏轼小传》，人民文学出版社1982年版，第72页。

望飞来、半空鸥鹭。须臾动地鼙鼓。截江组练驱山去,鏖战未收貔虎。朝又暮。悄惯得、吴儿不怕蛟龙怒。风波平步。看红旆惊飞,跳鱼直上,蹙踏浪花舞。　　凭谁问,万里长鲸吞吐。人间儿戏千弩。滔天力倦知何事,白马素车东去。堪恨处。人道是、属镂怨愤终千古。功名自误。谩教得陶朱,五湖西子,一舸弄烟雨。

此词描绘钱塘潮壮伟气势,抒发自己遭受政治打击的牢骚失意之情,并为恩公叶衡罢相鸣不平。稼轩运用一连串绝妙的比喻并同夸张、用典相结合。起笔先以半空鸥鹭争飞比喻潮起时的滔天白浪,接着以震天动地的战鼓声比喻潮水奔腾发出的巨响。其后,更以千万白甲精兵横截江面驱赶大山鏖战正酣,表现江潮汹涌翻滚不休。其后写弄潮吴儿挥旗踏浪,如鱼儿跃出水面翩翩起舞。词的下片,比喻潮如长鲸喷水,而吴越王用千弩射潮直如儿戏。最后把潮水退去,比喻为伍子胥乘白马素车奔驰入海。全篇运用博喻形容江潮的声色气势,可谓穷形尽态、淋漓酣畅。晚宋词人陈人杰《沁园春·浙江观潮》赞曰:"尤奇特,有稼轩一曲,真野狐精。"[1]

还有一种比喻叫倒喻。一般的比喻,都是以具体的事物去形容抽象的事物,以容易捉摸的事物去比譬难以捉摸的事物,或以自然景物去象喻社会事物,而倒喻却反过来,以抽象形容具象,以难以捉摸的事物比譬容易捉摸的事物,以社会事物象喻自然景物。但这种倒喻在诗词中很少见。沈祖棻先生在《宋词赏析》中指出,北宋词人秦观《浣溪沙》"自在飞花轻似梦,无边丝雨细如愁"一联有两个倒喻,并作了精彩的赏析。[2] 此后,笔者尚未见到有人在宋词中发现另一个例子,而在撰写此文时意外见到稼轩《沁园春·灵山齐庵赋,时筑偃湖未成》下片有三个奇妙的倒喻:

---

[1] (宋)辛弃疾著,吴企明校笺:《辛弃疾词校笺》上,第542页。
[2] 参见沈祖棻《宋词赏析》,上海古籍出版社1980年版,第81页。

> 争先见面重重。看爽气朝来三数峰。似谢家子弟，衣冠磊落；相如庭户，车骑雍容。我觉其间，雄深雅健，如对文章太史公。

词人先将山拟人化，说一座座带着清晨爽气的青峰，争着从云雾里钻出来与他"见面"。接着就连用三个倒喻构成博喻，说：有些山清朗挺秀，就像衣冠楚楚、风度翩翩的谢安家族子弟；有些山高大伟岸，就像司马相如乘着华丽车骑那样从容优雅，气度不凡；而群山高低起伏仪态万千，则使人联想到司马迁《史记》那"雄深雅健"的文风。以高人雅士比喻山水已较罕见，而以文章风格喻状山水，更是辛稼轩首创，可谓匪夷所思、奇想惊人。

比喻还有"远取譬"与"近取譬"之分。这是朱自清先生在《新诗的进步》一文中提出的，他说："象征诗派要表现的是些微妙的情境，比喻是他们的生命；但是'远取譬'而不是'近取譬'。所谓远近不指比喻的材料而指比喻的方法；他们能在普通人以为不同的事物中间看出同来。他们发现事物间的新关系，并且用最经济的方法将这关系组织成诗；所谓'最经济的'就是将一些联络的字句省掉，让读者运用自己的想象力搭起桥来。"[①] 流沙河先生风趣地批评"近取譬"而赞赏"远取譬"，他说："比喻春草总是'碧草如茵'（茵是草席），不但陈腐，而且喻体（草席）距离本体（春草）太近，短途贩运，殊少趣味。李煜懂得比喻需要长途贩运，他用春草比喻乡愁：'离恨恰如春草，更行更远还生。'（《清平乐》）春草与离恨相距何远啊！"[②] 稼轩词中，固然有诸如"冰姿玉骨，自是清凉态"（《洞仙歌·红梅》），"苍髯如戟"（《满江红·送信守郑舜举被召》），"尊如海，人如玉，诗如锦，笔如神"（《上西平·送杜叔高》），这类陈旧的或停留在修辞

---

① 朱自清：《新诗杂话》，生活·读书·新知三联书店 1984 年版，第 8 页。
② 流沙河：《十二象》，生活·读书·新知三联书店 1987 年版，第 124 页。

水平而未能跃升到造象水平的比喻，大多是新鲜、生动、贴切、有趣又出人意料的奇比妙譬，显示出稼轩超凡脱俗的想象力和营造意象的艺术才华。试看《满江红·建康史帅致道席上赋》：

> 鹏翼垂空，笑人世、苍然无物。又还向、九重深处，玉阶山立。袖里珍奇光五色，他年要补天西北。且归来、谈笑护长江，波澄碧。

在稼轩笔下，建康知府史正志化作庄子《逍遥游》的大鹏鸟，展开"若垂天之云"的巨翅，飞入皇宫，在玉阶上屹立如山；其后，又变成女娲一样的神仙，袖里藏着珍奇的五色石，要修补崩塌的西北天空。这两个神奇瑰丽的喻象，把史正志与辛弃疾收复中原重整乾坤的共同抱负表达得气势磅礴，闪耀着浪漫主义的奇光异彩。其他的奇比妙喻，如："遥岑远目，献愁供恨，玉簪螺髻。"（《水龙吟·登建康赏心亭》）用美人头上的碧色玉簪和螺髻比喻群山的秀丽，而如此妩媚多姿的远山，又都显示出愁恨的样子。化大为小，确是远望所见，又移情入景，渲染出浓重的悲凉愁苦氛围。邓红梅女史评赞这个比喻"真有举重若轻、巧夺造化之力"[①]，是中肯的。又如："想当年，金戈铁马，气吞万里如虎。"（《永遇乐·京口北固亭怀古》）先展现"金戈铁马"进军意象，再用"气吞万里"夸张渲染，更以"如虎"的喻象活画出刘裕当年率师北伐的声威气势。再如："一轮秋影转金波，飞镜又重磨。"（《太常引·建康中秋夜为吕叔潜赋》）用重磨的铜镜比喻中秋圆月格外皎洁明亮，再加上一个"飞"字与"转"字相互呼应，于是读者眼前便出现一轮具有飞转、灵动之美的明月。顾随先生说：辛弃疾"有英雄的手段"和"诗人的感觉"，"感情丰

---

① 邓红梅编著：《壮岁旌旗拥万夫：辛弃疾集》，河南文艺出版社 2015 年版，第 86 页。

富，力量充足"，故"能自出新意，自造新词"①，笔泻琼瑰，创造出一个个奇妙的喻象，给予八百多年来的无数读者以丰富的审美享受。

如果把比喻也看作一种艺术手法，那么与它关系最密切的，就是象征。艾青说："象征是事物的影射；是事物互相间的借喻，是真理的暗示和譬比。"② 他简明扼要地说出了象征具有影射性、暗示性的特点，象征所影射和暗示的，往往是某种真理，某种普遍性意义和某种深远的精神境界。晚唐诗人李商隐的诗歌就富于象征性。他的名句"春蚕到死丝方尽，蜡炬成灰泪始干"（《无题》）就是在比喻中寓象征，表现了至死不渝的深挚爱情，又融合诗人对于政治、人生、命运的多种感受。"夕阳无限好，只是近黄昏"（《乐游原》），就在辽阔、苍茫的意境中包含着诗人的家国之忧、身世之感与时光流逝之恨。辛稼轩词就多有比兴寄托的象征性篇章，例如《摸鱼儿·淳熙己亥，自湖北漕移湖南，同官王正之置酒小山亭，为赋》：

更能消、几番风雨，匆匆春又归去。惜春长怕花开早，何况落红无数。春且住。见说道、天涯芳草无归路。怨春不语。算只有殷勤，画檐蛛网，尽日惹飞絮。　　长门事，准拟佳期又误。蛾眉曾有人妒。千金纵买相如赋，脉脉此情谁诉。君莫舞。君不见、玉环飞燕皆尘土。闲愁最苦。休去倚危栏，斜阳正在，烟柳断肠处。

这是稼轩词中最负盛名的象征寄托之作。上片从惜春、留春、怨春三层抒发伤春之情，寄托着作者的"美人迟暮"之感，表现了

---

① 顾随讲，叶嘉莹笔记，顾之京整理：《顾随诗词讲记》，中国人民大学出版社2009年版，第117、118、121页。
② 艾青：《诗论》，第201页。

他遭受政治风雨打击虚度年华失去抗金救国良机的无限痛心,更深层寓意是以花残叶败的暮春景象,影射南宋国势的危弱,表达了作者的忧虑和悲愤。下片连用典故营造象征性意象,揭露与谴责南宋朝廷当权小人谗害忠良的丑恶行径,诅咒他们终必毁灭。词的结尾以斜阳烟柳令人肠断的凄迷黯淡景色,象征南宋危亡无法挽回。刘永济《唐五代两宋词简析》说:"此词颇似屈子《离骚》,盖谗诣害明,贤人失志,为古今所同慨也。"① 它与《离骚》都是用美人香草的象征意象来抒写政治牢骚。作者以阳刚雄豪之气驱遣众多柔美意象,抒情缠绵悱恻,显示出一种"摧刚为柔"、沉郁深厚的特殊风格,具有很强的艺术感染力。

  上文说比喻曾引《太常引·建康中秋夜为吕叔潜赋》起笔二句。而此词接下来的两句:"把酒问姮娥:被白发欺人奈何?"词人把酒问月中长生不老的嫦娥,白发欺负我,在我的头上猛长,奈何?这一问,表达了词人对于人生易老的幽思,而其深层的情意,是对于抗金复土壮志难酬而岁月飞逝的焦躁。这举杯对月的一问,已蕴含象征意味。此词下片云:"乘风好去,长空万里,直下看山河。斫去桂婆娑,人道是清光更多。"下片紧承上片,因为嫦娥没有回答,词人就转而幻想趁着今夜月明,乘风飞上太空,去俯瞰祖国的山河。可是月中枝叶纷披的桂树,却用它的阴影遮蔽了光明,使他没法看清。于是他要砍掉这婆娑桂树,使山河大地清光更多。显然,这桂树象征着所有阻挠祖国统一、山河重光的黑暗政治势力,包括金朝侵略者和南宋朝廷投降派。此词展现出瑰丽宏大的意境,富于浪漫主义色彩,而其浑融深厚耐人寻味之妙,在于营造了一明一隐、一实一虚的象征境界。缪钺先生说得好:"余读稼轩词,恒感觉双重之印象,除表面所发抒之情思以外,其里面尚隐含一种境界,与其表面之情思相异或相反,而生

---

① (宋)辛弃疾著,吴企明校笺:《辛弃疾词校笺》上,第536页。

调剂映衬之作用,得相反相成之妙,使其作品更跻于浑融深美之境。此其所以卓也。"①

二 拟物与拟人

比喻是喻情喻事喻理喻物,比拟是拟人与拟物。比喻只是一种假设,比拟则是一种顶替。但比喻与比拟也没法划清界限,有些比拟在本体与拟象之间也用"如""若""像""似""犹""是"等比喻词,亦可以看作以物喻人或以人喻物。

我们先说拟物,即赋予人以某种外在自然物的特质,是人格的物化。诗人把人比拟为外在的具体可感的景物,用以渲染和烘托出有诗味的情意,并使语言形象化。请看稼轩词拟物的几例:

心如溪上钓矶闲,身似道旁官堠懒。
——《玉楼春·用韵答叶仲洽》
心似伤弓塞雁,身如喘月吴牛。
——《雨中花慢·吴子似见和,再用韵为别》
看长身玉立,鹤般风度;方颐须磔,虎样精神。
——《沁园春·寿赵茂嘉郎中,
时以制置兼济仓振济里中,除直秘阁》

第一例用溪上钓矶和道旁计里程的土墩分别比拟自己心闲身懒;第二例以伤弓寒雁和喘月吴牛比拟人的心寒与身热;第三例以鹤比拟友人风度轩昂,又以虎形容其精神威武。这几个拟物之象,兼表现人的形神、身心,旨趣清楚,生动贴切。但在稼轩词中,拟物的数量太少,而拟人更显示出其艺术的独创性与风格的鲜明性。所谓拟人,就是赋予外在的客观事物以人的生命、思想、感

---

① 缪钺:《诗词散论》,上海古籍出版社1982年版,第74页。

情、动作、行为，即使物人格化。比起拟物来，拟人更能使诗的形象和语言生动鲜活，饱含情感，灵动有趣，感染力强。

　　被稼轩人格化的客观事物，范围极广泛，诸如天地山川、日月星辰、风花雪月、神魔鬼怪、牛头马面、草木虫鱼乃至酒杯顽石，总之大千世界除了人之外的诸多事物，都在稼轩的灵心妙笔下成了人格化的意象。它们既有物性的形貌，又有人格的精神，能使读者由衷喜爱和深受感动。例如以青山拟人："青山幸自重重秀。问新来、萧萧木落，颇堪秋否。总被西风都瘦损，依旧千岩万岫。"（《贺新郎·用前韵再赋》）以松竹拟人："一川松竹如醉。"（《念奴娇·和赵录国与韵》）以流莺拟人："流莺唤友娇声怯。"（《满江红·点火樱桃》）以山水拟人："还记得、眉来眼去，水光山色。"（《满江红·赣州席上呈陈季陵太守》）以荷花白鹭拟人："暑月凉风，爱亭亭无数，绿衣持节。掩冉如羞，参差似妒，拥出芙蕖花发。步衬潘娘堪恨，貌比六郎谁洁。添白鹭，晚晴时，公子佳人并列。"（《喜迁莺·暑风凉月》）以风雨和燕子拟人："无端风雨，未肯收尽余寒。年时燕子，料今宵、梦到西园。"（《汉宫春·立春日》）以兔葵燕麦拟人："兔葵燕麦，问刘郎，几度沾衣。"（《新荷叶·和赵德庄韵》）以梅花拟人："粉面朱唇，一半点胭脂。"（《江神子·赋梅寄余叔良》）把各种景物写得有生命、有灵性、有情意，真是仙才神笔！

　　稼轩词的拟人，句拟既多，篇拟也不少。流沙河先生诙谐地说："句拟好比触发零星战斗，篇拟好比策划整个战役。""句拟乃是即兴生花，生一两朵，便走笔往他处，不复回顾。""篇拟则是立意的多种方式之一"，"是指桑说槐，而且从头说到尾，前后还要说得统一。走笔之际，必须回顾，力求拟象的完整。"[①] 下面举稼轩词通篇拟人的一首《瑞鹤仙·赋梅》：

---

① 流沙河：《十二象》，第 130—131 页。

> 雁霜寒透幕。正护月云轻，嫩冰犹薄。溪奁照梳掠。想含香弄粉，艳装难学。玉肌瘦弱。更重重、龙绡衬著。倚东风一笑，嫣然转盼，万花羞落。　　寂寞。家山何在，雪后园林，水边楼阁。瑶池旧约。鳞鸿更，仗谁托。粉蝶儿只解，寻桃觅柳，开遍南枝未觉。但伤心、冷落黄昏，数声画角。

作者采用拟人化手法咏溪上梅花，把她写成一个绝代佳人。她以溪水为镜奁在寒夜里梳妆，在朦胧月色下穿着鲛绡细纱衣裳。"倚东风"三句说，如果她在春天嫣然一笑，盛开的百花都要自愧不如而纷纷羞惭自落。这真是"化美为媚"的传神妙笔！词的下片细致地揭示出梅花失意冷落的命运和寂寞忧伤的心态。结韵写她只能在冷落黄昏中伴着凄凉的画角声孤寂地谢去。显然，这首词在立意构思上学习借鉴了杜甫的《佳人》，却兼用拟人与象征的手法明写梅花暗写佳人，从而含蓄蕴藉地倾吐出词人自我政治失意的深沉痛苦。通篇花态与人情浑融一体，堪称拟人的咏物词佳作。明末李濂《批点稼轩长短句》评赞此词"不胜清婉"[1]。而稼轩的《沁园春·杯汝来前》，通篇将酒杯拟人化，写他和酒杯就戒酒一事对话，全篇滑稽突梯，谐趣洋溢，是一首体格新变奇创的拟人化杰作，笔者已在《论稼轩词体的集大成与新开创》一章中作了具体评述，此处不赘。

辛弃疾如此喜爱并擅长运用拟人化的艺术手法，与其卓荦奇才与传奇人生经历大有关系。他是兼具武略文才的英雄豪杰，曾"突骑"闯金营，活捉叛徒，献俘行在。南归后他一再遭朝廷内主和派排挤打击，被迫在江西上饶、铅山隐居将近二十个春秋。但他北伐中原，统一祖国河山的壮志始终不渝。在他隐居期间，纯朴宁静的乡村、清幽静美的山水林泉长期陶冶了他的心灵，使他

---

[1] （宋）辛弃疾著，吴企明校笺：《辛弃疾词校笺》上，第596页。

更加热爱田园生活，热爱大自然一山一水、一草一木、一花一鸟，并把它们都看作有生命有性灵的知己好友。他从青少年起就领会了儒家的"仁人爱物""民胞物与"思想，后来又受到老庄的"泛灵论"影响，更被他敬仰的陶渊明崇尚自然归返自然的诗情深深地熏陶。因此，他多次在诗词中真率愉快地宣称："一松一竹真朋友，山鸟山花好弟兄。"（《鹧鸪天·博山寺作》）"我见青山多妩媚，料青山、见我应如是。情与貌，略相似。"（《贺新郎·甚矣吾衰矣》）在他的笔下，流淌出一首首人与自然心心相印的美妙歌词，例如《生查子·独游西岩》：

　　青山招不来，偃蹇谁怜汝。岁晚太寒生，唤我溪边住。山头明月来，本在天高处。夜夜入清溪，听读《离骚》去。

作者与青山、清溪、明月成了相互同情依恋的知己，它们夜夜静听作者诵读《离骚》，这正反映了作者在人世缺少知音的苦闷与寂寞。这样的意境，空灵幽奇，韵味深长，读之令人神往。

三　夸张、通感及其他

辛弃疾是富于豪迈气概与浪漫情怀的大词人。因此他的词多有夸张，也有通感。

艺术的夸张，就是抓住对象的某一特征，从性质、状态、数量、时间、程度等方面加以夸大或缩小、变形等。夸张既要有现实根据，但又不能近于事实，因为夸张的目的是把主观思想感情表现得更强烈、突出、深刻。诗歌的夸张，正如清代叶燮《原诗》所说，"实为情至之语"[①]，能使读者受到深深的感动。林东海先生说："艺术夸张的手法，大体可分为两种类型：一种是叙述夸张

[①] （清）叶燮著，霍松林校注：《原诗》，人民文学出版社1979年版，第32页。

法，或者说赋法夸张；另一种是描写夸张法，或者说比法夸张。对于事物的数量、动态和时间、状态的表现，都可以用夸张的手法。一般说来，表现数量和动态，通常用叙述夸张；表现时间和状态，通常用描写夸张。"①

稼轩词中的叙述夸张较多，例如："凉夜愁肠千百转"（《蝶恋花·老去怕寻年少伴》），"衰草斜阳三万顷"（《蝶恋花·送祐之弟》），"坐中豪气，看君一饮千石"（《念奴娇·西湖和人韵》），"两手挽天河，要一洗、蛮烟瘴雨"（《蓦山溪》）。以上四例，都是用赋法，将事实上并没有那么大的数量（千百转、三万顷、千石）和事实上不可做到（两手挽天河）的动作，一本正经地叙述出来。读者知道这些都不是事实，但却赞赏作者这诗意的夸张，被夸张的意象带来的愁情、豪气和惨淡广远的衰草斜阳景象深深感动。

描写夸张，用比法，就是同比喻结合起来，描绘状态和时间。稼轩词："破敌金城雷过耳，谈兵玉帐冰生颊。"（《满江红·汉水东流》）这两句写一位将军攻破坚如铜墙铁壁的敌城，就像迅雷过耳一样快捷威猛；而他在军帐中谈兵论战严肃冷峻，宛如从齿颊间喷射出冰霜。"雷过耳"与"冰生颊"既是比喻，又是夸张，构成工整流畅的对仗，于是一位智勇双全的虎将形象跃然纸上。又如："掩鼻人间臭腐场。古来惟有酒偏香。"（《鹧鸪天·寻菊花无有，戏作》）从古至今，如此漫长的时间，人间绝不会只有酒才发散出芳香，这是极大的夸张。作者认为官场就是人间臭腐场，使人人都得掩鼻，所以他才感觉到只有酒是香的。这鲜明的对比，表达出作者对腐败官场无比厌恶，并使读者有深切的感受。再举一个表现数量和动态的叙述夸张例子："我病君来高歌饮，惊散楼头飞雪。"（《贺新郎·同父见和，再用音韵》）此词抒写他和战友

---

① 林东海：《诗法举隅》，上海文艺出版社1981年版，第49—50页。

陈亮共商抗金恢复大计的情景。这两句写二人一同饮酒高唱，歌声雄壮嘹亮，直冲云霄，竟然把楼头的积雪都惊散了。在室内唱歌，无论唱得多响，也不会把楼头的积雪惊堕。这是艺术的夸张。但这一动态的夸张，却把两人的英风豪气鲜明、充分地表现出来。尤其是一个"惊"字，拟人并夸张，不仅惊雪，而且使人感到惊天动地。真是笔力千钧！

再说"通感"。人有五种感觉器官，产生五种感觉，即视觉、听觉、触觉、味觉和嗅觉。心理学研究发现，这五种感觉竟能够互相转化、互相移借、互相沟通。本来作为审美器官的，只有视觉和听觉，但五种器官的沟通，给了诗人作家很大的启示，他们努力使自己的语言既富于形状、色彩和声音，又有气味、滋味、冷暖、干湿，使语言具有多感性。五官感觉有无相通，彼此相生，也就大大地丰富了语言的艺术表现力和感染力。朱光潜、钱锺书、林东海等先生都有关于诗歌通感的著述①。中国古代诗人中，李贺、李商隐是最善于运用通感的。宋代词人宋祁的"红杏枝头春意闹"（《玉楼春·春景》），晏几道的"风吹梅蕊闹，雨细杏花香"（《临江仙·浅浅余寒春半》）都是妙用通感的例子。辛稼轩词里也不乏通感。例如："一榻清风殿影凉。"（《鹧鸪天·鹅湖道中》）清风吹来，鹅湖寺大殿在水中的倒影也凉爽了，这是视觉与触觉的沟通。"阮琴斜挂香罗绶。玉纤初试琵琶手。桐叶雨声干，真珠落玉盘。"（《菩萨蛮·双韵赋摘阮》）一位女子演奏一种形似琵琶的乐器阮咸，她弹奏出的声音好像雨打桐叶一样清脆响亮，又像大大小小的珍珠落进玉盘。雨打桐叶和珠落玉盘的清脆声，并不是单纯的以声比乐，还令人联想到急雨桐叶和珠圆玉润的形象，作者同时用了视觉和触觉的感受比喻阮咸乐音之美。再如："草木尽芬芳，更觉溪头水也香。"（《南乡子·庆前冈周氏旌表》）

---

① 朱光潜：《诗论》，生活·读书·新知三联书店1984年版；钱锺书：《通感》，《文学评论》1962年第1期；林东海：《诗法举隅》，上海文艺出版社2004年版。

稼轩隐居处附近的鹅湖山草木芬芳，使他感到清溪的水也香。这里既是感官直觉的联想，更可能也是出于主观感情态度的联想，也是通感的一种形式。

在辛弃疾词中，表现通感最精彩的，就是《西江月·夜行黄沙道中》的两句。词云：

  明月别枝惊鹊，清风半夜鸣蝉。稻花香里说丰年，听取蛙声一片。　七八个星天外，两三点雨山前。旧时茅店社林边，路转溪桥忽见。

作者夏夜行走在江西的乡野。明月清风，蝉鸣鹊噪，环境安静，却有动人的自然声响。忽然，他闻到一阵阵扑鼻的稻花香味，此时又听到水稻田中蛙声喧闹如鼓，这使他感到了丰年的临近，更感到这喧闹的蛙鸣就是在欢乐地说唱着即将到来的丰年。作者这两句词，自然而巧妙地把稻花香和蛙鸣声联系，从而把视觉、听觉、嗅觉与内心感觉沟通起来，这真是运用通感与拟人写景抒情的绝唱！难得的是，作者信手拈来，自然天成，前无古人，后无来者。顾随先生赞叹这两句是"古今词人唯有稼轩能道"[1]，洵非过誉。

笔者曾撰《论岑参诗歌创造奇象奇境的艺术》[2]一文，其中论到岑诗在句法上最奇妙的创新，是把抽象与具象直接焊接。如"孤灯燃客梦，寒杵捣乡愁"（《宿关西客舍·寄山东严许二山人时天宝高道举征》），"三月犹未还，客愁满春草"（《敬酬杜华淇上见赠兼呈熊曜》），"塞花飘客泪，边柳挂乡愁"（《武威春暮闻宇文判官西使还已到晋昌》），"万里乡为梦，三边月作愁"（《送人赴安西》）。诗人用动词把具体的景物意象"孤灯""寒杵""春

---

  [1] 顾随：《稼轩词说》，载（宋）辛弃疾著，吴企明校笺《辛弃疾词校笺》下，第1151页。
  [2] 陶文鹏、陆平：《论岑参诗歌创造奇象奇境的艺术》，《齐鲁学刊》2009年第2期。

草""塞花""边柳""乡""月",与抽象的情思意象"梦"和"愁"直接连接起来,情思与景物互相形容、映照,使抽象的情思具象化,产生了新奇的诗趣、韵味。这种句法,在中国古代诗歌史上,亦堪称前无古人后少有来者。性格与岑参一样"好奇"的辛弃疾,就是这少有的来者之一。

在稼轩词中,具象与抽象搭配之奇句有:"月到愁边白,鸡先远处鸣。"(《南歌子·山中夜坐》)本来意思是月亮照在愁人身上显得格外惨白,作者写成"月到愁边白",月与愁情有意亲近,显得更白,这就新鲜奇特。"明夜扁舟去,和月载离愁。"(《水调歌头·落月古城角》)稼轩化用郑文宝的"载将离恨过江南"(《柳枝词》)和李清照的"只恐双溪舴艋舟,载不动,许多愁"(《武陵春·春晚》),合二为一,说扁舟和月亮一起"载"着他和友人的"离愁"远去,句子精妙、奇特。下面一例更新奇、精美:"微记碧苔归路,裊一鞭春色。"(《好事近·春日郊游》)此词写他春游,在野店饮酒醉后,到幽寺中品香茶,于微醒之际踏碧苔归来。挥动马鞭,那裊裊的鞭梢,在空间划出一幅幅美妙的春野景色。词人用形容词"裊"作动词,把"一鞭春色"作为它的宾语,使具象名词"一鞭"与抽象名词"春色"焊接。这新奇的句子,具有特殊的艺术魅力,诱人想象,耐人寻味。此词首句"春动酒旗风",本应是"春风动酒旗",作者调遣平仄并有意创造新奇之句,成了"春动酒旗风",抽象与具象焊接,其诗意就比句式平常的"春风动酒旗"浓郁多了。

辛稼轩词还有诸如谐音双关"根底藕丝长,花里莲心苦"(《卜算子·为人赋荷花》)等修辞手段,但都没有以上所论三个方面有鲜明特色,不再一一列举。至于辛稼轩词用典(包括事典和语典)之富赡,手法之灵活奇妙,已有诸多研究成果,不容笔者置喙了。

第五章　稼轩词锤炼字句与对仗排比的艺术

顾随先生说辛弃疾词："如生铁铸成"①，其杰作"个个字不但铁板钉钉，而且个个字扔砖落地"②。因此，笔者撰写此文，具体探究稼轩词锤炼字句与对仗排比的艺术。

一　警句超拔，篇中出奇

先说辛词的研词炼字。早在晋代，陆机的《文赋》就指出："立片言以居要，乃一篇之警策。"③ 后来的诗论，更有了"炼句""炼字"之说。清代贺贻孙说："盖名手炼句如掷杖化龙，蜿蜒腾跃，一句之灵，能使全篇俱活。"④ 他用诗的生动意象来比喻炼句之妙。清代词论家刘体仁也说："词有警句，则全首俱动。"⑤ 辛弃疾是两宋词苑创作量最为富赡的大家。他激情充沛，才华横溢，对大自然和社会人生有敏锐深刻的诗意感受，常有创作灵感突如其来，就运斤如风，一气呵成。但他又坚执"诗在经营惨淡中"

---

① 顾随讲，叶嘉莹笔记，顾之京、高献红整理：《中国古典诗词感发》，第258页。
② 顾随讲，叶嘉莹笔记，顾之京、高献红整理：《中国古典诗词感发》，第260页。
③ 郭绍虞主编，王文生副主编：《中国历代文论选》，上海古籍出版社2004年版，第172页。
④ （清）贺贻孙：《诗筏》，载郭绍虞编选，富寿荪校点《清诗话续编》第1册，上海古籍出版社1983年版，第141页。
⑤ （清）刘体仁：《七颂堂词绎》，载唐圭璋编《词话丛编》第1册，第620页。

（《鹧鸪天》），完篇之后，常不厌其烦地推敲修改。清代胡薇元《岁寒居词话》载："稼轩《贺新凉》《永遇乐》二词，使座客指摘其失，岳珂谓其《贺新凉》首尾二腔语句相似，《永遇乐》用事太多。乃自改其语，日数十易，未尝不呕心艰苦。"① 稼轩力求在一首词中，有语言精美意蕴丰富的警句，使全篇俱活。他在词中多次诉说自己对警句的喜爱与重视，例如："王郎健笔夸翘楚。到如今、落霞孤鹜，竞传佳句。"（《贺新郎·赋滕王阁》）"半山佳句，最好是、吹香隔屋。"（《满江红·和傅岩叟香月韵》）"风采妙，凝冰玉。诗句好，余膏馥。"（《满江红·游清风峡》）。

于是，在稼轩的许多优秀词篇中，都有令人赏心悦目，读后齿颊生香的佳句。尤其是词开篇的佳句，使人一见即两眸闪亮，如：

渡江天马南来，几人真是经纶手。
——《水龙吟·甲辰岁寿韩南涧尚书》
更能消、几番风雨，匆匆春又归去。
——《摸鱼儿·淳熙己亥，自湖北漕移湖南，同官王正之置酒小山亭，为赋》
青山欲共高人语，联翩万马来无数。
——《菩萨蛮·金陵赏心亭为叶丞相赋》
举头西北浮云，倚天万里须长剑。
——《水龙吟·过南剑双溪楼》

例一起句用《晋书》"五马浮江"典故，形象地表现了1127年宋室南渡；次句劈空一问，蔑视并斥责南渡以来当政者苟且偷生偏安误国的罪行。"几人真是"，讽刺辛辣，真有杜诗"一洗万古凡马空"之概，雷霆万钧，振聋发聩。例二借春天衰残景象寄托伤时愤世之

---

① （清）胡薇元：《岁寒居词话》，载唐圭璋编《词话丛编》第5册，第4034页。

情。刘永济先生说："'更能消'三字，知如此风雨残春，经过已多，还能消受几次。曰'又归去'者，示春残不止一次，故可伤也。"（《唐五代两宋词简释》）① 陈廷焯《白雨斋词话》卷一评赞："起句'更能消'三字，是从千回百转后倒折出来，真是有力如虎。"② 笔者认为，此词开篇，可与南唐后主李煜绝命词《虞美人》"满腔恨血喷薄而出"③ 的起句"春花秋月何时了"媲美。例三开篇即运用拟人化手法，说青山想与抗金的"高人"叶衡倾诉心曲，又把青山比喻为器宇轩昂联翩奔腾而来的万马，令人联想作者昔年跃马挥戈抗金杀敌的战斗经历，真是意象雄奇飞动，情意丰厚，前无古人。例四紧扣词题，落笔即以南剑双溪里有神剑的传说起兴，说自己登上高楼，就渴望得到一柄倚天万里的长剑，一举扫清笼罩西北的浮云，把收复中原的爱国情怀表达得豪气干云。陈廷焯《云韶集》卷五评赞："宝光焰焰，笔阵横扫千军。雄奇之景，非此雄奇之笔，不能写得如此精神。"④ 仅从以上四例，即可见稼轩词开篇多有气势磅礴、扣人心弦的警句，真乃工于发端。

在稼轩词篇的中间，也不乏警句。例如上一章所举的"稻花香里说丰年，听取蛙声一片。"（《西江月·夜行黄沙道中》）再看："鬓边觑。试把花卜归期，才簪又重数。"（《祝英台近·晚春》）这首词在以雄奇悲壮为主导风格的稼轩词中，却显出哀婉缠绵，堪称别调。这三句是词的过片，描写少妇数花瓣卜丈夫归期，才簪上又取下数，一再重复这个单调无聊的动作，可见她的痴情。真是细节不细，传神微妙。更看一例："旧恨春江流不断，新恨云山千叠。"（《念奴娇·书东流村壁》）近人俞陛云《唐五代两宋词选释》说此词："客途遇艳，瞥眼惊鸿，村壁醉题，旧游回首，乃

---

① 转引自（宋）辛弃疾著，吴企明校笺《辛弃疾词校笺》上，第535页。
② 转引自（宋）辛弃疾著，吴企明校笺《辛弃疾词校笺》上，第531页。
③ 唐圭璋：《唐宋词简释》，载王兆鹏主编《唐宋词汇评·唐五代卷》，浙江教育出版社2004年版，第530页。
④ （宋）辛弃疾著，吴企明校笺：《辛弃疾词校笺》上，第519页。

赋此闲情之曲。"① 稼轩形容自己不见伊人之旧恨，直如春江长流不断；而此后又未能再见伊人，故新恨也似云山千叠。这两个比喻兼夸张的意象，表达了他内心新旧之恨深长不尽，真是生动贴切，又淋漓悲壮。篇中内容充实，有佳句，可谓"熊腰"。

稼轩词更多更精彩的句子，在词的结尾。请看《鹧鸪天·有客慨然谈功名，因追念少年时事，戏作》：

　　壮岁旌旗拥万夫。锦襜突骑渡江初。燕兵夜娖银胡䩜，汉箭朝飞金仆姑。　　追往事，叹今吾。春风不染白髭须。却将万字平戎策，换得东家种树书。

上片回忆他青年时率义军抗金、跃马杀敌的非凡经历，气氛紧张热烈，场面宏大壮丽，作者叱咤风云的英姿跃然纸上。下片描叙现今被迫闲居的颓唐衰老境况，与上片形成强烈对比。结尾两句，感叹他南归后屡次向朝廷上陈"万字平戎策"，却得不到一点回应，换来的只是东邻家的种树书！作者以自我嘲戏的口吻，抒发出沉郁的悲愤苍凉之感。真是撼人心魄，催人落泪！《丑奴儿·书博山道中壁》结尾云："欲说还休。欲说还休。却道天凉好个秋。"稼轩以吞咽式抒情法，用反语、谈语、轻松语表达岁月流逝、国耻未雪、壮志难酬的悲痛，却显得含蕴深厚，耐人寻味。

才高胆大的辛稼轩，还在词的结尾用点睛妙笔，为人物写真。请读《清平乐·村居》：

　　茅檐低小，溪上青青草。醉里吴音相媚好，白发谁家翁媪。　　大儿锄豆溪东，中儿正织鸡笼。最喜小儿无赖，溪头卧剥莲蓬。

---

① 转引自（宋）辛弃疾著，吴企明校笺《辛弃疾词校笺》上，第126页。

先师吴小如先生评析说："此词下片写这户人家较大一点的孩子都在户外参加劳动，唯有最小的一个却显得无聊，只躺在溪边剥莲蓬吃着玩"，"一副惬意而愈赖的神情跃然纸上"①。这个结尾显现出稼轩观察人物的锐敏细致与艺术表现力的高超不凡。再看《南乡子·登京口北固亭有怀》的下片："年少万兜鍪。坐断东南战未休。天下英雄谁敌手，曹刘。生子当如孙仲谋。"此词是稼轩晚年名作。上片写他登楼壮览神州山河引发千古兴亡之思。下片就地怀古，专写孙权：这位少年英雄率领千军万马雄踞江东，敢与曹操与刘备等前辈争锋，多次抵御并战胜南侵的曹操大军。曹操曾赞叹："生子当如孙仲谋，若刘景升儿子，豚犬耳！"词的结尾直接引用曹操原话上半句，却有意忽略了下半句，留给读者联想、咀嚼、品味。全篇以极凝练的笔墨塑造出生气虎虎的孙权英雄形象，对怯懦无能、苟且偷安恰似刘表之子的南宋统治者予以辛辣讽刺。陈廷焯评此词"魄力之大，虎视千古"，又赞词的结尾"信手拈来，自然合拍"②，是精切的。

南宋沈义父《乐府指迷》说："结句须要放开，含有馀不尽之意，以景结情最好。"③辛稼轩善于在词的结尾用带有象征性的景物，表现他对国势政局的深重忧虑及其力挽狂澜的救国壮志抱负。以下举出三例：

休去倚危楼，斜阳正在，烟柳断肠处。
——《摸鱼儿·淳熙己亥，自湖北漕移湖南，
同官王正之置酒小山亭，为赋》
江头风怒，朝来波浪翻屋。
——《念奴娇·登建康赏心亭，呈史留守致道》

---

① 吴小如：《诗词札丛》，北京出版社1988年版，第284、285页。
② （宋）辛弃疾著，吴企明校笺：《辛弃疾词校笺》中，第970页。
③ 唐圭璋编：《词话丛编》第1册，第279页。

斫去桂婆娑，人道是清光更多。

——《太常引·建康中秋夜为吕叔潜赋》

例一结尾这斜阳烟柳，景物暗淡，情调凄婉，令人肠断。刘永济《唐五代两宋词简释》说："'斜阳'以比国势之衰微，'烟柳'则比朝政之昏暗，此正所以令人'断肠'之处也。"[①] 例二，词中深切怀念抵御北方强敌建立不朽功业的谢安被皇帝猜忌弃用，晚年长日惟消棋局，故而结尾并非一般的写景，而是以江头风浪摧毁房屋暗喻南宋主战大臣处境艰危，表达词人沉郁苍凉的忧国之情。例三，词人写他幻想飞上太空，挥宝剑要砍去月中的婆娑桂树，使大地山河大放光明。这婆娑桂树，隐喻侵占中原的金朝统治者，也包括南宋朝廷中的投降派。如此意境浪漫的结尾，使词情昂扬，又令人心生美妙遐想。

辛弃疾还多次在词的结尾写出蕴含自然、社会与人生哲理的警句。例如《鹧鸪天·送人》：

唱彻阳关泪未干。功名余事且加餐。浮天水送无穷树，带雨云埋一半山。　　今古恨，几千般。只应离合是悲欢。江头未是风波恶，别有人间行路难。

俞陛云《唐五代两宋词释》评赞此词云："此阕写景而兼感怀。江树尽随天远，好山则半被云埋，人生欲望，安有满足之时，况世途艰险，过于太行、孟门，江间波浪，未极其险也。"[②] 可见，篇中"浮天""带雨"和结尾"江头""别有"这两联，都在写景、抒情和议论中寄寓哲理。人间行路之难，象征着政治的险阻、抗金派人士斗争的艰难，也蕴含着作者对于人生艰辛与忧患的哲理思考。

---

① （宋）辛弃疾著，吴企明校笺：《辛弃疾词校笺》上，第536页。
② （宋）辛弃疾著，吴企明校笺：《辛弃疾词校笺》中，第985页。

二 妙笔点睛，神光四射

炼字与炼句紧密相关。清代贺贻孙说："炼字如壁龙点睛，鳞甲飞动，一字之警，能使全句皆奇。"① 张表臣说："诗以意为主，又须篇中炼句，句中炼字，乃得工矣。"② 陈仅说："炼句、炼字皆以炼意为主，句、字须从意中出也。"③ 对炼字的研讨，又产生了"诗眼"之说。杨载曰："诗要炼字，字者眼也。"④ 诗眼指的是句中最关紧要的字。刘熙载说："余谓眼乃神光所聚"，"前前后后，无不待眼光照映。"⑤ 在诗句中，最生动地表现事物的形状、动态、神情，并能把不同的词组联系起来的"眼"，一般是动词或形容词，也有意义虚而不实的语助词和副词。清人沈德潜主张诗眼应当使用寻常的字，他说："古人不废炼字法，然以意胜而不以字胜，故能平字见奇，常字见险，陈字见新，朴字见色。近人挟以斗胜者，难字而已。"⑥ 这些寻常可见的字，被杰出的诗人词家别出心裁，巧妙运用，能够最精准地透露出诗人的心灵隐秘和他对景物、事件的独特感受。

辛弃疾对于诗眼的选择和提炼极其重视。他在诗词中多次说诗眼，如："木末翠楼出，诗眼巧安排。"（《水调歌头·题张晋英提举玉峰楼》）"揩拭老来诗句眼，要看拍堤春水。"（《念奴娇·和信守王道夫席上韵》）而他在作词炼字的实践中，也努力做

---

① （清）贺贻孙：《诗筏》，载郭绍虞编选，富寿荪校点《清诗话续编》第 1 册，第 141 页。
② （宋）张表臣：《珊瑚钩诗话》，载（清）何文焕辑《历代诗话》上，中华书局 1981 年版，第 455 页。
③ （清）陈仅：《竹林答问》，载郭绍虞编选，富寿荪校点《清诗话续编》，第 2242 页。
④ （元）杨载：《诗法家数》，载（清）何文焕辑《历代诗话》下，第 737 页。
⑤ （清）刘熙载：《艺概·词曲概》，第 116 页。
⑥ （清）沈德潜著，霍松林校注：《说诗晬语》，人民文学出版社 1979 年版，第 241 页。

到了"平字见奇,常字见险,陈字见新,朴字见色"。上文所举《鹧鸪天·代人赋》上片,"陌上柔桑初破芽"句,形容词"柔"和"嫩"自然配合,相互映照,动词"破"字是"平字出奇"的句眼,极生动新鲜地表现出早春桑芽绽放的蓬勃生机与活力,真是点睛妙笔!

稼轩确是运用动词、形容词作诗眼的艺术高手。请欣赏下面的句子:"漠漠轻阴拨不开"(《鹧鸪天·败棋,罚赋梅雨》),"小阁横空,朝来翠扑人衣"(《新荷叶·再题傅岩叟悠然阁》),"剩云残日弄阴晴"(《江神子·和人韵》),"脉脉石泉逗山脚"(《兰陵王·赋一丘一壑》),"却怪歌声滑"(《六么令·再用前韵》),"一榻清风殿影凉"(《鹧鸪天·鹅湖道中》)等。其中"拨""扑""弄"分别化用了苏轼的"满座顽云拨不开"、杜牧的"岚翠扑衣裳"、苏舜钦的"娇云浓暖弄阴晴",诗眼有力度或有情意;而"逗""滑""凉"或拟人化,或打通触觉与视觉听觉,都是稼轩灵心妙感的新奇用法。

稼轩写景擅长白描,也善于彩绘。他多次用颜色字作诗眼,营造出色彩鲜丽夺目的意象或境界,如"风雨催春寒食近,平原一片丹青"(《临江仙·即席和韩南涧韵》),"望中矶岸赤。直下江涛白"(《霜天晓角·赤壁》),"露染武夷秋,千峦耸翠"(《感皇恩》)等,在读者眼前展开一幅幅色彩亮丽、缤纷的图画。

明末李濂《批点稼轩长短句》说稼轩"奇士乃有奇作"[①],"煞有奇气"[②],说得中肯。稼轩确实好奇,喜作奇怪语。其词篇如《兰陵王》《山鬼谣》《蝶恋花·月下醉书雨岩石浪》《千年调·左手把青霓》等,堪称奇诡怪诞之作。而"笑拍洪崖,问千丈、翠岩谁削"(《满江红·游南岩和范廓之韵》)、"千丈擎天手,万卷悬河口"(《一枝花·醉中戏作》)、"摩挲素月,人世俯仰已

---

① (宋)辛弃疾著,吴企明校笺:《辛弃疾词校笺》中,第618页。
② (宋)辛弃疾著,吴企明校笺:《辛弃疾词校笺》下,第1098页。

千年"(《水调歌头·我志在寥阔》)等,皆是"奇怪语"。词人笑拍仙人洪崖肩头,又能摩挲明月,有千丈擎天之手,又读书破万卷,说起来口若悬河、泻水不竭,其胆略力量与学问口才,足以支撑国家大局,光复河山。稼轩"好奇"的审美趣味,也体现在他对诗眼的选择与锤炼中。例如"翠浪吞平野"(《贺新郎·三山雨中游西湖,有怀赵丞相经始》)。雨中福州西湖,翠浪汹涌,好像把广阔的平野都吞没了。这个"吞"字大胆夸张,得奇险灏瀚之致。又如:"敲碎离愁,纱窗外、风摇翠竹。"(《满江红·敲碎离愁》)此词起笔就是"敲碎离愁",可以感受到这位闺中思妇对于沉重如砖石般压在她心头的离愁是多么厌恶痛恨。"敲碎"与"离愁"搭配得奇特新警,立即扣人心弦。后两句再点出是闺妇希望窗外风摇翠竹之声帮助她敲碎离愁。在此词之前,唐宋闺情词中,不曾有过这种宛如奇峰陡起的开篇。

再举一例:"云岫如簪。野涨挼蓝。向春阑、绿醒红酣。"(《行香子·云岩道中》)开篇两句,一比一赋,一静一动,第三句妙用拟人化手法写绿"醒"红"酣",于是,暮春时节山野花红、草绿、水蓝的缤纷美景如画展现。作者连用"涨""挼""醒"三个动词和一个形容词"酣",好似向读者接连亮出四颗璀璨的珍珠,美妙奇特,光彩夺目。辛稼轩很敬仰同乡前辈女词人李清照,曾作《丑奴儿近·博山道中效李易安体》,模仿她用白描和口语写景抒情。李清照有"知否,知否?应是绿肥红瘦"(《如梦令》)句,以形容人或动物躯体的"肥"和"瘦"这两个俗字,来赞美暮春浓密的绿树和稀少却美艳的红海棠花,由于用字新奇,人工天巧,以俗写雅,当时文士莫不击节称赏。其后,词人黄机《谒金门》、赵善括《好事近》、吴潜《摸鱼儿》都袭用了"绿肥红瘦"四字。稼轩却在模仿中大胆创新,用了"绿醒红酣"来形容晚春绿树红花的意态神情,使李清照创造的这两只诗眼闪耀出新奇的光彩。

以上所说词眼,都是动词和形容词。在稼轩词中,也有妙用副

词、连词等虚字作诗眼的,例如《生查子·题京口郡治尘表亭》:

悠悠万世功,矻矻当年苦。鱼自入深渊,人自居平土。
红日又西沉,白浪长东去。不是望金山,我自思量禹。

此词是稼轩晚年出镇京口时作。全篇追忆和颂扬大禹治水使神州大地免于陆沉,人们得以在平地上安居乐业。过片描绘红日西沉、大江白浪滔滔东去的景色,使全篇意境阔大壮丽。作者在此联中楔入一个"又"字和一个"长"字,将眼前情景与无穷无尽的时空连接起来,正如南宋叶梦得《石林诗话》卷中评赞杜甫"江山有巴蜀,栋宇自齐梁"(《上兜率寺》)一联诗时说:"远近数千里上下数百年,只在'有'与'自'两字间,而吞纳山川之气,俯仰古今之怀,皆见于言外。"① 顾随《稼轩词说》评曰:"'又'者何?一日一回也。'长'者何?不舍昼夜也。传神阿堵,颊上三毫,尚不足以喻之。"② 可见,"又""长"二字看着平凡无奇,却写出红日与大江从远古至今乃至将来,日日夜夜都在讴歌大禹拯救苍生之不朽功绩。这是稼轩虚字活用、平中见奇、珠璧相照的又一点睛妙笔!

三 对仗排比,手法高明

这一节论稼轩词对仗的艺术。词的调谱一般只规定是单调、双调或三段、四段,规定字数、句数,各段哪几句押平韵或仄韵,并未硬性规定必须对仗。因此,词主要显示中国古典诗歌的长短参差之美,不像五七言律诗那样展现整齐对称之美。但是,相当多的词调,如小令《浣溪沙》下片,有李璟"细雨梦回鸡塞远,小楼吹彻玉笙寒"、晏殊"无可奈何花落去,似曾相识燕归来"、苏轼"日暖桑麻光似泼,风来蒿艾气如薰"的精彩对仗,故而后

---

① (清)何文焕辑:《历代诗话》上,第420页。
② (宋)辛弃疾著,吴企明校笺:《辛弃疾词校笺》下,第1404页。

来的《浣溪沙》词下片以一联对仗为正体。又如长调《沁园春》，由于以苏轼的《赴密州，早行，马上寄子由》为正体，此词上下片有领字以下的四个四字句都用了对仗，其后《沁园春》即以对偶为工。再如《满江红》，此调前后段各两个七字句，也没有规定对仗，但因为张先、苏轼、周邦彦都有美妙对联，后来便以对偶为佳。

辛弃疾具有高超的对仗艺术。他的《新居上梁文》《贺袁同知后》都是讲求对仗的骈文，还有一篇启，留下了"貔貅沸万灶之烟，甲胄增一鼓之气"这两个意象雄壮、气势逼人的对偶句。他还创作了中二联对仗的《即事示儿》《送别湖南部曲》等五七言律诗。稼轩在长短句歌词中常插入精彩的对仗句，使篇中骈散结合、句式和节奏多样，更有利于表现丰富、微妙、多变的情思意蕴。

在稼轩词中，有三言、四言、五言、六言、七言、八言对仗句。如："推翠影，浸云壑"（《贺新郎·挂仗重来约》），"火鼠论寒，冰蚕语热"（《哨遍·秋水观》），"天阔鸢飞，渊静鱼跃"（《兰陵王·赋一丘一壑》），"晓山眉样翠，秋水镜般明"（《临江仙·再用前韵送祐之弟归浮梁》），"秋晚莼鲈江上，夜深儿女灯前"（《木兰花慢·滁州送范倅》），"春意才从梅里过，人情都向柳边来"（《浣溪沙·偶作》），"记跖行仁义孔丘非，更殇乐长年老彭悲"（《哨遍·秋水观》）。这些对仗，或写景，或咏物，或抒情，或叙事，或议论，字字相对，备极工切，又铢两悉称，自然天成，并无两句意相同或相近的"合掌"之弊。

对仗按照上下句意的关系，有"事异义同"的正对，有"理殊趣合"的反对，有上下句意连贯而下的流水对，稼轩词中比比皆是，例如："疏蝉响涩林逾静，冷蝶飞轻菊半开"（《瑞鹧鸪·无词题》），"无言每觉情怀好，不饮能令兴味长"（《鹧鸪天》），这是正对；"啼鸟有时能劝客，小桃无赖已撩人"（《浣溪沙》），"动摇意态虽多竹，点缀风流却少梅"（《鹧鸪天·元夕不见梅》），这是反对；"只因买得青山好，却恨归来白发多"（《鹧鸪天·鹅湖归，病起作》），"从教犬吠千家白，且与梅成一段奇"（《鹧鸪天·用前韵和赵文鼎提举赋雪》），"自从一雨花零乱，却爱微风草动摇"（《鹧鸪天·无题》），这是流水对。这些流水对上下句一意贯注，仔细察看，却几乎是字字对偶，显出稼轩的对仗功力。

在稼轩词中，还有一些比较特殊的对仗，例如："山草旧曾呼远志，故人今又寄当归"（《瑞鹧鸪·京口病中起登连沧观偶成》），这是药名对；"提壶沽酒已多时，婆饼焦时须早去"（《玉楼春·三三两两谁家女》），这是禽言对；"遥知书带草边行，正在雀罗门里住"（《玉楼春·寄题文山郑元英巢经楼》），这是典故对；"平生插架昌黎句，不似拾柴东野苦"（《玉楼春·寄题文山郑元英巢经楼》），这是人名对；"七八个星天外，两三点雨山前"（《西江月·夜行黄沙道中》），"十千一斗饮中仙，一百八盘天上路"（《玉楼春·再和》），这是数量词对。

稼轩词里还有隔句对，即扇对，例如："甚云山自许，平生意气；衣冠人笑，抵死尘埃。……要小舟行钓，先应种柳；疏篱护竹，莫碍观梅。"（《沁园春·带湖新居将成》）有叠韵对，如："穿窈窕，过崔嵬"（《鹧鸪天·元溪不见梅》）。有叠韵与双声对："人情辗转闲中看，客路崎岖倦后知"（《鹧鸪天·送欧阳国瑞入吴中》）。有叠字对，如："人历历，马萧萧"，"玉音落落虽难合，横理庚庚定自奇"（《鹧鸪天》），"最爱霏霏迷远近，都收扰扰还空阔"（《满江红·和廓之雪》）。既有上下对又当句对，如："天阔鸢飞，渊静鱼跃"（《兰陵王·赋一丘一壑》），"有情无意东边日，已怒重惊忽地雷"（《鹧鸪天·败棋，罚赋梅雨》）。

钱锺书先生《谈艺录》云："律诗之有对仗，乃撮合语言，配成眷属。愈能使不类为类，愈见诗人心手之妙。"① 稼轩词中一些对仗，即能使不类为类，可见词人心手之灵妙。例如，"心如溪上钓

---

① 钱锺书：《谈艺录》，第 185 页。

矶闲，身似道旁官堠懒"（《玉楼春·用韵答叶仲洽》），"君如九酝台粘盏，我似茅柴风味短"（《玉楼春·用韵答吴子似县尉》），前联说自己心闲身懒，后联说友人高雅自己简朴，共用了四个比喻，喻象新奇、独创，既是"远取譬"，又有幽默情趣。再举一例：

> 看长身玉立，鹤般风度；方颐须磔，虎样精神。文烂卿云，诗凌鲍谢，笔势駸駸更右军。
>
> ——《念奴娇·寿赵茂嘉郎中，时以制置兼济仓振济里中，除直秘阁》

连用多个比喻，组成了四个四字句的扇对和两个四字句的正对，再接以一个七字句，把寿星赵茂卿超凡出众的形貌、身材、精神、风度及其诗书才华描绘得惟妙惟肖，活灵活现。

再看稼轩用拟人化手法的写景咏物对仗句："红莲相倚浑如醉，白鸟无言定自愁。"（《鹧鸪天·鹅湖归，病起作》）作者病愈初起，仍感身心疲惫，见到相互依靠着的红莲简直像刚喝醉似的，白鸟一声不吱，作者断定它一定在自个儿发愁。清人沈际飞《草堂诗余正集》评这一联："生派愁怨与花鸟，却自然。"[①] 作者移情于物，又借物来表现自己疾病初愈的百无聊赖情态。这一联对仗不求字字工对，取其自然浑成。又如："已惊并水鸥无色，更怪行沙蟹有声。"（《鹧鸪天·和傅先之提举赋雪》）作者先以"鸥无色"妙写雪地一片洁白，又借"蟹有声"反衬出环境寂静。"已惊""更怪"上下呼应，组成情景相生、自然畅达、趣味盎然的流水对。再看一联："枯荷难睡鸭，疏雨暗池塘。"（《临江仙》）这首词写闺妇秋日愁思。枯荷疏雨都是秋天景象，昏暗池塘与难眠鸭子，都是思妇眼中所见，更增添她的凄凉、孤寂。顾随《稼

[①] （宋）辛弃疾著，吴企明校笺：《辛弃疾词校笺》中，第989页。

轩词说》评："出句写得憔悴，对句写得凄凉。'难'字、'暗'字，俱是静中一段寂寞心情底体验。"① 此联写景真切，诗眼传情，上下句浑成一体，堪称对仗佳构。

　　陈寅恪先生论对仗："凡上等之对子，必具正、反、合之三阶段……若正及反前后两阶段之词类声调，不但能相当对，而且所表现之意义复能互相贯通，因得综合组织，别产生一新意义。此新意义，虽不似前之'正'及'反'二阶段之意义，显著于字句之上，但确可以想象而得之，所谓'言外之意'是也。此类对子既能具备第三阶段之'合'，即对子中最上等者。"② 黄天骥先生阐释说："这看法非常精辟，陈先生所说的'合'，正是由意远、理殊的偶句，相互贯通、相互作用，从而导致产生言外之意的合力。……李商隐诗：'身无彩凤双飞翼，心有灵犀一点通。'有和无的对应、贯通，使读者想象到暗暗相恋者不可言喻的苦恼和幽怨。这万缕情思上句、下句字面上没有触及，若把两句分隔开来，不作偶句，则内涵也比较简单。只有作为对偶句，它们产生了'合力'，让读者浮想联翩，呈现出美丽的而又不幸的意象。"③ 他又说，杜甫在律诗中"经常运用'反对'，对偶句的一开一阖，一正一反，一抑一扬，产生了合力效应，扩展开无限的空间，像'烽火连三月，家书抵万金'；'亲朋无一字，老病有孤舟'。上、下句都似不相属，合起来便相得益彰，意思非常深远"④。稼轩词就有不少在开阖、抑扬、正反中产生合力效应的对仗联，例如：

　　　　轻鸥自趁虚船去，荒犬还迎野妇回。

　　　　　　　　　　　　　　　——《鹧鸪天·黄沙道中》

---

① （宋）辛弃疾著，吴企明校笺：《辛弃疾词校笺》中，第910页。
② 陈寅恪：《与刘叔雅论国文试题书》，载刘梦溪主编《中国现代学术经典·陈寅恪卷》，河北教育出版社2002年版，第832—833页。
③ 黄天骥：《诗词创作发凡》，广东人民出版社2003年版，第159页。
④ 黄天骥：《诗词创作发凡》，第160页。

乱云剩带炊烟去,绿水闲将日影来。

——《鹧鸪天·元溪不见梅》

忽有微凉何处雨,更无留影霎时云。

——《浣溪沙·常山道中即事》

"轻鸥"一联在一去一回中表现了山乡人与动物毫无机心和谐相处乃至亲如一家的生活氛围,令人神往;"乱云"一联在景物一忙一闲的对照中展示山乡的恬静和人们生活的悠闲。"忽有"一联捕捉住南方山野夏日晴雨瞬息变幻的景象,于有无间使人感受到大自然时时处处都有美等待着人们的慧眼灵心去发觉和表现。这三联都是写景的对仗,下面几例是抒情、叙事与议论的:

自笑好山如好色,只今怀树更怀人。

——《浣溪沙·偕杜叔高、吴子似宿山寺戏作》

味无味处求吾乐,材不材间过此生。

——《鹧鸪天·博山寺作》

郑贾正应求死鼠,叶公岂是好真龙。

——《瑞鹧鸪·乙丑奉祠归,舟次余干赋》

老冉冉兮花共柳,是栖栖者蜂和蝶。

——《满江红·饯郑衡州厚卿席上再赋》

"自笑"一联,苏轼"爱山如爱色"与傅亮"夫爱人怀树",一为诗句,一为文句,本无关联,稼轩竟巧妙地把二者构成对仗,从而产生合力,表达作者以自嘲幽默口吻倾吐其好山与怀人的深情。这是上下对兼当句对。"味无"一联,出句与对句均用老庄之语构成对仗,借以抒写甘于寂寞、不事奔竞的中庸之道,兼具诗情和哲理,足以启迪读者的心智。"郑贾"一联,用郑贾买鼠和叶公好龙两个本来风马牛不相及的典故,"讥韩侂胄不识真材,反坐己以谬举也"①。"老冉冉"一联，用屈原《离骚》与《论语》的句子，加上"花共柳"与"蜂和蝶"，构成句法新颖、饶有象趣、情趣与理趣的妙对。顾随先生赞赏此联"至情至理"，"与古人神合"，"正是稼轩本色"。② 可谓中的之论。

从以上的论述可见，稼轩词的对仗，在内容、形式、技法各方面都有创新，尤其善于在联句的正反、抑扬与开阖中产生合力效应，如同电影中的蒙太奇镜头组合，激发观众的想象，产生新鲜、丰厚的情思意蕴。稼轩将古典格律诗词的意象美、音乐美、对称美、参差美表现得淋漓尽致。

稼轩在其词中还显示出高超的排比艺术。有排比四个三言句的："尊如海，人如玉，诗如锦，笔如神。"（《上西平·送杜叔高》）连用四个比喻，抒发出他在壮观雪景中饮酒赋诗的豪情胜概。他的五首《行香子》词，每首上下片的结尾由一个领字领三个三言句，一共写出了七个三言排比句：

恨夜来风，夜来月，夜来云。
放霎时阴，霎时雨，霎时晴。

看北山移，盘谷序，辋川图。

且饮瓢泉，弄秋水，看停云。

听小绵蛮，新格磔，旧呢喃。

奈一番愁，一番病，一番衰。
算不如闲，不如醉，不如痴。

---

① （宋）辛弃疾著，吴企明校笺：《辛弃疾词校笺》中，第1089页。
② （宋）辛弃疾著，吴企明校笺：《辛弃疾词校笺》上，第435页。

以上的排比句，或写景叙事，或抒情议论，排比的句式与手法灵活多样，流畅奔放，意义连贯，意象优美，音节清亮，彰显出稼轩以巧妙构思、丰富想象和渊博知识创造意象、音象与意境的高超艺术。

然而金无足赤，玉有微瑕。辛弃疾在字句的研炼上也有缺点。他的一些作品没能逐字逐句地推敲、打磨，以致字词重复。例如《临江仙·手捻黄花无意绪》，前片"手捻"，后片"携手"，重复"手"字；后片"旧时""旧欢"，重复"旧"字；前片"等闲"，后片"闲处"，重复"闲"字。《清平乐·书王德由主簿扇》上片"春水"与"春岸"，重复了"春"字。顾随《稼轩词说》批评稼轩词"细谨不拘，大行无亏"[①]，是中肯的。

---

① （宋）辛弃疾著，吴企明校笺：《辛弃疾词校笺》中，第910页。

中 编

第六章　稼轩词意象的创新性和交融性

  中国古典诗词以逼真生动、饱含作者主观情意的意象组合、连接，营造出情景交融、空灵蕴藉的艺术意境。可见，意境营造得成功与否，有赖于作品中的自然意象和社会意象具有创新性和交融性。下面分四节对稼轩词意象的创新性和交融性展开论述。

一　自然意象的创新性

  自然意象，就是以自然界的天文、地理、动物、植物等为描写对象，并融入诗词作者主观情思的意象。创新性意象，就是作者奇思妙想匠心独运营造出的意象。稼轩词《沁园春·灵山齐庵赋，时筑偃湖未成》，在一篇之中，就有四个堪称创新的自然意象。词的上阕云：

    叠嶂西驰，万马回旋，众山欲东。正惊湍直下，跳珠倒溅；小桥横截，缺月初弓。老合投闲，天教多事，检校长身十万松。吾庐小，在龙蛇影外，风雨声中。

  前七句写群山、瀑布、小桥，后三句写齐庵周围松树林的形态、声影。词人运用化静为动、比喻、比拟等表现手法，写得气势磅礴，意象雄奇，可谓骊珠璀璨、光彩照人。但写灵山，化用了苏轼《雪浪石》和《游径山》的名句；"跳珠"与"缺月初弓"的比喻也并非独创；写松林影似龙蛇声如风雨，亦出自北宋诗人石延年《古松》的"影摇千尺龙蛇动，声撼半天风雨寒"。只有"老合投闲，天教多事，检校长身十万松"三句，说他已衰老，应该过闲散生活，老天爷却不让他闲着，要他管事，天天来检阅这一排排像战士挺立的高大松树。稼轩把松树林想象成十万雄兵的队列，自己是将帅，来检阅他们。如此新鲜奇特的想象，只能出自这位曾率五十骑兵、从五万之众的金兵营帐中生擒叛将的传奇英雄的头脑。辛弃疾还有一个彰显军人意识的意象，就是："对花何似，似吴宫初教，翠围红阵。"（《念奴娇·赋白牡丹和范廓之韵》）把白牡丹花比喻为孙武当年在吴宫初次训练的女兵方阵。想象也颇为新奇独创。但与"检校长身十万松"相比，就显得逊色，因为这只是一个缺少情意的比喻。王兆鹏先生还指出："咏白牡丹，却说'红阵'，显然考虑欠周。"[①] 而"检校长身十万松"既表现了辛弃疾渴望统率大军驱逐金兵的壮志豪情，也抒发出他请缨无路投老空山的愤郁。可见，创新性的意象不仅"象"要新奇鲜活，其情与"意"也要饱满深厚。此词下片云：

> 争先见面重重。看爽气朝来三数峰。似谢家子弟，衣冠磊落；相如庭户，车骑雍容。我觉其间，雄深雅健，如对文章太史公。新堤路，问偃湖何日，烟水濛濛？

词人将比喻、比拟、用典熔于一炉，以东晋谢家子弟的衣冠磊落和西汉司马相如的车骑雍容来描状群峰的倜傥风采和闲雅意态。比喻之新，已前无古人；其后更出人意料，用司马迁文章雄深雅健

[①] 王兆鹏：《辛弃疾词选》（古代诗词典藏本），第271页。

的风格来形容灵山宏伟深邃的气度，真是灵思妙想，遗貌取神，匠心独运，诱人联想品味不尽！顾随《稼轩词说》评赞："写出'磊落''雍容''雄深雅健'，有见解，有修养，有学问，真乃掷地有声。"① 赞得好！

以上独创性的意象，都是辛弃疾用社会意象比喻、形容自然意象。袁行霈师指出：社会意象包括"社会生活的，如战争、游宦、渔猎、婚丧等；包括人类自身的，如四肢、五官、脏腑、心理等；人的创造物，如建筑、器物、服饰、城市等；人的虚构物，如神仙、鬼怪、灵异、冥界等"②。朱自清在《新诗的进步》一文中精辟地指出，好的、新鲜奇妙的比喻是"远取譬"而不是"近取譬"③。辛弃疾善于运用社会意象来表现自然意象，就好像比喻用"远取譬"一样，能在一般人以为风马牛不相及的事物中发现它们的相似之处，从而营造出新奇独创的意象来。辛词《粉蝶儿·和赵晋臣敷文赋落花》云：

> 昨日春如、十三女儿学绣。一枝枝、不教花瘦。甚无情，便下得，雨僝风僽。向园林，铺作地衣红绉。　　而今春似，轻薄荡子难久。记前时、送春归后，把春波，都酿作，一江醇酎。约清愁、杨柳岸边相候。

词人把去年春天比拟为天真伶俐的女孩学绣花，她绣得那么认真，绣出的花朵繁茂丰腴，绝不让一枝花瘦。这个意象发人所未发，生动显现了春天姹紫嫣红的盎然生机，又使春光增添了一种少女青春灵秀之气。下片写今春之愁，更奇想惊人，把阑珊春色比拟为"轻薄荡子"，任谁对其一片深情也难以挽留。于是痴情女子回

---

① （宋）辛弃疾著，吴企明校笺：《辛弃疾词校笺》上，第 208 页。
② 袁行霈：《中国诗歌艺术研究》，北京大学出版社 1987 年版，第 63 页。
③ 朱自清：《新诗杂话》，第 8 页。

想前些日子送春归后，要将满载落花的江水全酿成醇酒，在杨柳岸边痛饮消愁。这几个拟人或拟物的社会意象一个带出一个，用来表现盛春残春风光，抒发惜春伤春情意，可谓遗貌取神，匪夷所思，生新出奇，缠绵悱恻，令人击节赞叹！

　　上文引述袁先生之论，谈到社会意象包括人的想象虚构物，如神仙、鬼怪、灵异、冥界等。在稼轩词中，就有不少独创性的自然意象是他通过飞腾幻想的翅膀，虚构出神奇怪诞的社会意象来表现的。例如《满江红·游南岩和范廓之韵》开篇："笑拍洪崖，问千丈、翠岩谁削？"上饶附近南岩的一块石头，竟被稼轩写成传说中享寿三千岁的仙人洪崖，而他自己已飞上九天，笑拍着洪崖的肩膀问道："你这千丈翠岩是谁削成的？"又如《满江红·和范先之雪》云："天上飞琼，毕竟向、人间情薄。还又跨、玉龙归去，万花摇落。"词人写雪，竟幻想是仙女许飞琼在天上飞舞，偶尔来到人间，但她对人间的情意淡薄。当她乘着玉龙归去时，一路摇落万片琼花。词人化用了《汉武帝内传》关于仙女许飞琼的典故和北宋张元"战死玉龙三百万，败鳞风卷满天飞"（《雪》）的诗句，作了新的组合和改造，融入了自我的感情，使意象既神奇瑰丽，又灵秀动人。

　　辛弃疾还善于通过表现错觉、幻觉和移情来营造新奇美妙的自然意象。例如：

　　　　楚天千里清秋，水随天去秋无际。遥岑远目，献愁供恨，玉簪螺髻。

　　　　　　　　　　　　——《水龙吟·登建康赏心亭》

词人登上建康（今江苏南京）城上的赏心亭，极目眺望，仿佛天空在流动，大江随着天空奔腾而去。"水随天去"的错觉与幻觉意象新颖奇妙。正如顾随《稼轩词说》所评："'千里清秋'，'水随天去',浩浩荡荡,苍苍茫茫,一时小我,混合自然。"①"玉簪螺髻"从韩愈"山如碧玉簪"(《送桂州严大夫》)和皮日休"似将青螺髻,撒在明月中"(《太湖诗·缥缈峰》)化出,仅用四字,精练浓缩,于点化中有创新。"献愁供恨"用移情手法,说美如玉簪螺髻的青山,而今却成了向人"献愁供恨"之物,含蓄蕴藉地表达出词人报国无门的愁恨之情,又有创新性。

稼轩更擅长以拟人手法塑造创新性的自然意象。例如:"晚日寒鸦一片愁。柳塘新绿却温柔。"(《鹧鸪天·代人赋》)词人,代一位女子抒写离愁别恨。在她的心目中,晚日寒鸦被一片如雾的愁情笼罩着,暗淡、凄凉;只有那嫩黄柳枝轻拂着新绿的池塘春水,尚能够"温柔"对待她,从而反衬出离家情人的不温柔、不体贴。这两个情景交融的拟人意象,也是稼轩的新创。又如:"几个轻鸥,来点破、一泓澄绿。更何处、一双溪鶒,故来争浴。……有飞泉、日日供明珠,五千斛。"(《满江红·山居即事》)此词是稼轩实录其山居景象。开篇描绘池水澄清碧绿,忽然几只轻鸥飞来,掠过池面,激起小小水花。"点破"二字,既画出池水平静如镜,又活现出白鸥轻点水面的姿态神情。一只溪鶒飞到,看样子是要同轻鸥争浴。而那山中飞泉,也有情有义,每天都献上三千斛明珠,供稼轩居士欣赏。这几个自然意象都写得有灵性、有情趣、有创新。

再看更精彩的一例:"宿鹭窥沙孤影动,应有鱼虾入梦。"(《清平乐·博山道中即事》)词人夜行于上饶的博山道中,忽见河滩上有影子晃动,仔细看去,只见一只夜宿的白鹭不时眯着眼窥沙,身子也在轻轻晃动。词人猜想它准是在梦中抓住了鱼虾,听到人声而被惊醒了吧?朱自清说得好:"大自然和人生的悲剧是诗的丰富的泉源,……发现这些未发现的诗,第一步得靠敏锐的

---

① (宋)辛弃疾著,吴企明校笺:《辛弃疾词校笺》上,第483页。

感觉，诗人的触角得穿透熟悉的表面向未经人到的底里去。那儿有的是新鲜的东西。"① 以上论述可见，辛稼轩多么擅长以细致的观察和敏锐的感觉，发现大自然与人生中的新鲜诗意，并用独创性意象表现出来。

二 社会意象的创新性

辛稼轩以其奇才妙思，挥动一支神来之笔，也营造了不少创新性的社会意象，堪与上述自然意象媲美。

先说人物形象。在稼轩之前，宋代词坛只有苏轼在《念奴娇·赤壁怀古》中刻画了风流儒雅、谈笑破敌的东吴统帅周瑜的形象；又在《浣溪沙·旋抹红妆看使君》中描绘了拥拥挤挤看使君的农村妇女群像。而稼轩在词中生动地塑造了大禹、陶渊明、李广、孙权、刘裕等风采各异的历史英杰，也塑造了韩元吉、赵彦端、张仲固、汤朝美、徐斯远、王佐等忧国忧民的南宋豪杰形象，为宋词的人物画廊增添了众多栩栩如生的英豪，这是辛词塑造社会意象的一大创新。至于辛词笔下描绘的歌妓、舞女、侍女，尤其是众多的农村劳动妇女，更是美丽动人。请看："青裙缟袂谁家女，去趁蚕生看外家"（《鹧鸪天·游鹅湖醉书酒家壁》），"三三两两谁家女，听取鸣禽枝上语"（《玉楼春·三三两两谁家女》），"谁家寒食归宁女，笑语柔桑陌上来"（《鹧鸪天·鹅湖归，病起作》），这些村姑村妇活泼爽朗，神采飞扬，形象活灵活现，令人读之如闻其声，如见其人。在中国古代词史上，只有辛稼轩出色地描绘了那么多英姿飒爽的农村劳动妇女，这是辛词一项很了不起的艺术创新硕果。此外，辛弃疾还在《一枝花·醉中戏作》《鹧鸪天·有客慨然谈功名，因追念少年时事，戏作》以及《破阵子·为陈同甫赋壮词以寄之》等词篇中，表现他本人征战沙场

---

① 朱自清：《新诗杂话》，第15—16页。

的情景，刻画出一位大勇大智宛若虎啸风生的英雄形象。英雄真实写照自我，在千年词史上也是独一无二。

辛稼轩能够只以人物的一个动作、一句说话、一瞬间的神态，就捕捉住人物的性格、风采乃至灵魂。笔者曾在第一章中评赏他在一首仅46个字的小令词《清平乐·村居》中，描绘出一个农家的五个人物及其家周围的景物环境。其中"最喜小儿无赖，溪头卧剥莲蓬"两句，活画出一个顽皮、可爱的农村小孩形象。[①] 其实，词中"醉里吴音相媚好，白发谁家翁媪"两句，除了描写白发老两口在茅屋前亲昵地用吴侬软语话家常之外，还写了在村里喝醉了酒的词人正高兴地看着和听着这老两口相互逗乐呢！可见辛稼轩描绘人物生动传神，笔墨极精练有力。稼轩还善于巧妙地用自然的或社会的景物意象烘托人物形象。例如："我病君来高歌饮，惊散楼头飞雪"（《贺新郎·同父见和，再用前韵》）写他和挚友陈亮相聚情景：两人肝胆相照，气味相投，痛饮高歌，竟使楼头积雪为之惊散。这被歌声"惊散"的"楼头积雪"意象，古代词史上独一无二，它极生动传神地表现了这两个请缨无路的爱国志士痛饮的狂态。歌声的高亢洪亮，以及烈火般的激愤之情，使古今读者为之心弦震撼！又如："夜半狂歌悲风起，听铮铮、阵马檐间铁。南共北，正分裂。"（《贺新郎·用前韵赠金华杜仲高》）词人写他与友人杜仲高夜半狂歌，这回不是"惊散楼头飞雪"，而是掀起悲风，风吹檐间俗称"铁马儿"的风铃，使之铮铮作响，好像战马嘶鸣，正激励着他们立刻跨上征鞍，奔赴沙场杀敌立功。"狂歌""悲风"与"铮铮"响的"铁马"三个意象巧妙自然地组合，展现出一幅英雄策马挥戈奋战的幻想场景，把二人的豪情壮志表达得淋漓酣畅！

一般来说，营造社会意象，作者使事用典比营造自然意象多。

[①] "溪头卧剥莲蓬"句，吴企明校笺本作"看剥"。此处用《稼轩词编年笺注》（增订本），第193页。

稼轩词集中有不少社会意象，创造性地正用、反用或合用、改变前人的事典语典，同样使人耳目一新。请看以下几例：

> 白发宁有种？——醒时栽。
> ——《水调歌头·汤朝美司谏见和，用韵为谢》
> 旧恨春江流不断，新恨云山千叠。
> ——《念奴娇·书东流村壁》
> 木末翠楼出，诗眼巧安排。天公一夜，削出四面玉崔嵬。
> ——《水调歌头·题张晋英提举玉峰楼》

第一例写白发。李白有"白发三千丈，缘愁似个长"（《秋浦歌》十五），杜甫有"白头搔更短，浑欲不胜簪"（《春望》），黄庭坚有"白发齐生如有种，青山好去坐无钱"（《次韵裴仲谋同年》）。稼轩正用李杜反用黄山谷诗句，说白发难道真的有种子？故意待人酒醒后一根根栽到他的头上。真是奇趣横生！王兆鹏评得好："本是人愁而白发生，而辛弃疾却说是白发故意栽在头上，将一种自然的静态转化成一种主观的动态过程，读来妙趣无穷。"[①] 第二例写恋情。稼轩年轻时有过一段艳遇，后故地重游，佳人无踪，前缘难续，不禁悲从中来。这两句点化了秦观"便做春江都是泪，流不尽，许多愁"（《江城子》其一）与苏轼"江上愁心千叠山，浮空积翠如云烟"（《书王定国所藏烟江叠嶂图》），将二者融合，并作了压缩、翻新，将旧恨、新恨一齐涌上心头之情倾泻于纸上。两个意象的叠加，产生了张力与和弦，使它们所比喻的悲恨之情极其强烈、深长。先师吴世昌《罗音室词札》评曰："非至情人不能作此也。"[②] 诚哉此言！第三例，稼轩化用了杜甫"我行已水滨，我仆犹木末"（《北征》）和苏轼"天工争向背，诗眼巧争损"

---

① 王兆鹏：《辛弃疾词选》（古代诗词典藏本），第58页。
② （宋）辛弃疾著，吴企明校笺：《辛弃疾词校笺》上，第127页。

(《僧清顺新作垂云亭》),竟然用前人安排在最关键位置上的"诗眼",来比喻并赞美高出树杪的玉峰楼构建与布局之巧妙。真是匪夷所思!笔者猜想,在中国古代词史上,恐怕也只有辛弃疾这个虎胆英雄词人,才会用"诗眼巧安排"来形容"木末翠楼出"了。

在上一节,笔者论述了辛弃疾创造性地运用社会意象来比喻、比拟、形容自然意象,就好比"远取譬"胜于"近取譬",更利于写出创新性意象,取得"陌生化"的艺术效果。反过来,辛弃疾也擅长选取恰当的自然意象来比喻、比拟、描绘社会意象,以"远取譬"使其具有创新性。例如:"老鹤高飞,一枝投宿,长笑蜗牛戴屋行。"(《沁园春·再到期思卜筑》)稼轩说自己到期思择地建房,就像高飞的老鹤,有一树枝即可栖宿,没有必要像蜗牛那样,戴着屋行走。词人用老鹤与蜗牛作对比,新奇又贴切地表达自己随遇而安不为物累的旷达情怀,创造了两个饶有谐趣的新鲜意象:一为借以比喻人的生活的社会意象,一仍为自然意象。又如:"人言头上发,总向愁中白。拍手笑沙鸥,一身都是愁。"(《菩萨蛮·金陵赏心亭为叶丞相赋》)写这首词时,稼轩35岁,他的恩公叶衡61岁,已满头白发,但仍顽强乐观地坚持抗金。词人站在赏心亭上,看见沙鸥自由自在地在江上飞翔,于是即景生情,以沙鸥作比,幽默地反问道:人们常说白发是因为愁苦而生,那么沙鸥满身都是白羽,难道它一身都是忧愁了吗?词人以"拍手笑沙鸥,一身都是愁"的妙句,幽默风趣地表达自己的顽强乐观并且劝慰叶衡。于是,这只"一身都是愁"的沙鸥,便由自然意象化作社会意象,明人李濂《批点稼轩长短句》赞为"妙绝"[①]。再看一例:

细把君诗说。怅余音,钧天浩荡,洞庭胶葛。千尺阴崖

[①] (宋)辛弃疾著,吴企明校笺:《辛弃疾词校笺》下,第1206页。

尘不到，惟有层冰积雪。乍一见、寒生毛发。

——《贺新郎·用前韵赠金华杜仲高》

词一开篇就写他细读了杜仲高的诗集，好像聆听到天上仙乐，余音袅袅，美妙无比；又像是见到黄帝张咸池之乐于洞庭之野，乐声空旷深远，壮丽神奇。他深深感受到了杜仲高的诗境高洁，宛如高峻的山崖纤尘不染，只有那层冰积雪，银光闪射，使人乍见即毛发生寒。作者先用两个社会意象，再用一个自然意象来比喻、形容、赞美友人纯净高洁的诗境，给读者以一种"诗意地栖居"的美感享受。

三 两类意象的交融性

在辛弃疾的不少词篇中，创新性的自然意象和社会意象紧密配合，互相烘托、映照，甚至亲密地来往、交谈，结为知己，乃至融为一体。这是辛词意象与意境创造的一个鲜明艺术特征。请看：

绕床饥鼠。蝙蝠翻灯舞。屋上松风吹急雨，破纸窗间自语。　平生塞北江南。归来华发苍颜。布被秋宵梦觉，眼前万里江山。

——《清平乐·独宿博山王氏庵》

词人在秋风秋雨中独宿博山王氏庵。上片写饥鼠绕床乱窜，丑陋的蝙蝠在灯前飞舞。这是在宋词中罕见的两个逼真生动的自然意象。其后写糊窗的破纸被风雨吹打得沙沙作响，好像在自言自语。这个拟人化的社会意象从未经人道过，是稼轩的妙想独创。它与前两个自然意象紧密配合，戛戛独造出雨夜山居荒凉凄寂的环境氛围，使人毛骨悚然。下片前二句，词人叙写他归宋前后的经历和闲居中衰老的情景。结尾二句，突然展现梦觉后眼前万里江山的宏大境界。邓红梅评："奇峰突起，体现着词人胸怀天下、不计眼前困顿、不忘统一大业的伟男子的生命境界。"① 评得中肯。

在辛稼轩奇妙的词笔下，作为社会意象的词人自我与各种自然意象合作演出了一幕幕兼具诗情画意理趣的小戏剧。请看《西江月·遣兴》：

醉里且贪欢笑，要愁那得工夫。近来始觉古人书，信著全无是处。　昨夜松边醉倒，问松："我醉何如？"只疑松动要来扶，以手推松曰："去！"

词人在松边醉倒，在醉眼迷离中幻觉松动，怀疑松树要来搀扶，于是以手推松，喝之使去。这一幕小喜剧，借醉中神情、动作、言语的描写，把词人自我的倔强性格表现得活灵活现。但词中的自然意象松树毕竟没有动作也没有说话。然而我们无须遗憾。因为辛词中还有诸多作品，生动真切地描绘了词人和大自然的山水、花鸟、明月互相交谈来往，彼此关怀，甚至结为盟友，肝胆相照、灵犀相通的动人情景。这是辛词又一个鲜明突出的艺术特色。先看《生查子·独游西岩》：

青山招不来，偃蹇谁怜汝。岁晚太寒生，唤我溪边住。山头明月来，本在天高处。夜夜入清溪，听读《离骚》去。

词人独自游览西岩，对它说：你想招青山前来作伴，青山不来。你这样清高孤傲，有谁相怜呢？此刻岁晚天寒，孤单的你，呼唤我到溪边同住。山头明月，本来在高高的天上，它瞧见了我俩，于是投影入清溪中，一定是想夜夜听我们朗读《离骚》吧。在词

---

① 邓红梅编著：《壮岁旌旗拥万夫：辛弃疾集》，第27页。

人的笔下，他自己和西岩、清溪、明月于岁晚寒冬结成了相依相伴的知己，他们都具有厌恶世俗官场的清高孤傲性格，都敬仰忧国忧民、情操高洁的诗人屈原，喜欢听读屈原抒写忧愁幽思、哀婉缠绵的长诗《离骚》。

辛稼轩曾在《贺新郎·甚矣吾衰矣》词中宣称："我见青山多妩媚，料青山、见我应如是。情与貌，略相似。"在他的眼中心上，高峻苍翠的山妩媚可意，他料想青山见他也应当是妩媚称心的。因为他和青山的性情与外貌大致相似。明代李濂《批点稼轩长短句》赞赏稼轩这两句词："全无蹈袭。风流跌宕，谁能道此语耶！"① 李白《独坐敬亭山》诗云："众鸟高飞尽，孤云独去闲。相看两不厌，只有敬亭山。"稼轩喜爱青山之情，与李白一脉相承，真有过之而无不及。他这两句词，的确是"全无蹈袭"。稼轩还在《沁园春·再到期思卜筑》下阕，用非常热烈、兴奋、欢快的语调来感谢和赞美青山对他归来的喜悦：

> 青山意气峥嵘，似为我归来妩媚生。解频教花鸟，前歌后舞；更催云水，暮送朝迎。酒圣诗豪，可能无势？我乃而今驾驭卿。清溪上，被山灵却笑，白发归耕。

稼轩朗声吟诵：意气豪迈的青山啊，你好似因为我的归来，又生发出妩媚的神情。你还知道频繁地呼唤花鸟，前歌后舞；更催促云水，为我暮送朝迎。我这个酒圣诗豪，怎么能够没有"权势"呢？而今我要驾驭你啦。但清溪上的山灵却嘲笑我，满头白发竟一事无成，只好回归山乡躬耕。此词大半篇情调喜悦明快，结尾陡然变化，对比强烈，反跌有力，抒发出他在政治上受挫失意的心情。全篇风格雄奇而妩媚，豪放又悲壮。

---

① （宋）辛弃疾著，吴企明校笺：《辛弃疾词校笺》上，第104页。

第六章　稼轩词意象的创新性和交融性

我们看辛弃疾与水的交情。辛词《祝英台近·与客饮瓢泉》上阕写道：

> 水纵横，山远近，拄杖占千顷。老眼羞明，水底看山影。试教水动山摇，吾生堪笑，似此个、青山无定。

词人居住的瓢泉周围，有纵横流水和远近青山，他拄杖游遍了这千顷山水风光。但此时老眼昏花怕光，不敢眺望阳光直照的山峰，只好转而观水，欣赏水底阴柔的山影。于是，他从水中摇晃的山影感悟到，尽管自己性格刚强，但一生的命运，也像这水里的山影飘游无定。苏轼诗云："人生到处知何似？应似飞鸿踏雪泥。"（《和子由渑池怀旧》）用生动新颖的比喻，表达人生的短暂、偶然与无定。稼轩可能受到苏轼诗的启迪，但他用水中山影来表现，更自然天成，空灵微妙。

辛弃疾还在许多词篇中表达他对大自然中各种景物的热爱。例如："一松一竹真朋友，山鸟山花好弟兄。"（《鹧鸪天·博山寺作》）"突兀趁人山石狠，朦胧避路野花羞。"（《浣溪沙·黄沙岭》）"轻鸥自趁虚船去，荒犬还迎野妇回。"（《鹧鸪天·黄沙道中》）"平冈细草鸣黄犊，斜日寒林点暮鸦。"（《鹧鸪天·代人赋》）"飞鸟翻空，游鱼吹浪，惯趁笙歌席。"（《念奴娇·西湖和人韵》）在稼轩满蘸感情汁液的词笔下，大自然中的生物和非生物，都那么活泼可爱、有情有义，更具灵性。其中，写他和鸥鹭结盟的几首词，有事件、情景、对话、动作，把它们连起来阅读，就宛如欣赏了一出饶有趣味的"连续剧"。我们先看《水调歌头·盟鸥》，词云：

> 带湖吾甚爱，千丈翠奁开。先生杖屦无事，一日走千回。凡我同盟鸥鹭，今日既盟之后，来往莫相猜。白鹤在何处，

尝试与偕来。　　破青萍，排翠藻，立苍苔。窥鱼笑汝痴计，不解举吾杯。废沼荒丘畴昔，明月清风此夜，人世几欢哀。东岸绿阴少，杨柳更须栽。

淳熙八年（1181）冬，辛弃疾任两浙提刑才一个多月，就被主和派的朝臣弹劾落职，到江西上饶带湖定居。此词是次年春天闲居带湖新居不久所作，词题作《盟鸥》，就是抒写他与没有心机的白鸥结盟。他对白鸥说：从今天起咱俩是盟友了，以后经常见面、交往，就不要互相猜忌了。其后，又向白鸥打听白鹤住处，请鸥试着引带几只鹤来住。词的下片写他观看白鸥破开青萍，推开绿藻，站在苍苔上盯着水面，窥探湖里的小鱼。这几笔描写白鸥的动作神态，格外细致生动。接着，他嘲笑鸥：你只知一味地窥探小鱼儿的动静，却不懂得举起我的酒杯，同我分享饮酒的乐趣。词中"凡我"三句写与鸥订立盟约，有意采用《左传》所载诸侯结盟的词语和句式，用得机智巧妙，又有谐趣。宋人陈鹄《耆旧续闻》卷五赞为"新奇"①。这是稼轩与白鸥共同演出的"连续剧"第一幕"盟鸥"。

作于淳熙九年（1182）到绍熙二年（1191）之间的《丑奴儿近·博山道中效李易安体》可以说是"连续剧"的第二幕"怪鸥"。词云：

千峰云起，骤雨一霎儿价。更远树斜阳，风景怎生图画。青旗卖酒，山那畔、别有人家。只消山水光中，无事过这②一夏。　　午醉醒时，松窗竹户，万千潇洒。野鸟飞来，又是一般闲暇。却怪白鸥，觑着人、欲下未下。旧盟都在，新来

---

① （宋）辛弃疾著，吴企明校笺：《辛弃疾词校笺》上，第252页。
② "这"，《辛弃疾词校笺》作"者"，这里据《稼轩词编年笺注》（增订本），第171页。

莫是，别有说话。

作者学习同乡前辈女词人李清照用寻常口语白描，又添加了自己擅长的拟人化手法，描绘博山道中夏日骤雨复晴的清新幽美景色，抒写他在山水风光中赏景饮酒的闲适之情。词的下片，表现窗外门口，松竹摇曳，姿态同"我"的心情一样潇洒；野鸟飞来，又给"我"带来闲暇幽雅。结尾由"野鸟"写到与他结盟、共约摆脱人间机心的白鸥。但这白鸥却偷眼觑人，盘旋不下，使他好生奇怪，猜测白鸥担心他背盟重返官场。于是痴痴地问它是否"别有说话"。全篇写景清新自然，抒情幽默风趣。结尾波澜顿起，余韵悠长。

在写了第二幕"怪鸥"后的绍熙三年（1192），辛弃疾应南宋朝廷之诏，赴福建提点刑狱任。次年知福州，兼福建安抚使。绍熙五年（1194）秋七月，又被主和派的朝臣诬告，落职罢归江西上饶，途中作《柳梢青·三山归途代白鸥见嘲》词，可谓"连续剧"的第三幕"鸥嘲"：

  白鸟相迎，相怜相笑，满面尘埃。华发苍颜，去时曾劝，闻早归来。　而今岂是高怀。为千里、莼羹计哉。好把移文，从今日日，读取千回。

稼轩离开带湖出山赴福建任职，事实上是对白鸥失信，所以罢官回上饶途中，他想起昔日盟约，感到有愧于鸥，于是以白鸥的口吻来自嘲：我白鸥迎接你回家，见你满面尘土，苍颜白发，觉得你可怜又好笑。当日出山时曾劝你早早归来，你却不回。而今被罢官不得不回，难道还有人说你是高风亮节吗？也不像是张季鹰那样奔走千里只为享受家乡的莼羹鲈鱼脍啊。从今罚你，天天好好诵读千回《北山移文》，吸取教训。白鸥的说辞，用了两个典故，贴切巧妙；又用白描，生动形象。词人以自我调侃化解政治挫折的愤郁，并且表达了对盟友白鸥的歉意与谢意，显示出词人心智的成熟和老到。

"盟鸥"的最后一幕是《鹊桥仙·赠鹭鸶》词，可名为"赞鹭"：

溪边白鹭，来吾告汝：溪里鱼儿堪数。主人怜汝汝怜鱼，要物我、欣然一处。　　白沙远浦，青泥别渚，剩有虾跳鳅舞。任君飞去饱时来，看头上、风吹一缕。

这首词作于庆元三年（1197）到嘉泰二年（1202），稼轩58岁到63岁家居铅山期间。从上一幕的白鸥嘲笑词人转换为词人对白鸥说话。词的上片，他对溪边白鹭说：来，我告诉你啊，溪里鱼儿已寥寥可数。我疼爱你，你也应该疼爱鱼儿啊。少捉些鱼吧，你把鱼儿捉光了，从此没有鱼吃，你也无法生存了。鱼跟你，你和我，都要欣然相处呵。下片，词人又跟白鹭出点子说，远处的白沙浦、青泥渚，小虾泥鳅多的是，它们在烂泥污水中乱舞。任你飞去，吃饱了再回来，那时让我看看你头上风吹一缕白羽飘飘的神采。词虽短小，却蕴含深刻的哲理，是全剧的"点睛之笔"。顾随《稼轩词说》评此词："情真意挚，此正是静安（按：王国维）先生所谓之与花鸟共忧乐，亦即稼轩词中所谓之山鸟山花好弟兄也。"[①] 笔者大体赞同。但笔者认为，词中"要物我、欣然一处"更精辟地概括出辛弃疾具有人与自然和谐、欣然相处的大智慧、大哲思。因为物我欣然相处的世界，才是人类理想的生存境界。作者在词的下片，劝告并赞赏白鹭飞去远处，消灭那些在污泥浊水中乱舞的虾鳅，这表明他虽然宣扬物与我欣然相处的主张，却并没有泯灭美丑与善恶之别，可见辛弃疾朴素辩

---

① （宋）辛弃疾著，吴企明校笺：《辛弃疾词校笺》下，第1135页。

证思想的高明和深刻之处。因此，笔者并不赞同顾随把词的下片说成体现了张载的"民胞物与"① 即泛爱一切人物之说。此词中的鱼儿和虾鳅，分别象征了善美类和丑恶类。而饱食了虾鳅飞翔归来的白鹭，在辛弃疾笔下，俨然是一位冠缨飘飘的英雄斗士的形象。

四　意象创新与交融的可贵启示

以上论述足以说明，在华夏千年词史上，辛弃疾词的意象创新成就超卓，是一流的；而辛词意象的巧妙交融也充分表明，在中国古代词人中，辛弃疾是怀着最真挚、热烈、深厚的情意拥抱大自然的。他与青山、绿水、花鸟结成了精神伙伴，这是他笔下的自然意象与社会意象无不形神兼备、生气勃勃的根本原因。

我们再次品味下面这两句词："稻花香里说丰年，听取蛙声一片。"（《西江月·夜行黄沙道中》）词人在夏夜里行走在黄沙岭下，闻到漫溢在田野上的稻花香气，想到丰年的临近，内心无比甜蜜。于是妙想奇思，移情于物，说是群蛙在热烈欢鸣，争说丰收。笔者敢说，稼轩笔下这一片争说丰年的蛙声，乃是古今描写蛙声的诗词中最美妙动人的佳句。顾随先生评："古今词人惟有稼轩能道。"② 笔者举双手赞成。具体来说，辛词在意象的创新性与交融性上的成功创作实践，给予南宋及其后的词创作以下三点可贵的启示。

第一，辛弃疾志向宏大，胆略超人，他在词创作上也显示出锐意创新的英雄气魄。他最敬佩伟大的爱国诗人屈原和伟大的田园诗人陶渊明。他赞颂屈赋："千古《离骚》文字，芳至今犹未歇。"（《喜迁莺·暑风凉月》）赞颂陶诗："千载后，百篇存。更无一字不清真。"（《鹧鸪天·读渊明诗不能去手，戏作小词以送之》）他立定

---

① （宋）辛弃疾著，吴企明校笺：《辛弃疾词校笺》下，第1135页。
② （宋）辛弃疾著，吴企明校笺：《辛弃疾词校笺》下，第1151页。

大志，一定要把屈赋的爱国忧民精神和陶诗任真自得的人生境界移植于词，在"短歌行"的词中唱出"楚狂声"（《水调歌头·壬子三山被召》），唱出时代最强音。他还孜孜不倦地学习唐代伟大诗人李白和杜甫，学习宋代伟大的文学家苏轼，学习王维、白居易、韩愈、李商隐、李清照等杰出诗人词家，在学习中大力创新。所以他写出了《蝶恋花·月下醉书雨岩石浪》《山鬼谣·问何年》《千年调·左手把青霓》《水龙吟·登建康赏心亭》《永遇乐·京口北固亭怀古》《丑奴儿近·博山道中效李易安体》等意象雄奇瑰丽或清新自然的名篇杰作。

第二，辛弃疾才气纵横，腹笥丰厚，见解超脱，情感浓挚。他在苏轼"以诗为词"的基础上又"以文为词"，在词中融入散文、骈文、辞赋、小说、戏曲等各种文体的艺术因素，使其词以豪放雄杰为主，兼具慷慨悲壮、沉郁顿挫、婉约秀丽、秾纤绵密等丰富多样的风格，更真实、生动、深刻地表现了广阔复杂的现实人生。辛弃疾为了创造出更多新奇鲜活的意象，以"诗在惨淡经营中"（《鹧鸪天·点尽苍苔色欲空》）的刻苦创作实践，对词的语言千锤百炼。他既从经史子集中吸收美妙的书面语言，又注意提炼清浅活泼的民间口语俗语，灵巧地用典使事，借以创造出鲜活的意象。例如："想当年，金戈铁马，气吞万里如虎。"（《永遇乐·京口北固亭怀古》）既表现出刘裕北伐的声威气势，又饱含了词人无限仰慕之情，笔力雄豪，其中就综合运用了前人的史书、诗语和时人的词句。《南乡子·登京口北固亭有怀》为了成功刻画孙权的少年英雄形象，借用了杜甫《登高》中"不尽长江滚滚来"的诗句，衬托孙权雄踞江东；又妙用曹操与刘备的对话和赞美孙权之语，表现孙权敢与前辈争雄的凛凛威风，含蓄讽刺南宋主和派权臣怯懦无能，同刘表儿子一样类若猪犬。又如在《丑奴儿近·博山道中效李易安体》词中，"骤雨"句化用了李清照《行香子·七夕》"甚霎儿晴，霎儿雨，霎儿风"。"更远树"二句，词意全从王安石《桂枝香·金陵怀古》化出。"青旗"二句，语出唐人陆龟蒙《怀宛陵旧游》"惟有日斜溪上思，酒旗风影落春流"。还见于稼轩本人的《鹧鸪天·代人赋》词："青旗沽酒有人家。""无事"句，语出《景德传灯录》卷二十七："僧叹曰：'只恁么空过一夏，不闻佛法。'""觑着人"句，典出《列子·黄帝》载"海上之人有好沤鸟者"一则故事。可见，辛弃疾最擅长把诗词散文辞赋小说戏曲中，经史子集中同类或近似或看似毫不相干的意象与典故、词语，予以增减改造，提炼加工，赋予其新的形态或新的内涵，从而形成了他大量营造新鲜意象的高超技法，真是得心应手、屡试不爽。

第三，清代词话家周济说："北宋词多就景叙情，故珠圆玉润，四照玲珑。至稼轩、白石，一变而为即事叙景，使深者反浅，曲者反直。吾十年来服膺白石，而以稼轩为外道，由今思之，可谓瞽人扪籥也。稼轩郁勃故情深，白石放旷故情浅，稼轩纵横故才大，白石局促固才小。"[1] 周济在这段话中检讨了他曾误判稼轩词"外道""情浅"，不及白石（姜夔）词，后来才正确认识到稼轩词"郁勃情深"，"其才情富艳，思力果锐，南北两朝，实无其匹"[2]，给予了最高评价。周济慧眼识珠，发现并概括出稼轩把北宋词"多就景叙情""一变而为即事叙景"的创新贡献。"即事叙景"，在词中增加了叙事，就有利于词人把写景写人、叙事抒情以及议论结合起来，熔于一炉。以稼轩为首的南宋词人，在小令词和中长调词中，描绘出唐五代北宋词里罕见的人物，尤其是古今英雄豪杰的形象。即事叙景，使稼轩竟然能在《清平乐·村居》这首仅有46个字的小令词中刻画了五个人物。上文所举另一首《清平乐·博山道中即事》的上阕，刻画了词人在河滩上夜行，见到白鹭眯眼窥沙身影轻晃，并想象白鹭一定是梦见了鱼虾。这只

---

[1] （清）周济：《介存斋论词杂著》，载唐圭璋编《词话丛编》第2册，第1634页。
[2] （清）周济：《介存斋论词杂著》，载唐圭璋编《词话丛编》第2册，第1633页。

白鹭形象多么生动有趣！此词下片云：

> 一川明月疏星，浣纱人影娉婷。笑背行人归去，门前稚子啼声。

这四句描写一片溪山都沐浴在明月疏星的清光之中。一个年轻女子在溪边浣纱，身影美丽轻盈。忽然，她对着词人羞怯一笑，随即背转身匆匆离去。原来不远处她家门前，响起了婴儿的哭声。词人仅用了 24 个字，就使这位山村年轻母亲勤劳淳朴、美丽温良、爱护孩子的形象跃然纸上，而词人对山村的自然美人情美的喜爱和赞赏之情也流溢词中。如果仅是就景叙情，就不可能在一首词中描绘出人物、景物、事件、场景，使词不仅具有画面感，而且具有戏剧性和故事性。这就是辛稼轩用"即事叙景"手法营造出的具有创新性和交融性的意象，给予南宋及其后词创作的可贵启示。

第七章 稼轩词的历史英杰形象塑造

辛弃疾创作了不少怀古词，其中有五首成功地塑造了大禹、李广、孙权、刘裕、陶渊明这五位历史英雄豪杰的形象，催人奋进，发人深省，也提供了在以抒情绘景为主的词篇中叙事写人的宝贵艺术经验。笔者尚未见到有人对此作专门探讨，故在此章谈一得之见。

一 李广难封

辛稼轩常以汉代李广建奇功而不得封赏，抒发自己有报国壮志与韬略却被投闲置散的悲愤。如其《卜算子》词上片云："千古李将军，夺得胡儿马。李蔡为人在下中，却是封侯者。"描述李广因寡不敌众负伤并被匈奴俘虏，他毫不畏惧，途中机智勇敢夺得胡儿马逃脱。他战功卓著，却被加罪放闲。而其堂弟李蔡人品和才能不过中下等，却得以封侯，位至三公。稼轩把二李的不同人生境遇作鲜明对照，表达出他对自己不幸遭遇的强烈愤慨和对南宋当权者昏庸无能的辛辣讽刺。而稼轩生动传神地刻画李广这位落魄的历史英雄的，是那首长调《八声甘州·夜读〈李广传〉，不能寐，因念晁楚老、杨民瞻约同居山间，戏用李广事，赋以寄之》：

故将军饮罢夜归来，长亭解雕鞍。恨灞陵醉尉，匆匆未识，桃李无言。射虎山横一骑，裂石响惊弦。落魄封侯事，岁晚田园。　　谁向桑麻杜曲？要短衣匹马，移住南山。看风流慷慨，谈笑过残年。汉开边、功名万里，甚当时健者也曾闲？纱窗外，斜风细雨，一阵轻寒。

此词题为"夜读《李广传》，不能寐。因念晁楚老、杨民瞻约同居山间，戏用李广事，赋以寄之"，作于落职闲居带湖期间。稼轩捧读《史记》中的《李广传》，为李广的不幸遭遇感慨激动，竟至夜不能寐，于是写下此词，向两个有志隐居的友人倾吐英雄失时不遇的悲愤，也邀约他们同去射虎南山，做李广的异代知己。此词在艺术表现上并非无瑕之璧。顾随《稼轩词说》评曰："开端二语，夭矫而来，真与一条活龙相似。但逐句读去，便觉此龙渐渐堕落下去。匆匆者何也？或是草草之意耶？匆匆未识，以词论之，殊未见佳。'桃李无言'，虽出《史记·李广传》后之'太史公曰'，用之此处，不独隔，亦近凑。……'匹马'字与前片'雕鞍'字、'一骑'字重复。"[①] 顾老先生眼光犀利，批评中肯。但从塑造李广形象的角度来看，稼轩此词颇见艺术匠心。诗家词客吟咏人和物，在很多作品中也是为自己咏怀。此词上片略叙李广事迹，从李广生平中独取其"岁晚田园"即废为庶人后闲居终南山一段，也正切合稼轩当时的处境和心情。上片前五句概述李广无端遭受灞陵尉呵斥轻侮一事。开篇"故将军"的称呼及其后的"恨"字，表达出李广的自谦，也抒发了作者对灞陵尉这类势利小人的愤恨之情。"长亭解雕鞍"为传记中所无、乃稼轩添加的细节，显得情景逼真。司马迁在《李广传·赞》中引俗谚"桃李不言，下自成蹊"赞美李广，词中"桃李无言"代称李广，表现他性格朴实，不善辞令。以下两句写李广射虎南山故事。"山横一

---

① 顾随：《稼轩词说》，《顾随文集》，上海古籍出版社1986年版，第71页。

骑"也是传记中没有的细节。"横"字尤妙，显示李广单人一骑上山，目中无虎，胆气过人。"裂石响惊弦"，更是词人的大胆想象，绘声绘态，惊心动魄！可见李广膂力非凡，有传奇般的神勇。其下一韵陡然跌落，写李广不仅无缘封侯，而且竟然在迟暮之年被废居于田园。这一笔绾合李广与自我，既感叹历史英雄的落魄，也倾吐自己落职失意的悲哀。

  词的下片发抒感慨。换头至"残年"化用杜甫《曲江三章》其三："自断此生休问天，杜曲幸有桑麻田。故将移住南山边，短衣匹马随李广，看射猛虎终残年。"稼轩邀约两位朋友和他一起"移住南山"，追随李广，自强不息地度过晚年。"短衣匹马"既是作者的自我形象，其实也是为李广补充的写照。而"风流慷慨，谈笑过残年"同上片"落魄封侯事，岁晚田园"呼应对照，暗写出李广即使失意落魄，闲居田园，仍然风流慷慨，犹如老骥伏枥，志在千里。这三句，使笔者联想到苏轼在《念奴娇·赤壁怀古》中刻画周瑜的"羽扇纶巾，谈笑间、樯橹灰飞烟灭"。史传记载李广此后就重上战场，自请为前锋出击匈奴。而"汉开边、功名万里，甚当时健者也曾闲"两句，更由李广与自我的不幸遭遇指出了封建统治者压抑有抱负有才能的志士仁人的卑劣行径，使李广的英雄形象更有深刻的意蕴。词的末韵，问而不答，以景结情，把满腔悲愤融入斜风细雨微寒的夜景之中，余韵无穷。因此，明代李濂《批点稼轩长短句》评赞此词："必奇士乃有奇作。"[①] 而尽管顾随有上述的指瑕与批评，其结语仍赞赏道："直至'汉开边'十五个字，方是风雨晦冥，霹雳一声，掣空而去。龙终究是龙，不是泥鳅耳。至'纱窗外，斜风细雨，一阵轻寒'，则是满天云雾，神龙见首不见尾矣。"[②] 可谓评赏美妙。

[①] （宋）辛弃疾著，吴企明校笺：《辛弃疾词校笺》上，第618页。
[②] 顾随：《稼轩词说》，《顾随文集》，第71页。

二　渊明旨趣

辛弃疾最喜欢晋宋之际的伟大诗人陶渊明。据袁行霈先生统计，辛词中吟咏陶渊明、提及陶渊明、明引或暗用陶诗陶文者，共60首，将近辛词的十分之一。陶渊明在辛词里已被意象化了，他成为一种象征、一种符号，代表着那种遗世独立、潇洒风流、任真自得的人生态度，也代表着辛弃疾自身的一个方面。他把陶渊明当成自己的榜样，在《念奴娇·重九席上》词中说："须信采菊东篱，高情千载，只有陶彭泽"，给予了最高的评价。①《水龙吟·老来曾识渊明》这首词对陶渊明形象的塑造尤为真切、生动、饱满，词曰：

老来曾识渊明，梦中一见参差是。觉来幽恨，停觞不御，欲歌还止。白发西风，折腰五斗，不应堪此。问北窗高卧，东篱自醉，应别有、归来意。　　须信此翁未死。到如今、凛然生气。吾侪心事，古今长在，高山流水。富贵他年，直饶未免，也应无味。甚东山何事，当时也道，为苍生起。

此词大约作于嘉泰二年（1202），稼轩63岁隐居铅山瓢泉时。稼轩满怀真挚又深沉的感情，把陶渊明看作灵犀相通、心心相印的异代知音。起笔就说他自归带湖，始识渊明，晚年识之更深。梦中一见，仿佛已与渊明相似，而醒来还是不似，于是内心郁积"幽恨"，酒也不饮，歌也不唱了。接着他在想象中显示了渊明的两幅画面：一幅是渊明不堪忍受为五斗米折腰的屈辱，白发苍颜挺立在萧瑟北风之中；另一幅是渊明在北窗下高卧，在东篱边把酒赏菊。这两幅画表现出渊明的铮铮傲骨与潇洒风流、任真自得

---

① 袁行霈：《陶渊明研究》，北京大学出版社1997年版，第189页。

的人生态度。"应别有，归来意"进而暗示渊明辞官归隐含有更深情意，那就是憎厌官场黑暗和鄙视世俗污浊。这样，陶渊明形象既真切生动，又有思想深度。词的下片，稼轩更想象陶渊明至今仍生气勃勃地活着，其后以始隐终出的谢安作反衬，含蓄地嘲讽谢安的出山仍不免存有富贵之想，陶渊明的风流才是最真纯的风流，高于谢安。稼轩另一首《鹧鸪天·读渊明诗不能去手，戏作小词以送之》词云：

晚岁躬耕不怨贫。只鸡斗酒聚比邻。都无晋宋之间事，自是羲皇以上人。　　千载后，百篇存。更无一字不清真。若教王谢诸郎在，未抵柴桑陌上尘。

袁行霈先生说："辛弃疾以'清真'二字概括陶渊明的作品，堪称卓见。所谓'清真'，强调了它们的纯正与真切，其风流是真风流。'王谢诸郎'，是指王导、谢安的晚辈们，辛弃疾说他们还抵不上陶渊明居处柴桑陌上的尘土呢！"[①] 这两首词都体现出辛弃疾对陶渊明的深知卓识。《鹧鸪天·读渊明诗不能去手，戏作小词以送之》叙事简洁，直抒胸臆，取譬喻理，饶有精思妙语；《水龙吟·老来曾识渊明》则以塑造生气凛然的豪放隐士陶渊明形象出彩显奇。

三　孙权、刘裕与大禹

嘉泰四年（1204）三月，65岁的辛弃疾出知抗金前沿的京口（今江苏镇江），他积极备战，遣谍侦察敌情，复拟招沿江土丁，建万人军旅。他初到任时就创作了《南乡子·登京口北固亭有怀》：

[①] 袁行霈：《陶渊明研究》，第190—191页。

何处望神州。满眼风光北固楼。千古兴亡多少事，悠悠。不尽长江滚滚流。　　年少万兜鍪。坐断东南战未休。天下英雄谁敌手，曹刘。生子当如孙仲谋。

稼轩登上北固亭，近看风光绮丽，远眺只见早已沦陷于金兵铁蹄下的北方山河；俯瞰长江，波涛滚滚奔流，时日悠悠逝去，心中不禁触发出千古兴亡之感，并且自然地联想到三国时代吴国的主公孙权。过片两句紧承上片，形象地概括了孙权从少年起就率领千军万马雄踞江东，奋发图强，敢与曹操刘备等前辈争雄，一直战斗不息。十二字千锤百炼，浓缩警拔，读之令人想象并感受到少年英雄孙权的凛凛英姿，虎虎生气扑面而来。接着一问一答，极力夸张和渲染孙权非凡的胆识与气概，说天下英雄只有曹操、刘备才堪与孙权匹敌。结句"生子当如孙仲谋"，直用《三国志·孙权传》引《吴历》载曹操赞美孙权的话，使读者自然地联想到曹操的后一句"刘景升儿子若豚犬耳"，从而巧妙地以怯懦无能的刘表之子刘琮作为孙权的对照与反衬，并且含蓄地讽刺胆小如鼠、畏敌如虎的南宋统治者。稼轩在赞美孙权中也抒发出自己一贯坚持抗金的气魄，表达了他也渴望如孙权一样建立英雄业绩的豪情。全篇借古喻今，缘景抒情，叙事写人，语言明快，妙用典故与前人语句，信手拈来，自然合拍，声韵铿锵有力，从而成功地塑造了融孙权与自我为一体的英雄形象。陈廷焯《云韶集》卷五评赞："魄力之大，虎视千古。"①

同年秋天，辛弃疾又写了一首《永遇乐·京口北固亭怀古》。词的上片怀念在京口建功立业的历史英雄孙权与刘裕，下片用南朝宋文帝草草出兵北伐招致失败的史实，提醒当政者韩侂胄等人切勿草率从事，轻敌冒进。下面是此词上片：

---

① （宋）辛弃疾著，吴企明校笺：《辛弃疾词校笺》中，第 970 页。

千古江山，英雄无觅，孙仲谋处。舞榭歌台，风流总被，雨打风吹去。斜阳草树，寻常巷陌，人道寄奴曾住。想当年，金戈铁马，气吞万里如虎。

"千古江山"这前六句说：千古江山，依旧雄伟壮丽，而像孙权这样敢于抗击北方强敌的历史英雄却无处可寻了。他们建设的舞榭歌台，连同他们的流风余韵，也都被风吹雨打，消失殆尽了。"斜阳草树"以下六句怀念刘裕。刘裕，小名寄奴，其祖先随晋室南渡，世居京口。他是南朝宋的开国皇帝。东晋安帝义熙五年（409）及十二年（416），刘裕起兵京口，两次率晋军北伐，先后灭掉南燕、后秦，收复洛阳、长安，几乎克复中原。这六句说：在夕阳斜照、野草老树掩映的寻常百姓里巷中，当地的老辈传说，这里便是刘裕当年住过的地方。我现在想象当年，他挥舞金戈鞭策身披铁甲的战马，虎步中原，气吞万里。前三句展现了一幅静态的景物画面，显示刘裕出身草野人家，并给人一种历史沧桑感与荒凉感。后三句推出刘裕北伐中原的进军场景，"万里"表达征途遥远，战场辽阔，"气吞"与"如虎"是刘裕大军浩大声威气势的形象表现。这三句综合了后唐李袭吉，北宋释觉范、张耒，南宋刘过与陆游的诗词文成句，[①] 加以锤炼而成，可谓笔力千钧。一静一动，一冷寂一炽烈，前后映照，两幅画面尤其是其中的英雄人物刘裕给读者留下强烈深刻的印象。

　　辛弃疾在写了上述两首词后，大约是开禧元年（1205），又写了一首《生查子·题京口郡治尘表亭》：

　　悠悠万世功，矻矻当年苦。鱼自入深渊，人自居平土。红日又西沉，白浪长东去。不是望金山，我自思量禹。

[①]（宋）辛弃疾著，吴企明校笺：《辛弃疾词校笺》上，第563—564页。

稼轩登尘表亭，俯瞰滔滔大江，激发出思古之幽情。开篇二句即追忆与歌颂大禹治水，使神州大地免于陆沉，这是万世不朽的伟大功绩。"悠悠""矻矻"两个叠字词，形容尽管历史久远，但大禹孜孜矻矻，劳筋苦骨，拯救溺水百姓的精神永存。接着的两个排比句，形象地描写大禹掘地把洪水引入大海后，鱼儿自由自在地游入深水中，人类得以在平地上安居乐业，尘世万物各得其所。下片前两句展现眼前所见红日西沉、白浪东流的壮丽阔大景色，似从唐人朱斌五绝名篇《登楼》的"白日依山尽，黄河入海流"化出，[①] 风景画面中或许融入了日月升沉、岁月如流而自己年已老迈却抗金救国功业未成的情意。结拍两句说，我此刻并不是瞻望江中这座矗立着金碧辉煌佛寺、传说唐代裴头陀开掘得黄金的名山，言下之意是：我对出家当和尚和掘金发财都不感兴趣，我只是热切盼望有个大禹般的英雄出来，拯救北方沦陷区的人民，我也渴望在北伐中原光复河山的事业中建立不朽功绩。这首词写远古治水英雄大禹，运用离形得似、重在传神的表现方法，即着意颂扬大禹为救国救民不辞劳苦的精神。为了适应"远古"的特点，语言也有意追求古朴平易，虽句句用典，但不露痕迹，犹如己出，多用自然流畅的对仗句与排比句，使之具有民谣的风格。全篇立意高远，境界雄浑，意蕴深沉。读此词，眼前如见大禹胼手胝足巍立如山的伟岸形象。吴则虞先生评赞："此词气魄之伟，抱负之大，有天地悠悠，上下千古之慨，在稼轩词中为压卷之作。"[②] 笔者深表赞同。

在稼轩词问世前的唐五代两宋词中，只有北宋苏轼的名作《念奴娇·赤壁怀古》，以"遥想公瑾当年，小乔初嫁了，雄姿英发。羽扇纶巾，谈笑间、樯橹灰飞烟灭"的词句，刻画赤壁大战

[①] 此诗长期误为王之涣的《登鹳雀楼》，实为朱斌作《登楼》，参见刘学锴《唐诗选注评鉴：十卷本》第1册，中州古籍出版社2019年版，第243—244页。

[②] 吴则虞选注：《辛弃疾词选集》，第277页。

中吴军统帅周瑜风流潇洒谈笑破敌的英雄形象，形神兼备，生动饱满，一直激动人心。辛弃疾继承与发扬了苏轼在词中刻画英雄形象的艺术手法，其《永遇乐·京口北固亭怀古》与《八声甘州·夜读〈李广传〉，不能寐，因念晁楚老、杨民瞻约同居山间，戏用李广事，赋以寄之》明显可见他学习借鉴苏轼词的痕迹。辛弃疾为了激励自己抗金救国的理想抱负，满怀激情塑造了上述五位历史英杰形象。在这一点上，他在古代词坛上的成就即无人可及。辛稼轩不愧是词中之龙。而他巧妙运用丰富多样的表现手法为人物传神写照，也给后人提供了在以写景抒情为主的诗词中叙事写人的宝贵艺术经验。

第八章　稼轩词的南宋英杰形象塑造

王兆鹏先生在其新著《辛稼轩词选》中说："辛弃疾不仅有张良那样的智慧谋略，又有韩信一般的勇气胆力。依三国时代刘劭《英雄》（《人物志》卷八）的标准，辛弃疾可谓是兼张良之英、韩信之雄的真英雄、大英雄。""英雄人写英雄词。辛弃疾的词作，是其英雄人格、英雄心态、英雄命运的真实写照。"[1] 他又说："唐宋词史上，没有第二人像英雄辛弃疾这样爱英雄、想英雄、唱英雄。"[2] 兆鹏这一观点精辟，笔者由衷赞赏。笔者上一章论述了稼轩词的历史英雄形象塑造，本章则探讨稼轩词的南宋英杰形象塑造。下面分三节展开论述。

一　南宋各类英杰的人物画廊

辛弃疾南归后，曾在临安朝廷以及江阴、建康、滁州、赣州、江陵、南昌、鄂州、潭州、福州、绍兴、镇江等地任军政职务。中间曾因被政敌弹劾罢官隐居上饶近二十年。由于他具有英雄气质、宏大志向、远见卓识，为当时的君臣所共知，得到广泛认可；加上他性格豪爽正直又风趣幽默，嗜好饮酒，待人真诚热情，喜好结交朋友，因此稼轩词中赠别会友、祝寿饮宴遣兴之作尤多，

---

[1]　王兆鹏：《辛弃疾词选》（古代诗词典藏本），"导言"第20—22页。
[2]　王兆鹏：《辛弃疾词选》（古代诗词典藏本），第77页。

其中就有不少咏赞当时英雄俊杰的佳篇，大致有下列几类。

一是咏唱那些赏识或荐举过他的爱国名臣。如丞相叶衡、赵汝愚、洪适，尚书韩元吉等人。例如《菩萨蛮·金陵赏心亭为叶丞相赋》，作于淳熙元年（1174）。时叶衡知建康府兼安抚使，辛弃疾在叶衡幕下任参议官。词的开篇："青山欲共高人语，联翩万马来无数。"本来是他陪叶衡在赏心亭上看山，他却别出心裁地说青山想来和"高人"谈话，于是化为万马联翩奔腾而来，争先恐后地想跟高人打招呼、献殷勤。作者化静为动，移情于物，展现出一幅新奇、飞动、气势磅礴的画面，又借写山显示出"高人"叶衡的非凡与崇高。下片："人言头上发，总向愁中白。拍手笑沙鸥，一身都是愁。"词人怀着敬爱、关切之情，以乐观的口吻和"拍手笑沙鸥"的动作，劝慰年过六旬的恩公叶衡不要以白发为意，无须发愁，因为沙鸥一身白羽，却快乐而忘机，与愁无关。稼轩以风趣语为老师解愁。可见二人的亲密关系。同年十一月，叶衡拜相，即向孝宗皇帝力荐辛弃疾"慷慨有大略"，稼轩即被召至临安任仓部郎官。

淳熙十一年（1184），辛弃疾闲居上饶，作《水龙吟·甲辰岁寿韩南涧尚书》，为67岁的吏部尚书韩元吉祝寿。作者先不写祝寿，而是从忧心国事落笔。说自宋室南渡以来，屡与金人和议，没有几个人像韩元吉那样志在恢复。以至半个多世纪过去了，南宋仍然偏安一隅，中原仍在金人的铁蹄之下，南宋的国势愈益衰弱。当权主和派就像晋朝的"夷甫诸人"，尸位素餐，空谈误国。能出来力挽颓波的，非您韩公莫属。下片紧承上文说，儒者本可以平戎万里，为国家建功立业，更何况您韩公是士林领袖，文章山斗。您是天生将种，必将风云际会，大展身手，如同大唐宰相裴度、李德裕和东晋谢安，在赋闲中东山再起，整顿乾坤。事成之后我再为您祝寿。在辛稼轩笔下，作为日常应酬的祝寿词，写成了激励名臣去完成统一神州大业的爱国词、励志词，大大地提高了祝寿词的思想境界。

二是咏唱以陈亮为代表，包括赵昌甫、徐斯远、韩仲止、吴子似、杨民瞻、杜仲高等志同道合、肝胆相照的英才挚友。例如陈亮，字同甫，号龙川，永康（今属浙江）人。为人才气超迈，喜谈兵，下笔数千言立就。屡向孝宗上书言时政、说北伐，却不获用，一生潦倒失意，五十一岁状元及第，未至官而卒。辛弃疾有与陈亮唱和的《贺新郎》二首，为陈亮赋壮词《破阵子·为陈同甫赋壮词以寄之》一首，词中爱国激情充沛，豪迈慷慨，是英雄人唱英雄的杰作，下文再论。这里先举一首《满江红·汉水东流》。据王兆鹏考证，此词是淳熙六年（1179）辛弃疾知潭州（今湖南长沙）兼湖南安抚使时为送一位王姓友人从军而作。词一起笔就写滚滚东流的江水要洗尽胡人的尸污血腥，点出了抗金复国的主题，接着写王姓友人家族本有从戎杀敌的传统，祖上有英烈飞将，曾有过"破敌金城雷过耳，谈兵玉帐冰生颊"的传奇战斗经历：他攻破敌人坚固的城池，就像迅雷过耳一样快捷威猛；他在主将的营帐里谈论兵事，严肃冷峻，脸颊如带冰霜。而王郎投笔从戎，就是要传承其祖先的英业雄风。下片写送别，勉励友人英勇杀敌，早日登坛拜将，"马革裹尸当自誓"，要勇于为国牺牲。日后立功归来，你我一同沐浴这长沙城头的楚楼风与裴台月。全篇表达出英雄词人期望从军友人为国建功的慷慨豪情。格调高昂，直中见奇，对仗工整又笔墨酣畅，读后令人气壮神旺。王兆鹏特别指出："飞将、英烈、破敌、谈兵玉帐、从戎、马革裹尸等密集的军事意象群，构成了词史上罕见的别样风景。"[①]

三是咏唱那位敢于和善于劝谏皇上改变旨意的谏官友人汤朝美，那些为国为民平定叛乱、排难解忧、扶危济困、清廉正直的官员友人，那位志壮才高却落第失意的友人徐斯远，还有如王佐、

---

① 王兆鹏：《辛弃疾词选》（古代诗词典藏本），第31页。

赵茂嘉、赵彦端等。写给汤朝美的词有《水调歌头·汤朝美司谏见和，用韵为谢》和《满江红·送汤朝美自便归金坛》。这两首词都写于淳熙十年（1183）前后，辛弃疾刚罢官闲居上饶不久。汤朝美，名邦彦，金坛（今属江苏）人。据《京口耆旧传》卷八，谓其任左司谏时，"论事风生，权幸侧目"。后使金不利，有辱气节，编管新州（今广东新兴），又被酌情移近信州（今江西上饶），和稼轩相识。《水调歌头·汤朝美司谏见和，用韵为谢》上片云："白日射金阙，虎豹九关开。见君谏疏频上，谈笑挽天回。千古忠肝义胆，万里蛮烟瘴雨，往事莫惊猜。政恐不免耳，消息日边来。"首句用神话传说，以白日照耀着仙人或天帝所居黄金阙来形容皇宫的壮丽。次句化用屈原《招魂》："魂兮归来，君无上天些。虎豹九关，啄害下人些。"借喻宫门深严，见君不易；权奸在场，为谏艰险。三、四句描写汤朝美却频频向皇帝上谏书，在谈笑间挽回皇帝的旨意，显出了过人的勇气和杰出的讽谏能力。"千古忠肝义胆"是对汤朝美忠义品格的赞誉，也是对他的激励。"万里蛮烟瘴雨"写汤朝美被贬谪到蛮烟瘴雨的荒凉僻远之地，在写景中蕴含着对他的深切同情。"往事莫惊猜"劝慰汤氏，被贬谪的痛苦已经过去，如今不要再担心和猜疑了。歇拍两句说，终有一天从天子身边会传来好消息，你会重新起用。这里用谢安的典故，含蓄地称赞友人本无意于做官，是他的德行才能深孚朝野之望而再获重用。此篇是失意英雄激励被贬豪杰的感人佳作，可谓丹心相照，灵犀相通，意气峥嵘，情深义重。

《满江红·贺王宣子平湖南寇》则是祝贺知潭州兼湖南路安抚使王佐平定陈峒叛乱而作。作者把王佐比为用兵如神的卧龙诸葛亮。他于五月初一率兵深入寇巢，经过"白羽风生貔虎噪，青溪路断貙貚泣"的战斗，不日就取得大捷。上片歇拍"早红尘、一骑落平冈，捷书急"两句，展现一匹战马在平冈上飞驰，给朝廷急送捷报，马蹄扬起阵阵尘土，画面生动、壮美。过片再补写王佐本是饱读诗书的状元，却"谏书马上"，谈笑击贼，建立军功，日后拜相封侯，其英雄伟业一定像《大唐中兴颂》那样被铭刻于浯溪的崖石上，千载流芳。全词气势雄放，节奏明快，用典生动，形象鲜明。作者写来如虎啸生风，读者诵之似心擂战鼓。

辛弃疾还与他所敬佩的南宋理学宗师朱熹有深交。据《宋史·辛弃疾传》载：他曾同朱熹游武夷山，赋《九曲棹歌呈晦翁十首》。朱熹书"克己复礼""夙兴夜寐"题辛二斋室。"熹殁，伪学禁方严，门生故旧至无送葬者。弃疾为文往哭之，曰：'所不朽者，垂万世名。孰谓公死，凛凛犹生！'"祭文全篇已佚，今存此四句。稼轩词中，有一首《感皇恩·读〈庄子〉，闻朱晦庵即世》：

> 案上数编书，非《庄》即《老》。会说忘言始知道。万言千句，不自能忘堪笑。今朝梅雨霁，青天好。　一壑一丘，轻衫短帽。白发多时故人少。子云何在，应有《玄经》遗草。江河流日夜，何时了。

作者正在写读《庄子》的感受，忽闻朱熹辞世，所以下片悲叹白发多时，故人愈少，并以扬雄比况朱熹，其人虽仙逝，但其思想与著作不朽，将垂名万世，就如江河日夜奔流，永不停息。此词语言精练朴素而情深意长。明代李濂《批点稼轩长短句》评赞："千载高情，宛然在目。"[①] 笔者还感到稼轩此词与其晚年所作怀念大禹伟绩的《生查子·题京口郡治尘表亭》下片"红日又西沉，白浪长东去。不是望金山，我自思量禹"，一样感情真挚，气象宏阔，含蕴深厚。

二　传神写照，手法多样

辛弃疾在这些咏赞当代英杰挚友的词篇中，真实、生动地表

---

① （宋）辛弃疾著，吴企明校笺：《辛弃疾词校笺》下，第1404页。

现出他们的感人事迹与精神风貌。其中不少篇章，成功地塑造出形神兼具、性格鲜明、栩栩如生的人物形象。上文所论气度从容的士林领袖韩元吉，谈笑挽天回的汤朝美，能文能武、谏书马上、平叛立功的王佐，都给我们留下了难忘的印象。下面再看辛稼轩是怎样调动多种艺术手段为他的英杰友人们写照传神的。

乾道四年（1168），稼轩29岁，通判建康府，作《水调歌头·寿赵漕介庵》，为同在建康任江南东路转运副使的赵介庵即赵彦端祝寿。词云：

千里渥洼种，名动帝王家。金銮当日奏草，落笔万龙蛇。带得无边春下，等待江山都老，教看鬓方鸦。莫管钱流地，且拟醉黄花。　唤双成，歌弄玉，舞绿华。一觞为饮千岁，江海吸流霞。闻道清都帝所，要挽银河仙浪，西北洗胡沙。回首日边去，云里认飞车。

这首祝寿词通篇采用神话故事巧妙比拟并融入抗金报国的激情，鲜明显示出青年英雄词人奇特的构思、奇妙的想象和奇丽的文采。词的起笔就把寿主比为天子喜爱的一匹神马，继而写他在金銮殿起草奏章，笔下龙蛇飞舞。"带得无边春下"句，辞丽意深，既含蓄表现赵彦端把天上春色即孝宗对民情的体恤带来人间，又富于诗意地赞美他温厚待人，使人如沐春风。"等待"二句说，即使江山都老，这位寿星仍满头乌发，可见其身体强健，青春长驻。过片描绘寿宴歌舞之繁盛与酒宴之热烈。作者用几个节奏急促的短句，造成令人耳目应接不暇的视听景象。"一觞"与"江海"两句以极度夸张和壮观场面，把眼前景引向以神话比拟北伐中原光复河山的主旨。由江海流霞自然过渡到清都帝所，祝福寿主能回到天子身边，乘飞车在云间飞腾，以银河仙浪去清洗西北的胡沙。全篇充满浓郁的浪漫色彩，展现了寿主非凡的风度才干，尤其是将作者勉励其"洗胡沙"的情境表达得诗意盎然。另一首寿词《满江红·寿赵茂嘉郎中。前章记兼济仓事》，却呈现出迥然不同的风格，词云：

> 我对君侯，怪长见两眉阴德。还梦见、玉皇金阙，姓名仙籍。旧岁炊烟浑欲断，被公扶起千人活。算胸中、除却五车书，都无物。　　山左右，溪南北；花远近，云朝夕。看风流杖履，苍髯如戟。种柳已成陶令宅，散花更满维摩室。劝人间且住五千年，如金石。

庆元五年（1199），稼轩60岁，家居铅山时作此词。赵茂嘉，铅山人。隆兴元年（1163）进士，历仕清湘令、郎中、江西提刑、直秘阁等职。他在铅山置兼济仓，冬籴夏粜，使穷民无缺粮之忧，"里闾德之，绘像勒石祠焉"[①]。作者在词的上片赞美赵氏两眉之间显出阴德，又说梦中见他的姓名能列入天上玉帝金阙仙籍中，暗写他在铅山地区缺粮民家炊烟欲断之际，平价粜粮，使上千人能活下来，州里状其事于朝廷，诏除直秘阁。歇拍处赞叹他"腹有诗书气自华"。词的下片写他致仕后，游山玩水，赏花观云。"看风流杖履，苍髯如戟"勾勒他的形貌身姿与风流闲适之态，颇为生动传神。尾联更写他像陶渊明一样于宅旁种柳，拜佛念经。与前一首浓郁的浪漫色彩不同，此首写得朴实洒脱、自然流畅，赵茂嘉这位品德高尚、为民扶危济困的清官形象也活灵活现。

下面再举二例，看稼轩词刻画南宋英杰形象艺术手法之灵活多变。先看《贺新郎·和徐斯远下第谢诸公载酒相访韵》：

> 逸气轩眉宇。似王良、轻车熟路，骅骝欲舞。我觉君非

[①] （宋）辛弃疾撰，邓广铭笺注：《稼轩词编年笺注》（增订本），第330页。

池中物，咫尺蛟龙云雨。时与命、犹须天付。兰佩芳菲无人问，叹灵均、欲向重华诉。空壹郁，共谁语。　　儿曹不料扬雄赋。怪当年、甘泉误说，青葱玉树。风引船回沧溟阔，目断三山伊阻。但笑指、吾庐何许。门外苍官三百辈，尽堂堂、八尺须髯古。谁载酒，带湖去。

徐斯远，名文卿，字斯远，玉山（今属江西）人，朱熹弟子，喜游山水，工诗，与赵蕃、韩淲齐名，互相唱和。庆元二年（1196）应进士试，落第。斯远有词，稼轩和韵而作。首韵"逸气轩眉宇"，已将徐斯远不凡气度、轩昂气宇、风神笑貌，如画之绘出。尤其是"轩"字，名词作形容词用，新颖美妙。接以"似王良、轻车熟路，骅骝欲舞"二句，把斯远比为古代驾轻车而骋熟路的善御马者王良，再加上"骅骝欲舞"的生动活泼描写，斯远意在必得的豪迈自信跃然纸上。"我觉君非池中物"二句，更视其为得云雨而飞腾九天的蛟龙，赞其情思才调超凡绝俗，必然一试及第。然而人算不如天算，才华横溢的徐斯远竟然名落孙山。稼轩其后即转以"时与命、犹须天付"宽慰他，借《离骚》之语慨有司之昏聩，借"青葱玉树"之典斥衡文者之无学；更妙想奇思，写出"风引船回沧溟阔，目断三山伊阻"之句，表明欲求高第，正如往游海上三神山，倘不遇顺风则船回，难以抵达。于是稼轩诚邀徐斯远做客。"门外苍官"二句描写其带湖别墅门外夹道的苍松翠木修长苍古，激发徐斯远的兴致，为他排解落第失意之感。词至此，波澜迭出，新境连开。明代李濂《批点稼轩长短句》评："意气峥嵘，非琐琐者。"[1] 吴则夷先生说："'但笑指'以下……又开一境，殊有滩起涡旋之势。全首皆说失意事，不着一衰煞语，亦不作激愤语，词境高下于此分焉。"[2] 评得中肯。总之，辛稼轩为了

---

[1] （宋）辛弃疾著，吴企明校笺：《辛弃疾词校笺》上，第117页。
[2] 吴则虞选注：《辛弃疾词选集》，第53页。

塑造出生动感人的南宋英杰形象运用了丰富多样、灵活变化的艺术表现方法，值得我们学习、借鉴。

三　英雄词人与词中英杰相映照

抒情言志是诗的天职。中国古典诗歌尤其是唐宋以来的长短句歌词，基本上都是抒情的。诗共有抒情、绘景（包括咏物）、叙事、写人、议论五种笔墨，中国古典诗歌以写景抒情诗最多。在一首诗中，必须有"我"，"我"的抒情，"我"的发现，"我"的感受，"我"的追求和理想，"我"的人格与个性。黑格尔说："抒情诗是抒情主体（诗人）的自我表现。"① 雨果说："诗是（诗人）内心隐秘的回音。"② 说得精辟。本章所引述的辛稼轩词中，每一首都有他所咏唱、赞扬、同情、勉励的南宋杰出英杰，也都有他作为抒情主体或隐或显的自我表现，都是他内心隐秘的或公开的声音！

上文所论《菩萨蛮·金陵赏心亭为叶丞相赋》既写了叶衡的非凡才略与崇高品格，也写了作者渴望率领千军万马驰骋沙场为国杀敌的热情，还表达了他对叶衡的关切劝慰与两人的深厚情谊。而《水龙吟·甲辰岁寿韩南涧尚书》，刻画了韩元吉兼士林领袖、文章山斗、天生将种的才能威望。同时，表现了作者对宋室南渡以来掌权的主和派尸位素餐、空谈误国的抨击，表达了他要收复中原实现统一的宏伟抱负。《水调歌头·汤朝美司谏见和，用韵为谢》，前文只引述了上片，词的下片是：

笑吾庐，门掩草，径封苔。未应两手无用，要把蟹螯杯。说剑论诗余事，醉舞狂歌欲倒，老子颇堪哀。白发宁有种？——醒时栽。

---

①　[德] 黑格尔：《美学》第 3 卷，朱光潜译，商务印书馆 1979 年版，第 99 页。
②　[法] 雨果：《雨果论文学》，柳鸣九译，上海译文出版社 1980 年版，第 114 页。

如果说此词上片是热烈赞美友人汤朝美当年任谏官时的忠肝义胆与大智大勇，那么下片则是作者为了劝慰远谪多年归来的汤朝美而抒写自己的境况。稼轩自嘲蜗居的柴门被荒草掩盖，门前小路长满了青苔，可见他过着孤独寂寞的生活，但双手还有点用处，可以拿螃蟹、端酒杯，在醉舞狂歌中摇摇欲倒，真像东汉马援所说："老子颇堪哀！"结尾还幽默地说，白发也像有种子，偏偏在他酒醒后一根根地栽在他头上。这首词写的是失意英雄词人劝慰被贬豪杰友人。至于《贺新郎·用前韵赠金华杜仲高》的下片，根据王兆鹏的考证，隐秘地表现了辛弃疾对淳熙十六年（1189）南宋朝廷政局变化的担忧与失望[①]。词的结尾写他夜半狂歌，歌声、悲风声与檐下铁马声交响共鸣。于是，渴望跃马挥戈杀敌的英雄词人，与上片所写那位诗风清奇的俊杰杜仲高，一虚一实，前后照映。

在辛弃疾写给挚友陈亮的三首词中，《破阵子·为陈同甫赋壮词以寄之》所写那位"醉里挑灯看剑"的将军，是辛氏虚构的人物形象，不在本章的讨论范围内。另外两首都是《贺新郎》，抒写了稼轩与陈亮同游鹅湖相聚十天的情景，我们将在下编第十六章再作评论。这两位爱国英雄犹如两座雄峰，在历代读者眼前心上，巍然并肩，屹立千秋！

---

① 参见王兆鹏《辛弃疾词选》（古代诗词典藏本），"导言"第38—39页。

第九章　稼轩词的女性形象创造

被誉为"词坛飞将军"的辛弃疾，其词兼具雄奇悲壮与深婉密丽等多种艺术风格。稼轩在词篇中刻画了众多的女性形象，同柳永、晏几道、秦观、周邦彦、李清照、姜夔、吴文英等擅长婉约词的名家相比，毫不逊色。稼轩词中的女性形象大致可分为四类，这四类词写作的缘由与场景、心态与旨趣不同，词人融入女性形象的情思有别；词人运用灵活多变的表现手法，力求刻画出生动鲜明、风采各异的女性人物形象，在词的题材内容与艺术风格上突破创新。笔者至今未见词学界对此课题有专门研究，故撰写此章试作探讨。

一　典故与比兴创造的女性形象

稼轩词中第一类女性人物形象，是词人运用典故与比兴寄托手法来创造的。这一类词并不多。《摸鱼儿·淳熙己亥，自湖北漕移湖南，同官王正之置酒小山亭，为赋》是人们熟知的名篇，词云：

> 更能消、几番风雨，匆匆春又归去。惜春长怕花开早，何况落红无数。春且住。见说道、天涯芳草无归路。怨春不语。算只有殷勤，画檐蛛网，尽日惹飞絮。　　长门事，准拟佳期又误。蛾眉曾有人妒。千金纵买相如赋，脉脉此情谁

诉。君莫舞。君不见、玉环飞燕皆尘土。闲愁最苦。休去倚危栏,斜阳正在,烟柳断肠处。

宋孝宗淳熙六年(1179)春,辛弃疾40岁,由湖北转运副使调任湖南,同僚王正之在官署里的小山亭替他饯行,他即席赋此词。词的下片用《文选·长门赋序》所述典故,写汉武帝的陈皇后遭妒失宠被幽闭于长门冷宫,比喻自己所遭受的排斥和闲置,抒发了怀才不遇的怨愤。"君莫舞"两句,又以杨玉环、赵飞燕妒人邀宠最终死于非命,诅咒谗害忠良的当权小人。诚如近人刘永济《唐五代两宋词简析》所说:"此词颇似屈原《离骚》,盖谗谄害明,贤人失志,为古今所同慨也。"①

再看《贺新郎·别茂嘉十二弟》:

绿树听鹈鸪。更那堪、鹧鸪声住,杜鹃声切。啼到春归无寻处,苦恨芳菲都歇。算未抵、人间离别。马上琵琶关塞黑,更长门、翠辇辞金阙。看燕燕,送归妾。　　将军百战身名裂。向河梁、回头万里,故人长绝。易水萧萧西风冷,满座衣冠似雪。正壮士、悲歌未彻。啼鸟还知如许恨,料不啼、清泪长啼血。谁共我,醉明月。

此词为宁宗庆元六年(1200)稼轩闲居上饶瓢泉时作。茂嘉是其族弟,志在抗金,重气节,有才能,却因小过被贬官桂林(今属广西),触发出稼轩的悲愤不平。他仿效前人作《恨赋》《拟恨赋》的手法,在词中选用三个古代薄命女子与两个失败英雄辞家去国的典故,抒写与茂嘉离别的哀愁,更寄寓自己忧国伤时的大情怀。全篇构思巧妙,以残春三种鸟的悲啼声起兴,下片又用鸟

---

① (宋)辛弃疾著,吴企明校笺:《辛弃疾词校笺》上,第536页。

长啼血来首尾呼应，更推进一层。张伯驹《丛碧词话》评："章法奇绝。必是意有所触，情有所激，如骨鲠在喉，不能不吐，遂脱口而出，随笔而下，奔放淋漓。"①

　　这里从运用典故刻画女性人物形象的角度作评析。诗人兼诗论家流沙河说："诗人的经验层面同古人的经验层面（古典意境）因用典而叠合交融，造成典象……造成典象必须用典，而用典却未必造得出典象来，如果只停留在典词水平的话，'自相矛盾'是典故，'每下愈况'是典故，分别出自《孟子》《庄子》，但是都停留在典词水平，只能算是成语，不成其为典象……故意用典造成意象，方能算是典象。"②他对典象与典语的区分，简明精切，我们用来分析稼轩这两首词：《摸鱼儿·淳熙己亥，自湖北漕移湖南，同官王正之置酒小山亭，为赋》"长门事，准拟佳期又误"，是稼轩虚构，历史上无此记载。"蛾眉曾有人妒"，也是稼轩编造，史书载陈皇后嫉妒卫子夫，而不是她遭人嫉妒。"千金纵买相如赋，脉脉此情谁诉"，这两句用了《文选·长门赋序》中陈皇后向司马相如买赋的故事，用"准拟""纵买"摹写陈皇后内心的哀怨与希冀落空，并融入作者的同情和怜悯。"脉脉此情谁诉"句，更是细腻入微地刻画了她的失望、渺茫、极悲苦却无处诉说的神情心态，是营造典象的点睛妙笔！而"玉环飞燕皆尘土"，则停留在典词水平，未能造成意象。《贺新郎·别茂嘉十二弟》词的上片写了三位古代美人的离别。"马上琵琶关塞黑"句，描绘王昭君怀抱琵琶骑马远行，边塞荒凉，天昏地黑，情景历历如画，典象已出。"更长门、翠辇辞金阙"句，推出失宠的陈皇后乘翠辇辞别金殿前往长门宫幽居的镜头，使读者如见其玉容憔悴、珠泪盈眶，都是营造出典象的佳句。至于"看燕燕，送归妾"六字仅是交代事件，不成典象。

---

①　（宋）辛弃疾著，吴企明校笺：《辛弃疾词校笺》上，第85页。
②　流沙河：《十二象》，第167页。

第九章 稼轩词的女性形象创造

稼轩运用典故并发挥创造性想象刻画出古代美丽女性形象的，是《贺新郎·赋琵琶》，词云：

> 凤尾龙香拨。自开元、霓裳曲罢，几番风月。最苦浔阳江头客，画舸亭亭待发。记出塞、黄云堆雪。马上离愁三万里，望昭阳、宫殿孤鸿没。弦解语，恨难说。　　辽阳驿使音尘绝。琐窗寒、轻拢慢捻，泪珠盈睫。推手含情还却手，一抹梁州哀彻。千古事、云飞烟灭。贺老定场无消息，想沉香、亭北繁华歇。弹到此，为呜咽。

此词作于淳熙九年（1182）稼轩罢官居江西上饶带湖之时。题为"赋琵琶"，篇中连用了历史上若干有关琵琶的典故，其实是一首借琵琶伤时感事的忧国之歌。其起结皆用唐开元、天宝年间的琵琶典故，借以抒发对宋朝盛衰的感伤，表达对北宋承平繁华的追念。结尾几句，特以当代再没有唐玄宗时能一弹定场的琵琶高手如贺怀智者，暗讽朝中已无治国能臣，宋朝难以振兴，故有"弹到此，为呜咽"的哀叹。词的上下片，各用一个美人弹琵琶的典故。

上片从"记出塞"到"恨难说"，用王昭君出塞的故事，其中化用了欧阳修《明妃曲·和王介甫作》"不识黄云出塞路，岂知此声能断肠"句，杜甫《咏怀古迹》其三"千载琵琶作胡语，分明怨恨曲中论"句，还有白居易《琵琶行》"弦弦掩抑声声思，似诉平生不得意。低眉信手续续弹，说尽心中无限事"句。词人先展现王昭君出塞途中黄沙白雪的荒寒险恶景象，再以艺术夸张和具象抽象相接的手法，写出"马上离愁三万里"的奇警之句，其后展现了一个昭君于塞上回望昭阳宫殿唯见孤鸿灭没的画面，最后描写了昭君在马上弹琵琶，奏出胡音胡调的塞外之歌，抒发难以言说的怀念故土的怨恨忧思。于是，昭君出塞的形象就有声有色、情景交融地跃然纸上，比《贺新郎·别茂嘉十二弟》中的昭君形象更生动鲜明。

此词的下片"辽阳驿使音尘绝"四句，暗用唐代沈佺期《古意呈补阙乔知之》"十年征戍忆辽阳""白狼河边音书断"，李白《忆秦娥》"乐游原上清秋节，咸阳古道音尘绝"，白居易《琵琶行》"轻拢慢捻抹复挑，初为《霓裳》后《六幺》"，将上述典故、诗句熔于一炉，刻画出一个弹奏琵琶怀念征人的闺妇。琐窗深处，寒气袭人，她越弹越伤心。"泪珠盈睫"和"推手含情还却手"二句，不受典故限制，发挥创造性想象，添加真实生动的细节描写，表现了这位唐代闺妇悲愁神态、慵懒动作与哀怨心情，其"泪珠盈睫"的大特写镜头尤为动人。诚如徐永端先生所评："令人想见那长睫毛上闪动的晶莹泪珠，悲而见美。"[①]

可见，在稼轩这类运用典故刻画古代美人形象的词中，借古喻今、比兴寄托的创作意图很明显。词人把自己伤时忧国、苦闷愤懑的激情融入女性形象中，使其有情感强度与思想深度，然而她们毕竟不是词的抒情主人公，只是局部性的形象，词人用以刻画她们的笔墨较少，形象免不了单薄粗略，其中一些照搬典故缺乏创造性想象和艺术虚构的形象也不够生动鲜活。

二 闺中怀人的女性

稼轩词中的第二类女性形象，是唐宋婉约词中常见的伤春怀人的闺中少妇或少女，她们基本是"有文化修养、生活优裕，却因时光流逝、爱人离家而多愁善感"的都市女性。稼轩为了寄托自我伤时忧国的政治感情，采取"男子作闺音"（代言体）的写法，把她们作为抒情主人公，从容细致、层层深入地展现其生活情事尤其是内心活动，例如《满江红·暮春》：

---

① 唐圭璋等撰写：《唐宋词鉴赏辞典·南宋·辽·金卷》，第1537页。

第九章 稼轩词的女性形象创造

　　家住江南，又过了、清明寒食。花径里、一番风雨，一番狼藉。红粉暗随流水去，园林渐觉清阴密。算年年、落尽刺桐花、寒无力。　　庭院静，空相忆。无说处，闲愁极。怕流莺乳燕，得知消息。尺素如今何处也，绿云依旧无踪迹。谩教人、羞去上层楼，平芜碧。

此词写一位江南少女伤春怀人。上片成功运用景中含情、借景写人的表现手法，描绘园林在风雨后落花流水与清阴繁密的残春景象，令人如见少女无聊徘徊伤悼流年似水、青春消逝之景。下片侧重刻画她空闺独守的孤寂和苦闷。先写她相忆游子，接写她已感到相忆徒劳，再写她满怀愁苦无人可诉，还生怕流莺乳燕知道。"尺素"以下，写她得不到游子的一封信，也不晓得他身在何方。她羞上层楼眺望，因为害怕只见空芜碧野不见情人。作者刻画的少女复杂矛盾的心情可谓细腻宛转，曲折层深，动人肺腑。

　　再看一首《满江红·敲碎离愁》：

　　敲碎离愁，纱窗外、风摇翠竹。人去后、吹箫声断，倚楼人独。满眼不堪三月暮，举头已觉千山绿。但试把、一纸寄来书，从头读。　　相思字，空盈幅。相思意，何时足。滴罗襟点点，泪珠盈掬。芳草不迷行客路，垂杨只碍离人目。最苦是、立尽月黄昏，阑干曲。

此词起笔突兀。"离愁"竟被"敲碎"，字意新奇警拔，其实是写纱窗外风摇翠竹之声对闺中少妇的惊扰。上片写她登楼眺望，但见红花凋尽，千山皆绿，征人无踪。她只得下楼回到室内，把他寄来的书信从头细读。下片写她越读越伤心，泪珠点点滴落，湿了罗衣，于是埋怨芳草没能迷了他的去路，又责怪垂杨太密挡住了她的视线。最后写她如痴如呆地孤立在栏杆边眺望，直到黄昏月出。

这两首词都刻画了作为抒情主人公的思妇形象，艺术构思与章法结构大致相同。在刻画人物方面，都省略了对人物容貌装饰的描写，而是着力描写人物的行为动作或直接揭示其内心活动，抒其情传其神，使之神情逼肖，而其容貌体态由读者自己想象。

在稼轩这类"男子作闺音"的闺怨词中，写得最精妙动人的，是《祝英台近·晚春》：

> 宝钗分，桃叶渡。烟柳暗南浦。怕上层楼，十日九风雨。断肠片片飞红，都无人管，更谁劝、啼莺声住。　鬓边觑。试把花卜归期，才簪又重数。罗帐灯昏，哽咽梦中语。是他春带愁来，春归何处。却不解、带将愁去。

此词也是写闺妇伤春怀人。上片是她追忆与情人相别时的凄迷情景，表现出她慵懒无聊的神情意态。下片"鬓边觑"三句刻画她苦盼情人回归的痴迷行为：她摘下鬓边花，数花瓣卜归期，细数过了，戴上去，又拔下来，再一瓣瓣地从头数。作者捕捉住人物这一单调反复的动作，并予以细腻的白描，极真切地呈现出这个女子的痴情。"罗帐灯昏"以下五句，融化了李邴《洞仙歌》与赵彦端《鹊桥仙》的语意，却托之于女子梦中哽咽呓语，并出之于对"春"的无理责问，于是一个满腹痴情怨语的女子形象宛然在目，感人至深。提炼描写人物反常动作与用梦中痴语揭示其内心隐秘之情，是这首词最出彩的笔墨。清代陈匪石《宋词举》评曰："'觑''卜''才簪''重数'，辗转反侧之情，传神阿堵，语极痴，情极挚。"[①]

以上三首词的女性，都是全篇着力刻画的。而稼轩在并非"男子作闺音"的《青玉案·元夕》词中，却奇妙地用极稀少的

---

① （宋）辛弃疾著，吴企明校笺：《辛弃疾词校笺》中，第755页。

笔墨，刻画出一个作为全篇主角的孤寂美人形象，词云：

> 东风夜放花千树。更吹落、星如雨。宝马雕车香满路。凤箫声动，玉壶光转，一夜鱼龙舞。　蛾儿雪柳黄金缕，笑语盈盈暗香去。众里寻他千百度。蓦然回首，那人却在，灯火阑珊处。

词题为"元夕"，词中大部分篇幅都是描写元宵节之夜的热闹场面。词人用艺术夸张笔法，极力铺写京城元夕灯火灿烂，像东风吹开了千树繁花，又如吹下满天星雨；宝马雕车奔流不息，香气四溢；箫鼓乐声，动听悦耳；鱼灯龙灯，各呈异彩，翻飞起舞。作者多角度地勾画与渲染节夜的热闹欢乐，作为孤寂佳人出场前的第一层铺垫与反衬。过片两句，由景及人，引出一群群珠翠满头、笑语盈盈的观灯女子，她们盛装艳丽，招摇过市，浓香袭人，作为孤寂佳人出场的第二层铺垫与反衬。到了"众里"以下，才写他终夜苦苦寻觅的孤寂佳人，竟然出现在他不经意的回首一瞥中：只见那灯火暗淡、冷落寂寞之处，显现出她美丽的侧影。结尾这三句陡然翻转，以少胜多，以虚胜实，妙笔点睛。作者在众里寻了千百度才得以目遇灵犀相通的佳人，其孤高、幽独、超尘出俗、宛若空谷幽兰之美，足以激发千百年来读者无尽的诗意想象。这更是稼轩"才人伎俩"的绝妙创造。

以上所论四首词，前三首都是"男子作闺音"（代言体）的闺怨词，后一首是节令词。四首词都构思缜密，形象鲜明，意境浑成，从字面上找不到任何政治寄托的痕迹，但词论家感受到它们缠绵悱恻，不似上一类词那样激昂慷慨，陈匪石在《宋词举》中细味《祝英台近·晚春》，说它"终觉风情旖旎中时带苍凉凄厉之气"[1]，

---

[1] （宋）辛弃疾著，吴企明校笺：《辛弃疾词校笺》中，第755页。

谭献在《谭评词辨》中指出这些词"托兴深切，亦非全用直语"①。梁启超在梁令娴《艺蘅馆词选》中指出这是词人"自怜幽独，伤心人别有怀抱"②。细细品味，可以体会到稼轩运用隐喻象征、比兴寄托手法寄寓其忧国伤时的政治感情：或借伤春抒发光阴蹉跎报国壮志未酬的悲慨，或以风狂雨猛、百卉凋零暗示抗金的"春光"已逝，或借闺妇内心悲苦无处可诉感叹政治知音难觅，或以灯火阑珊处的孤独佳人，含蓄表达自己甘受冷落，也不愿与当权的主和派小人同流合污。这一类词是稼轩忧国赤忱的暗喻、灵魂的写真。词的意蕴深曲隐微，正是谭献评赞周济所推崇的"有寄托入，无寄托出"③的妙境。而词中的女性形象，完全出自稼轩的艺术想象和虚构，并不受典故的限制约束。

稼轩把自己的理想抱负、忧国伤时的情思都凝注入这些女性形象中。如果说前一类女性形象是古代美人与稼轩形象的叠映，那么这一类女性形象则是当代美人与稼轩自我形象的融合。这一类女性都是词篇的抒情主人公或中心人物，得到稼轩笔酣墨饱的描绘，情思更细致深邃，形象也更加生动鲜明、血肉饱满，可怜可爱。

三 歌舞筵席上的少女

稼轩词中的第三类女性形象，是他在日常生活中尤其是歌舞筵席上认识的妙龄少女，例如《蝶恋花·席上赠杨济翁侍儿》《浣溪沙·赠子文侍人名笑笑》《南乡子·好个主人家》《如梦令·赠歌者》等。从词题可知，所咏少女有些是友人或稼轩的侍儿，她们有"可卿""笑笑"的小名，更多的是在宴会上表演节

---

① （宋）辛弃疾著，吴企明校笺：《辛弃疾词校笺》中，第755页。
② （宋）辛弃疾著，吴企明校笺：《辛弃疾词校笺》中，第813页。
③ （清）谭献：《复堂词话·宋四家词选》，载唐圭璋编《词话丛编》第4册，第3998页。

目的歌伎舞女。她们年纪小，地位低，却聪明伶俐，能歌善舞，容貌秀美，活泼可爱，常获得主人和客人的欢心。而稼轩这些词，基本上是在宴席上即兴吟出，赠送给她们的。请看《浣溪沙·赠子文侍人名笑笑》：

> 侬是嶔崎可笑人。不妨开口笑时频。有人一笑坐生春。　　歌欲颦时还浅笑，醉逢笑处却轻颦。宜颦宜笑越精神。

词题中"子文"，即严焕，字子文，是稼轩任建康府通判时的同官友人。在他离任时，稼轩赋此词赠其侍儿。侍儿名笑笑，其人爱笑，稼轩巧妙地以"笑"为词眼展开构思，每句都嵌入一"笑"字，并用"颦"字作反衬。落笔先调侃自己嶔崎历落，为人不群，常见笑于人，自己也频频开心即笑，自然引出侍儿一笑便令满座春风。下片运用白描，描写并赞美侍儿在歌中酒后颦时还笑、笑处轻颦的可爱神态，结尾更以兼具情趣与理趣的警句概括笑笑宜颦宜笑的精神风貌。再看《蝶恋花·席上赠杨济翁侍儿》：

> 小小年华才月半。罗幕春风，幸自无人见。刚道羞郎低粉面。傍人瞥见回娇盼。　　昨夜西池陪女伴。柳困花慵，见说归来晚。劝客持觞浑未惯。未歌先觉花枝颤。

稼轩运用生动活泼的白描手法和诙谐风趣的口语，描绘杨济翁的十五岁侍儿躲在罗幕后面看客人，刚推说羞见郎君低下了粉面，却被旁人瞥见她正娇羞地回眸偷看郎君；又写她昨夜去西池陪女伴，二人玩得如柳困花慵，归来很晚；最后写她为客人劝酒，拿着酒杯扭扭捏捏全不习惯；劝酒歌还没唱出口，自己先已花枝乱颤。全篇笔笔真切生动，活画出一位天真烂漫、胆怯羞涩却又楚楚动人的少女形象。稼轩在这一类词中，多用艺术夸张与美妙比喻，描绘这些少女的袅娜身段与高超歌舞技艺，并表现她们的美好心愿，如《菩萨蛮·淡黄弓样鞋儿小》：

淡黄弓样鞋儿小。腰肢只怕风吹倒。蓦地管弦催。一团红雪飞。　曲终娇欲诉。定忆梨园谱。指日按新声。主人朝玉京。

词中夸张小舞女的腰肢细，只怕风一吹就倒；以"一团红雪飞"的美妙意象比喻这红衣少女旋舞的姿态。其后揣想她一定回忆在宫廷梨园学艺的情景，结尾写出她的心愿是跟随主人再到京城学新的歌舞。又如《如梦令·赠歌者》词云：

韵胜仙风缥缈。的皪娇波宜笑。串玉一声歌，占断多情风调。清妙。清妙。留住飞云多少。

稼轩热烈赞美这位小歌者：风韵胜过缥缈仙风，笑起来眼波荡漾鲜明灿烂，歌声圆润流转像一串珠玉，世间多情风调都被她占尽了。收拍赞叹她清妙的歌声，留住了碧空中多少飞云！全篇清词丽句，自然流转，一气呵成，有珠圆玉润之美。

这类词一般都是每首写一人的小令，但也有每首写两人的长调慢词，如《念奴娇·谢王广文双姬词》：

西真姊妹，料凡心忽起，共辞瑶阙。燕燕莺莺相并比，的当两团儿雪。合韵歌喉，同茵舞袖，举措脱体别。江梅影里，迥然双蕊奇绝。　还听别院笙歌，仓皇走报，笑语浑重叠。拾翠洲边，携手处、疑是桃根桃叶。并蒂芳莲，双头红药，不意俱攀折。今宵鸳帐，有同对影明月。

此词赞美王广文的两位侍女，先将其比拟为神话中西王母的侍女董双成和许飞琼，北宋风流老词人张先的声伎燕燕莺莺，晋人王献之的爱妾桃根桃叶；然后又比喻其是江边两株迥然奇绝的梅花，并蒂双莲和双头红药。当她们身着素裳，远望酷似两团白雪。词中还描写了双姬的"合韵歌喉，同茵舞袖"，表现她俩听到别院笙歌时"仓皇走报，笑语浑重叠"的行为与情态，最后写王广文与她们在鸳帐畅饮美酒，一同举杯邀月。在稼轩笔下，这双姬形影不离，貌美艺高，已是成熟的女性，迥然有别于尚带稚气憨态的笑笑与可卿。在词篇中活灵活现地描绘出不同年龄、性格与风韵的少女形象，可见稼轩是为少女写真传神的艺术高手。

在唐宋婉约词人中，都不乏刻画歌儿舞女的作品，但笔者没有想到在稼轩词中，这一类词篇数量很多。稼轩是气概豪迈兼具文韬武略的爱国英雄，是飞骑闯敌营活捉叛徒的豪杰，同时又是才华横溢风流倜傥的诗人，他既爱武装，又爱红妆。他这些为美丽少女而写的歌词，无不流露出发自肺腑的怜爱、欣赏、赞美之情，例如《鹊桥仙·送粉卿行》："轿儿排了，担儿装了，杜宇一声催起。从今一步一回头，怎睚得、一千余里。　旧时行处，旧时歌处，空有燕泥香坠。莫嫌白发不思量，也须有、思量去里。"稼轩于嘉泰二年（1202）因病止酒，且遣去侍者粉卿。这首送别粉卿的词，白发人送小女子，伤离惜别，体贴粉卿行程漫长，诉说今后思念孤苦，语言通俗，感情真挚，读之令人触摸到稼轩这一颗滚烫如火的赤心，也是天真烂漫的童心。尽管这类作品的女性形象不像前两类有比兴寄托，意蕴深厚，但却更活泼可爱，玲珑剔透。这是两宋词苑中一池清丽芬芳的风荷。

四　归隐词与农村词中的女性形象

稼轩词的第四类女性形象，出现在他退隐带湖和瓢泉期间新写的农村词里。这类作品仅有四首，却给词坛吹来一股带着乡村泥土香味的清风，令人耳目一新，精神爽朗。我们先看一首《玉楼春·三三两两谁家女》：

> 三三两两谁家女，听取鸣禽枝上语。提壶沽酒已多时，婆饼焦时须早去。　　醉中忘却来时路，借问行人家住处。只寻古庙那边行，更过溪南乌桕树。

这首表现农村生活的小令词，上片写村女们听鸟鸣，下片写作者在村中酒醉忘路，村民为他热情指点。这里只说上片：三三两两的村姑围在树下，饶有兴趣地听着鸟儿在枝上鸣叫，好像在提醒其中一个受家长之命出来买酒的女孩子说："你提壶已出门多时了，还不赶快沽酒回家去！"还有几只鸟儿似乎戏谑一个贪玩忘归的小媳妇说："你婆婆把饼烙焦啦，赶快回去帮她忙吧！"唐宋诗人元稹、白居易，宋代诗人梅尧臣、苏轼、黄庭坚、周紫芝都写过"禽言诗"。钱锺书先生说，禽言诗就是诗人"把禽鸟的叫声作为题材"，"模仿着叫声给鸟儿起一个有意义的名字，再从这个名字上引申生发来抒发情感"，"周紫芝的'禽言'比他们的都写得好"[1]。

　　稼轩创造性地把禽言诗引入词作中。这首词的上片画出了一幅风趣的村姑听禽图，词人巧妙地模仿两种鸟鸣声，表现了乡村的生活风情，刻画了几个喜听鸟鸣贪玩忘归的村姑形象，词风清新幽默，惹人喜爱，在词坛上新创禽言词一体。

　　我们再看下面二首：

> 着意寻春懒便回。何如信步两三杯。山才好处行还倦，诗未成时雨早催。

---

[1] 钱锺书选注：《宋诗选注》，第167页。

携竹杖，更芒鞋，朱朱粉粉野蒿开。谁家寒食归宁女，笑语柔桑陌上来。

——《鹧鸪天·鹅湖归，病起作》

春日平原荠菜花。新耕雨后落群鸦。多情白发春无奈，晚日青帘酒易赊。

闲意态，细生涯。牛栏西畔有桑麻。青裙缟袂谁家女，去趁蚕生看外家。

——《鹧鸪天·游鹅湖醉书酒家壁》

这两首词作于稼轩罢职闲居上饶带湖期间。词人先以四分之三篇幅描绘春日田野的风光景物，赞美农村的劳动生活和农民怡然自乐的意态，也表现了词人病愈出游饮酒赋诗的情景，直到词的结尾二句，才推出农家女趁农闲走娘家的特写镜头，借以展现农村和睦融洽的人情美与淳厚质朴的风俗美。前首写一群农家女从远处桑间小路上逐渐走近。她们有说有笑，神采飞扬；后首写一个村女正从村口向娘家所在的远村走去，她一身白衣青裙，衣着朴素，落落大方。词人分别用两句十四字，就刻画出她们勤劳纯朴、爽朗健美的形象，使这两幅农村生活图画洋溢出蓬勃的生命活力。稼轩真是擅长为农家女写真的丹青妙手！

我们再看一首《清平乐·博山道中即事》：

柳边飞鞚。露湿征衣重。宿鹭惊窥孤影动。应有鱼虾入梦。　一川明月疏星，浣纱人影娉婷。笑背行人归去，门前稚子啼声。

这首词也是稼轩闲居带湖时作。全篇写他夜行博山道中的见闻感受。上片写景，融入其畅快心情。宿鹭、窥沙，孤影晃动，词人猜测是它梦中捉到了鱼虾，饶有新奇之趣。下片写他经过小村，欣赏明月疏星映照清溪美景，朦胧中发现溪畔浣纱村姑的美丽轻盈身影。忽闻村舍门前传来小儿啼声，浣纱村姑对词人嫣然一笑，随即背转身匆匆归去。全篇以动静相生、光影配合、情融景中的表现手法，画出一幅溪山夜景图，意境清幽恬美。画中主角是一位勤劳的关爱稚子的村姑，读者恍如见到她略带羞涩和歉意的天真笑靥，见到她的袅娜身姿与娉婷背影，并且感受到她淳朴温良的情性美。读此词，笔者自然联想到唐代王维的五绝名篇《白石滩》："清浅白石滩，绿蒲向堪把。家住水东西，浣纱明月下。"稼轩此词可能从王维诗中吸收了营养。王维诗犹如一首晶莹透明的月光曲，月光中一群浣纱女洋溢着青春朝气和生命活力；稼轩词宛若一幅光影朦胧的溪山图，清溪边浣纱的少妇彰显出母爱的深情与淳朴的风韵。

在辛弃疾之前，唐宋词中刻画的农村妇女，只有皇甫松《采莲子二首》中的采莲女，欧阳炯《南乡子》中的沙上女和采红豆女，还有苏轼《浣溪沙·旋抹红妆看使君》词中为看州官而"相排踏破茜罗裙"的村姑，此外，就只有蔡襄之孙蔡伸《长相思》中的插秧女了。至于元、明、清词中是否还有描写农村妇女的篇章，笔者没有查检，估计不会多。而稼轩一人就创作了四首出色刻画村女形象的词篇，富于诗情画意地表现出她们纯朴爽朗的美，在宋代词人中可谓独占鳌头。她们的形象也显示出稼轩对农村田园生活的热爱，是稼轩词题材内容的重大开拓与杰出的艺术创新，应予以高度评价。

第十章 稼轩词的动物意象创造

研读辛弃疾的《稼轩词》，笔者竟产生了一种新奇的感觉，好像自己正跟随着这位南宋英雄词人，游览他在江西上饶的带湖和铅山的瓢泉分别建成的两个野生动植物园，在花树葳蕤的草野，在碧波潋滟的溪边湖上，见识了各种各样的动物，有神奇或常见、巨大或细小、可爱或丑恶、能飞翔或会凫泳、有灵性或无灵性的。笔者相信，在中国古代词史上，没有哪一位词人像辛稼轩这样描写过如此众多的动物。据笔者不很精确的统计，在稼轩词中出现的动物，有70多种。笔者认为这是值得研究的一个课题，但迄今未见有一篇论文作专门探讨。为此，笔者撰写此章，论述稼轩词描写了哪些动物，其中哪一类动物是稼轩最喜爱的，进而阐析稼轩如何巧妙运用各种艺术表现手法，使这些动物意象活灵活现于词篇中，从而给予读者奇妙丰富的审美感受的。

一 神奇与常见的动物意象

在辛稼轩的《哨遍·秋水观》《哨遍·一壑自专》《哨遍·池上主人》这三首阐发庄子齐物论和相对论的哲理词中，就出现了《庄子·逍遥游》所写"水击三千里，抟扶摇而上者九万里"的大鹏，《庄子·秋水》所写的独脚兽"夔"、多足虫"蚿"，还有

"火鼠""冰蚕"① 等动物形象。而在稼轩《木兰花慢·可怜今夕月》这首用屈原《天问》体赋的词中，更描写了"万里长鲸"和月宫中的"蝦蟆"与"玉兔"。词人借助这些极大或极小、神奇或平常的动物故事来说理，使理从物出，理自事现，生动有趣，奇幻莫测，使读者受到强烈的心魂震撼，获得深邃的思想启迪。

《摸鱼儿·观潮上叶丞相》是稼轩描绘钱塘潮磅礴气势和壮伟景象的佳作。词人运用了一连串绝妙的比喻，其中就有令人惊心动魄的动物意象。开篇"望飞来、半空鸥鹭"，以半空鸥鹭争飞攀状潮水初起白浪翻卷。"截江组练驱山去，鏖战未收貔虎"，以猛兽貔貅和老虎比喻勇士，再以身穿白色衣甲的勇士激战正酣形容江潮汹涌的壮观。其后，"悄惯得、吴儿不怕蛟龙怒。风波平步。看红旆惊飞，跳鱼直上，蹴踏浪花舞"，但见身手不凡的弄潮儿们毫不畏惧惊涛骇浪如蛟龙狂怒。他们手把红旗，就像鱼儿跃出水面，足踏着浪花翩翩起舞，宛若在平地上轻松漫步。过片"凭谁问，万里长鲸吞吐。人间儿戏千弩"，继续形容怒潮翻滚万里，就像长鲸吞波喷水，把吴越王派出的数百士卒用强弓射潮看作儿戏。"滔天力倦知何事，白马素车东去"两句，把潮水比喻为因忠谏被杀的伍子胥冤魂驾驭着白马素车，向着东方的大海奔腾而去。在这一首词中，稼轩就用了九种动物意象表现江潮层出不穷的奇景，彰显出这位英雄词人非凡的才华与富丽的想象力。

辛稼轩敬仰唐代天才诗人李白，曾作七律《忆李白》，赞赏李白"定要骑鲸归汗漫，故来濯足戏沧浪"的神姿仙态。李白喜爱描写大鹏，其《上李邕》诗云："大鹏一日同风起，扶摇直上九万里。假令风歇时下来，犹能簸却沧溟水。"稼轩学李白，格外青睐大鹏意象，请读以下词句：

---

① 火鼠：生活在火山中的鼠，典出东方朔《神异经》。冰蚕：生活在冰霜中的蚕，典出王嘉《拾遗记》。

看取垂天云翼，九万里风在下，与造物同游。
　　　　　　——《水调歌头·庆韩南涧尚书七十》
都休问，看云霄高处，鹏翼徘徊。
　　　　　　——《沁园春·送赵景明知县东归，再用前韵》
鹏翼垂空，笑人世、苍然无物。又还向、九重深处，玉阶山立。
　　　　　　——《满江红·建康史帅致道席上赋》

第一例把七十大寿的尚书韩元吉比喻为与造物同游的大鹏。第二例用徘徊于云霄高处的鹏翼表现友人依依惜别的深情。第三例起笔即写大鹏展翅凌空，讪笑人世间苍茫混沌，多有碌碌无为的平庸之辈；接着写它飞回天宫深处，收翅伫立在玉阶天门之上，像一座高山巍然屹立。稼轩用这只大鹏形象，富于诗意地表现力主抗金的史致道志向高远、才华非凡，深得皇帝倚重，使此词开篇就氤氲出雄放瑰奇的浪漫主义抒情氛围，这是稼轩对《庄子》大鹏形象创造性的改造与发展，可与李白的《上李邕》媲美。明末李濂《批点稼轩长短句》赞此词为"佳作"[1]，清代陈廷焯《云韶集》卷五评"能独辟机杼，极沉着痛快之致"[2]，皆非虚誉。

　　古代神话传说中的凤、仙鹤、麒麟等祥瑞动物意象，也都被具有浪漫个性气质的稼轩引进词篇中。例如："千丈阴崖百丈溪，孤桐枝上凤偏宜。"（《鹧鸪天·徐衡仲惠琴不受》）"宝烟飞焰万花浓。试看中间白鹤驾仙风。"（《虞美人·寿赵文鼎提举》）"侵天且拟凤凰巢，扫地从他鹧鸪舞。"（《玉楼春·寄题文山郑元英巢经楼》）"引入沧浪鱼得计，展成寥阔鹤能言。"（《浣溪沙·赵景山席上提举赋溪台和韵》）"依然盛事，貂蝉前后，凤麟飞走。"（《水龙吟·次年南涧用前韵为仆寿》），等等。

---

[1] （宋）辛弃疾著，吴企明校笺：《辛弃疾词校笺》上，第363页。
[2] （宋）辛弃疾著，吴企明校笺：《辛弃疾词校笺》上，第363页。

稼轩词中的动物意象，还有鼬鼯、饥鼠、蝙蝠、河豚、蚂蚁、蜗牛、萤火虫、野蚕、虾蟹、蜜蜂、蝴蝶、黄犊、犬、老马、猿猴、青蛇、蟋蟀等。例如："白羽风生貔虎躁，青溪路断鼬鼯泣。"（《满江红·贺王宣子平湖南寇》）词人热烈赞扬湖南安抚使王佐迅速平定寇盗，如虎啸生风。"鼬"，黄鼬，俗称黄鼠狼；"鼯"，鼯鼠。这是对寇盗的蔑称。再如："蜂蝶不禁花引调，西园人去春风少。"（《蝶恋花·用前韵送人行》）"老马临流痴不渡。应惜障泥，忘了寻春路。"（《蝶恋花·继杨济翁韵，饯范南伯知县归京口》）"快趁两三杯，河豚欲上来。"（《菩萨蛮·赠张医道服为别，且令馈河豚》）下面试析几例："日月如磨蚁，万事且浮休。"（《水调歌头·送杨民瞻》）这两句是词的起笔。词人巧妙地运用《晋书·天文志》所载典故，把日月比喻为宇宙这个大磨盘上的两只蚂蚁。磨盘向左飞转，蚂蚁虽向右爬，却不得不随磨盘向左运行。词人用这个新颖又贴切的"磨蚁"意象，表达世间万物皆有生灭，也抒发出他对岁月飞逝的感慨，可谓言简意赅。再看："偶向停云堂上坐，晓猿夜鹤惊猜：'主人何事太尘埃？'"（《临江仙·停云偶坐》）词人偶然到停云堂上坐，被晓猿夜鹤发现，它们惊讶又猜疑，问主人您为什么这样风尘仆仆呢？词人用猿鹤的疑问，引出他应召出山又被罢官的尴尬与愧疚。下面更举二例，其一是：

绕床饥鼠。蝙蝠翻灯舞。屋上松风吹急雨，破纸窗间自语。　　平生塞北江南。归来华发苍颜。布被秋宵梦觉，眼前万里江山。

——《清平乐·独宿博山王氏庵》

这是稼轩被罢官闲居上饶期间的作品。一个秋夜，他独宿博山王氏庵中。深夜里，饥饿的老鼠绕着床乱窜，蝙蝠也围灯扇动着翅膀飞舞，屋外松风呼呼，急雨哗哗，糊窗的破纸被风雨吹打得沙沙作响，仿佛在自言自语。就在这样凄寒恶劣的环境里，词人想着平生志在塞北江南的抱负和被罢官闲居华发苍颜的处境，真是悲愤难眠。词的上片所写的阴森狭窄情景，同词人勉强入睡后拂晓醒来眼前依稀可见的梦中万里河山，形成了极其强烈的对照，彰显出词人不畏磨难、念念不忘统一大业的广阔胸怀与高远理想。而开篇所写绕床饥鼠与翻灯蝙蝠这两个丑陋的动物形象，尤为逼真、生动、典型，好像烙刻在读者的心中，难以磨灭。其二是：

  明月别枝惊鹊，清风半夜鸣蝉。稻花香里说丰年，听取蛙声一片。 七八个星天外，两三点雨山前。旧时茅店社林边，路转溪桥忽见。

——《西江月·夜行黄沙道中》

作者夏夜行走在上饶带湖附近的黄沙道中，看见明月在树枝头升起，惊醒了栖眠的乌鹊，发出躁动的响声；清风吹拂，送来了半夜里蝉的争鸣。从路两边的块块水田里，飘来阵阵稻花的香气；青蛙的歌唱声此起彼伏，像在预告今年早稻的丰收。词的上片描写了鹊惊、蝉鸣、蛙唱，画出了一幅静中有动的乡野夜景。尤其是把扑鼻的稻花香与悦耳的鸣蛙声融为一片，打通了视觉、听觉和嗅觉，以浓郁的诗情画意表现了他对田园的喜爱与对农民收成的关切。顾随《稼轩词说》评赞"稻花香里说丰年，听取蛙声一片"这两句，"古今词人惟有稼轩能道"[①]。笔者也认为这是古今词作中最美妙动人的蛙声。故而不避重复，在专门论述动物意象这一章里，再次赞赏这歌唱稻香的蛙声之美妙。

二 禽鸟意象，百态千姿

辛弃疾宣称："一松一竹真朋友，山鸟山花好弟兄。"(《鹧鸪

[①] （宋）辛弃疾著，吴企明校笺：《辛弃疾词校笺》下，第1151页。

天·博山寺作》）因此，在稼轩词中，写得最多、种类名称最全、最能表现词人喜爱之情的动物是禽鸟。笔者翻开《稼轩词》集，各种各样禽鸟的意象名词触目可见，有：山鸟、野鸟、啼鸟、飞鸟、大雁、寒雁、塞雁、鸿雁、秋雁、孤雁、冻雁、落雁、凫雁、断鸿、飞鸿、黄鹄、黄鹤、白鹤、仙鹤、老鹤、杜鹃、子规、杜宇、鹈鴂、鹧鸪、鸂鶒、鹡鸰、雊鹭、鹧鸪、喜鹊、鸤鹠、金雀、乌鸦、寒鸦、乱鸦、白鸥、沙鸥、轻鸥、孤鹜、野鸭、睡鸭、鸳鸯、黄鹂、春莺、流莺、晓莺、老鹰、苍鹰、雄鹰、燕子、乳燕、雏燕、小燕、樯燕等，真是种类繁富，不胜枚举。

　　上文说过，辛稼轩崇信大鹏、仙鹤等祥瑞动物，所以他在词中自比为"老鹤"，在《沁园春·再到期思卜筑》词中写道："老鹤高飞，一枝独宿，长笑蜗牛戴屋行。"因为期思的山水风光幽秀，词人决定在此地造屋隐居。他说自己就像一只老鹤，终于立定主意栖身一枝，从此他要嘲笑那戴屋而行、为物所累的蠢笨蜗牛了。词人以"老鹤"与"蜗牛"对比，把他随遇而安、旷达逍遥的情怀表达得妙趣横生。让我们再看稼轩词中的其他禽鸟："平冈细草鸣黄犊，斜日寒林点暮鸦。"（《鹧鸪天·代人赋》）春天的乡野，平坦土冈上，几头黄牛犊正低头吃着细嫩小草，不时发出欢快的鸣声；夕阳西斜，乌鸦掠过寒林，或栖息于草丛间，像一个个墨点。"鸣"和"点"这两个动词拟声绘色、摹状传情，宛若一双灵动的诗眼，互相呼应，展现出一幅有声画，多么美妙动人！在另一首词中，稼轩再次用"点"字写禽鸟。请看："几个轻鸥，来点破、一泓澄绿。更何处、一双鸂鶒，故来争浴。"（《满江红·山居即事》）山居的瓢泉水澄清碧绿，几只白鸥飞来，"点破"宁静水面，激起几朵小水花。不知哪里又来一双鸂鶒，好像故意要同白鸥争着戏水。词人寥寥几笔，将沙鸥轻快潇洒的姿态和鸂鶒活泼调皮的性情跃然纸上。再看："水底明霞十顷光。天教铺锦衬鸳鸯。"（《鹧鸪天·席上再用韵》）十顷宽的澄湖水底，晚霞放射出绚丽光芒,这是老天爷铺出一匹锦缎要衬托鸳鸯色彩斑斓的羽毛呵!

稼轩还善于用风趣幽默的笔调描写禽鸟。例如:"因风野鹤饥犹舞,积雨山栀病不花。"(《鹧鸪天·睡起即事》)因为风吹刮不停,使树枝上的野鹤在饥饿中仍然起舞。"松菊竹,翠成堆。要擎残雪斗疏梅。乱鸦毕竟无才思,时把琼瑶蹴下来。"(《鹧鸪天·黄沙道中》)在词人的心目中,比起擎残雪与疏梅争春的松竹来,乱鸦全无才思,它只会不时地把树上琼瑶般的残雪蹴下地来。这是词人对乱鸦善意的揶揄打趣。再看一例:

何处飞来林间鹊,蹙踏松梢微雪。要破帽、多添华发。
——《贺新郎·把酒长亭说》

淳熙十五年(1188)深冬,陈亮到上饶拜访稼轩,两个志同道合的老友相聚十日,同游鹅湖。陈亮走后,稼轩恋恋不舍,第二天又上路追赶,想再重聚;追至鹭鹚林,雪深路滑,无法前行。词人看见不知何处飞来的林间鹊,蹙踏着松梢残雪。词人对鹊儿说:你是不是要给我这顶破帽多添些白发?这里即景抒情,又创造性地用了东晋孟嘉龙山落帽的典故,更妙的是用对鹊儿的喜剧性戏语,表达自己年华老去请缨无路的深沉悲感。清代王夫之说:"以乐景写哀,以哀景写乐,一倍增其哀乐。"[1] 这是艺术的辩证法。辛稼轩就是善于以幽默风趣笔墨抒写人生悲剧的艺术高手。这只蹴踏松梢残雪与词人嬉戏的喜鹊,就给笔者留下了难忘的印象。近人俞陛云《唐五代两宋词选释》评:"'飞鹊'三句写景幽峭,兼有伤老之意。"[2] 是有见地的。

辛弃疾很喜欢聆听并善于分辨各种禽鸟的啼鸣声,从而对这

---

[1] (清)王夫之著,夷之校点:《姜斋诗话》,人民文学出版社1962年版,第140页。
[2] (宋)辛弃疾著,吴企明校笺:《辛弃疾词校笺》上,第51页。

些声音作出了精准美妙的描写。请听:"千章云木钩辀叫,十里溪风穤稏香。"(《鹧鸪天·鹅湖道中》)词人行走在鹅湖道上,但见从古树参天的大森林中,传出鹧鸪"钩辀"的啼声;此时,十里溪风正送来稻谷的芳香,这是听觉美与嗅觉美的交融,再看一首《行香子·云岩道中》:"云岫如簪。野涨挼蓝。向春阑、绿醒红酣。青裙缟袂,两两三三。……他年来种,万桂千杉。听小绵蛮,新格磔,旧呢喃。"词人描绘了云岩道中暮春"绿醒红酣"的美景,刻画了山乡妇女"青裙缟袂"的健美形象,更巧妙地利用《行香子》上下阕结尾由一个领字领三个三字句的调式,选择了三个摹拟鸟声的联绵词,写出了意象优美、节奏流畅、排比对仗极工巧的佳句,使读者真切地聆听了黄鸟、鹧鸪、燕子欢乐悦耳的鸣唱。

因为熟识并且擅长描写各种鸟儿的啼鸣,辛稼轩创作出一首把各种啼鸟的悲鸣与古今人间的别恨紧密结合的杰作:

> 绿树听鹈鴂。更那堪、鹧鸪声住,杜鹃声切。啼到春归无寻处,苦恨芳菲都歇。算未抵、人间离别。马上琵琶关塞黑,更长门、翠辇辞金阙。看燕燕,送归妾。　　将军百战身名裂。向河梁、回头万里,故人长绝。易水萧萧西风冷,满座衣冠似雪。正壮士、悲歌未彻。啼鸟还知如许恨,料不啼、清泪长啼血。谁共我,醉明月。
>
> ——《贺新郎·别茂嘉十二弟》

词一开篇就连续描写鹈鴂、鹧鸪和杜鹃三种鸟儿的悲惨啼声,啼得春天匆匆归去都无处可寻,啼得百草千花都凋零殆尽,但这都比不上人间的离别悲惨。接着写王昭君弹琵琶辞亲出塞,陈阿娇翠辇辞金阙移居冷宫,卫庄姜送归妾,李陵兵败被俘后与苏武诀别,燕太子丹易水悲歌送荆轲刺秦。这五个送别故事情景真切,有画面感，可谓悲恨彻骨。"啼鸟"两句说，如果知道人间还有这样痛彻心扉的恨事，鹈鴂、鹧鸪和杜鹃啼的就不是眼泪而是鲜血了。这里呼应开篇啼鸟，绾合"别恨"，并且归结题旨，最后以"谁共我，醉明月"情景兼写，表达出自己送别被贬谪族弟的悲痛孤寂。全篇构思新奇，结构缜密，层层递进，首尾呼应，笔法灵活，风格沉郁苍凉，句句扣人心弦。

如果说这首《贺新郎·别茂嘉十二弟》用哀鸣鸟声贯穿全篇，那么下面这首小令《菩萨蛮·书江西造口壁》就妙在结尾以鸟儿悲啼为"点睛"之笔：

郁孤台下清江水，中间多少行人泪。西北望长安，可怜无数山。　青山遮不住，毕竟东流去。江晚正愁余，山深闻鹧鸪。

起笔两句，写郁孤台下清清赣江水，仍旧流淌着四十余年前金兵南侵时难民伤心的眼泪。其后写他西北眺望沦陷的故都汴京，感叹视线被无数山峰阻挡，隐喻朝廷掌权的主和派阻挠主战派恢复中原。下片前两句写青山再多再高，终究遮拦不住江水奔涌东去，象征坚持抗金复土者的不屈斗志和必胜信念。结尾写他正为日暮天晚而发愁，深山里又传来鹧鸪"行不得也——哥哥"的鸣声。作者借此含蓄深婉地抒发出抗金大业受阻挠而"行不得"的悲凉心情。全篇除首二句直陈沉痛外，其他六句都运用了隐喻象征，感情起伏跌宕，一篇三曲折，风格深沉郁勃。唐圭璋《唐宋词简释》说："末句以愁闻鹧鸪作结，尤觉无限悲愤。"[①] 评得精切。

三　结盟鸥鹭，意象奇美

在众多的禽鸟中，辛弃疾最喜爱也最乐于亲近的是饶有灵性

[①]（宋）辛弃疾著，吴企明校笺：《辛弃疾词校笺》下，第1215页。

的鸥鹭。淳熙九年（1182），他被弹劾罢官居上饶带湖之初，就写了一首《水调歌头·盟鸥》：

> 带湖吾甚爱，千丈翠奁开。先生杖屦无事，一日走千回。凡我同盟鸥鹭，今日既盟之后，来往莫相猜。白鹤在何处，尝试与偕来。　　破青萍，排翠藻，立苍苔。窥鱼笑汝痴计，不解举吾杯。废沼荒丘畴昔，明月清风此夜，人世几欢哀。东岸绿阴少，杨柳更须栽。

此词既表现了稼轩隐居生活的乐趣，也流露出报国壮志未酬的苦闷。上片写带湖别墅山水美景，写他与鸥鹭亲切聊天，并订立了盟约，而且幽默地用《左传·僖公九年》所载古人盟言作为他与鸟儿的盟言，声明结盟之后，就不要互相猜疑。宋人陈鹄《耆旧续闻》卷五称这一写法"新奇"[①]，明末李濂《批点稼轩长短句》也赞为"绝妙好词"[②]。稼轩还请鸥鹭尝试带着白鹤一道来玩。词的过片，又描写白鹭破开青萍，推开绿藻，站立在苍苔上盯着水面，窥探鱼儿动静。词人善意地嘲笑白鹭：你一味痴痴地窥鱼，却不知道举起我的酒杯，同我分享饮酒的乐趣。这几句写白鹭的动作神态，尤为细致生动，情真意挚，白鹭成了稼轩此词突出描绘的主角。稼轩视鸥鹭为盟友，也暗示了他在政治上缺少知音的孤寂。

从《水调歌头·盟鸥》一词不难看出，稼轩对其"盟友"鸥鹭，都怀着十分亲切友爱的感情，用风趣幽默、新鲜活泼、"以俗为雅"或"以故为新"的语言来描写。既准确地刻画鸥鹭作为动物的形态、声音、动作，又着重表现其具有与人相通的情感与性灵，力求做到"物之形"与"人之神"兼具，二者水乳交融，从

---

① （宋）辛弃疾著，吴企明校笺：《辛弃疾词校笺》下，第252页。
② （宋）辛弃疾著，吴企明校笺：《辛弃疾词校笺》下，第252页。

而使这些鸥鹭形象可亲、可爱、可信、活灵活现。我们再读一首《柳梢青·三山归途代白鸥见嘲》：

> 白鸟相迎，相怜相笑，满面尘埃。华发苍颜，去时曾劝，闻早归来。　而今岂是高怀。为千里、莼羹计哉。好把移文，从今日日，读取千回。

绍熙五年（1194），辛弃疾在写了前一首词的十二年后，又被弹劾罢职，在回江西上饶途中作此词以自嘲。但词人却别出心裁，用"代白鸥见嘲"的口吻来写。白鸥为主，词人反而为客。白鸥起来迎接词人，觉得词人可怜又好笑，于是数落他说：看您老竟满面尘埃，白发苍颜！您当年出山时，我曾劝您早早归来，您却贪恋官场，迟迟不归。而今，被人弹劾罢官不得不归，可不是您有高风亮节，也不是您像晋朝张翰那样，为了享受家乡的莼菜羹鲈鱼脍自愿摘下乌纱帽呵！作为您的盟友，我劝您从今以后，天天好好诵读孔稚圭的《北山移文》一千遍，自我嘲讽，深刻检讨。辛弃疾被政敌诬陷为"贪酷"而落职，内心苦闷、愤郁，却能以自我打趣调侃的态度来应对，可见其心境的成熟与人生的智慧。而这样一首"代白鸥见嘲"的幽默词，在稼轩集乃至中国古代词史上，都是独具一格的新奇佳作。

辛稼轩成功地学习同乡先辈李清照用寻常口语度入音律和白描写景的手法，又创作出一首以白鸥为主角的佳作《丑奴儿近·博山道中效李易安体》，词云：

> 千峰云起，骤雨一霎儿价。更远树斜阳，风景怎生图画。青旗卖酒，山那畔、别有人家。只消山水光中，无事过这一夏。　午醉醒时，松窗竹户，万千潇洒。野鸟飞来，又是一般闲暇。却怪白鸥，觑着人、欲下未下。旧盟都在，新来

莫是，别有说话。

此词上片写博山道中夏日骤雨复晴的美丽景色，用淡笔白描出一幅清爽疏朗的风景图画。下片前三句写稼轩的潇洒闲适情怀。后面七句先写野鸟飞来，作者感觉它格外悠闲自在，又见到白鸥，却盘旋屋外，偷眼觑人，欲下未下，令词人好生奇怪，猜测白鸥是否担心他背弃旧日盟约而"别有说话"。与上文所论《水调歌头·盟鸥》一样，此词描写白鸥的活动、神态与心情，生动、活泼、明快，令人如见如闻，可亲可爱，可谓白描写真的传神妙笔！结尾的一问，意在言外，余韵悠长，令人品味不尽。

在稼轩词中，有一首小令《菩萨蛮·金陵赏心亭为叶丞相赋》，在四十四字中写了骏马和沙鸥两种动物意象：

青山欲共高人语，联翩万马来无数。烟雨却低回，望来终不来。　　人言头上发，总向愁中白。拍手笑沙鸥，一身都是愁。

词的上片，写青山想来和高人谈话，进而说青山像万马联翩奔腾而来。这两句把平常、静态的青山，写得新奇又活跃，并且含蓄地表现出"高人"的非凡与崇高。这位"高人"就是当时做建康知府兼安抚使，后官至右丞相兼枢密使的叶衡，他极赏识器重辛弃疾。而这万马奔腾的景象，也能够使读者联想起辛弃疾早年跃马扬鞭杀敌的战斗生活，以及他一直向往着率领千军万马驰骋疆场收复中原的抱负。起笔这两句情调激昂。三四句写烟雨遮住了青山，在写景中隐喻求和派对主战派的阻挠，以及作者南归后在政治上的失意。唐代诗人白居易《白鹭》诗云："人生四十未全衰，我为愁多白发垂。何故水边双白鹭，无愁头上也垂丝？"稼轩却从城外大江上自由自在飞翔的沙鸥引发奇思妙想，他拍手大笑，十分幽默地反问道：如果头发变白是因为愁苦而生，那么羽毛洁白的沙鸥，可不是"一身都是愁"了吗？词人"拍手笑沙鸥"的动作极生动风趣，说沙鸥浑身白羽却绝无愁苦之态是对当时35岁的自我和61岁恩师叶衡的激励，显示出乐观自信的战斗精神。一首小令词，写活了联翩奔腾的万马与自在翔舞的白鸥这两个虚实结合饱含情意的动物意象，真是大气魄、大手笔！

在虎胆英雄辛稼轩的笔下，就连小小的白鸥也显示出勇士的勃勃英姿，请看《鹊桥仙·赠鹭鸶》：

> 溪边白鹭，来吾告汝：溪里鱼儿堪数。主人怜汝汝怜鱼，要物我、欣然一处。　　白沙远浦，青泥别渚，剩有虾跳鳅舞。任君飞去饱时来，看头上、风吹一缕。

此词通篇是稼轩对白鹭说话，说得真率诚恳，自然流露出他对白鹭的深情厚谊，同时表达了他在大自然怀抱里所感悟到的"物我、欣然一处"的人生哲学。笔者在第一章第三节里，从稼轩创造新词体的角度作了一些分析。结尾"看头上、风吹一缕"，是展现白鹭作为斗士形象的传神妙笔。邓红梅精辟地评赞道："他在想象饱食归来的白鹭形象时，简直把它设想成了一个头上白羽飘飘的斗士，这充分反映了他对'虾鳅'的厌恶。这样的表情方式，使词中的鱼儿和虾鳅，成了善类和恶类的象征。这使得本词虽似即兴写成，却有一定的寓意。"①

笔者深切地感念才华横溢却不幸中年仙逝的邓红梅教授。她的评论，让笔者和所有喜爱稼轩词的读者在结识了满身白羽却从不忧愁的沙鸥之后，又结识了头上白羽飘飘饱食虾鳅归来的斗士鹭鸶，从而得到思想的启迪与审美的愉悦。

---

① 邓红梅编著：《壮岁旌旗拥万夫：辛弃疾集》，第207页。

下 编

第十一章　稼轩词的写水艺术

在辛稼轩词集中,其山水词深受历代广大读者喜爱。这位爱国英雄词人的山水词描绘雄奇或秀丽的山水风光,表达他对大自然和祖国锦绣河山的热爱,彰显出他"有心雄泰华,无意巧玲珑"(《临江仙·戏为山园苍壁解嘲》)的审美意趣,更借山水意象和境界寄托他抗金复土的壮志与请缨无路的悲愤。稼轩山水词具有丰富深邃的情思意蕴与超凡脱俗的艺术成就。在已问世的宋代文学史、唐宋词史以及辛弃疾研究专著中,都对稼轩山水词有所论述。从20世纪80年代至今,已发表对稼轩山水词的研究论文有20多篇。2008年,笔者曾与路成文教授合撰一篇专论稼轩词写山艺术的文章。[①] 笔者感到已有的论著,主要是研究稼轩写山,而对其写水关注不够,迄今为止未有一篇专门探讨稼轩词写水的文章。与形态高耸屹立不动的山相比,水往往是流动不居的,少常形而多变化,要描写出水的动态与生命活力并非易事。而在稼轩词中,写水的篇章不少,其中也有脍炙人口的佳作。为此,笔者撰写此章专论稼轩写水词,以便更全面深入地认识、评鉴其山水词的鲜明特色与杰出成就。

[①] 路成文、陶文鹏:《"青山欲共高人语,联翩万马来无数"——论〈稼轩词〉的写山艺术》,《学术研究》2008年第7期。

一　画水之词，情意丰厚

辛弃疾率义军归宋后，在短期的江南宦游与长期的上饶隐居经历中，写作诗词的灵感兴会宛若钱塘江潮汹涌澎湃，使他不倦地挥动那支出神入化的笔，描绘出一幅幅千姿百态、动静俱妙的山水图画。画中的水，有长江、湘江、赣江、钱塘潮，有杭州和福州的西湖、南昌东湖、上饶带湖与鹅湖、铅山瓢泉，有云洞水、潭水、溪水、瀑水、泉水、池水、渠水、野水、雨水、沧浪水、竹根水，还有"潭空水冷"的剑溪和樵川，甚至有词人幻想中的银河仙浪。稼轩最喜爱山，曾写过："我见青山多妩媚，料青山、见我应如是。情与貌，略相似。"（《贺新郎·甚矣吾衰矣》）其实，这四句词如改"青山"为"清泉"，也完全契合词人的心意。因为此词的题序中，就有"一日，独坐停云，水声山色，竞来相娱"之语。在《鹧鸪天·不寐》词里，他也自称"一生不负溪山债"，又于《水龙吟》感叹"吾侪心事，古今长在，高山流水"。可见，山和水都是稼轩的挚友和知音。

于是，从喜爱水的稼轩笔下，就涌现出一首首咏水佳作。《摸鱼儿·观潮上叶丞相》是稼轩描绘钱塘潮的名篇：

> 望飞来、半空鸥鹭。须臾动地鼙鼓。截江组练驱山去，鏖战未收貔虎。朝又暮。悄惯得、吴儿不怕蛟龙怒。风波平步。看红旆惊飞，跳鱼直上，蹴踏浪花舞。　凭谁问，万里长鲸吞吐。人间儿戏千弩。滔天力倦知何事，白马素车东去。堪恨处。人道是、属镂怨愤终千古。功名自误。谩教得陶朱，五湖西子，一舸弄烟雨。

词人妙用比喻、拟人、夸张等艺术手法，结合有关神话传说和历史典故，把被誉为天下壮观的钱塘江潮写得有声有色有气势，极富飞动感,令人惊心动魄!词中以白甲雄兵鏖战正酣形容海的潮涌,正是词人强烈渴望征战沙场的体现;词中展示了江浙弄潮儿手挥红旗踏浪起舞犹如平地漫步,讴歌他们不怕狂风巨浪的勇气与矫健身手,显示了江南军民万众一心抗击金兵的英雄气概和战斗精神。而词的后半幅写因忠谏而被杀害的伍子胥冤魂乘"白马素车"东去,写力助勾践灭吴的范蠡竟被迫隐居五湖,词人在此含蓄地表达了对南宋朝廷迫害主战的忠臣良将的愤慨,其中包含着为恩师叶衡被罢相深鸣不平之意,也抒发出自己政治失意的牢骚。可见,这首词不仅淋漓酣畅地描绘了钱塘江潮的壮景奇观,而且蕴含着丰富深邃的情思。笔者认为,这首词在意象的独创性方面虽不及稼轩写山的经典名篇《沁园春·灵山齐庵赋,时筑偃湖未成》,但在意蕴的丰厚深远与风格的悲壮郁勃方面,却胜于它。

辛弃疾以写水为主的小令名作《菩萨蛮·书江西造口壁》,表达了深沉的忧国忧民情怀:

郁孤台下清江水,中间多少行人泪。西北望长安,可怜无数山。 青山遮不住,毕竟东流去。江晚正愁余,山深闻鹧鸪。

词的起韵写他俯瞰从郁孤台下流过的滔滔赣江水,想到四十多年前金兵南侵、生民流离的情景,感到这清江水中,至今仍旧流淌着当年无数逃亡难民的眼泪。接韵写他向西北遥望金人铁蹄下的北宋故都汴京,视线却被无数青山阻挡了。词人以象征手法曲折反映了南宋朝廷主和派阻挠主战派收复中原统一山河。下片写赣江水冲破青山遮挡,浩荡奔腾东去,隐喻坚持抗金复国志士的不屈斗志和必胜信念。全篇运用象征隐喻手法"惜水怨山"[①],使此

---

① (清)周济:《宋四家词选》,载(宋)辛弃疾著,吴企明校笺《辛弃疾词校笺》下,第1212页。

词具有使人寻味不尽的思想内涵。

在稼轩词集中,有多首吟咏长江的词,《南乡子·登京口北固亭有怀》是传诵人口的名篇:

> 何处望神州。满眼风光北固楼。千古兴亡多少事,悠悠。不尽长江滚滚流。　　年少万兜鍪。坐断东南战未休。天下英雄谁敌手,曹刘。生子当如孙仲谋。

嘉泰四年(1204),65岁高龄的辛弃疾出镇京口,登上北固亭,凝望滚滚奔腾不息的长江水,想起千古兴亡,不禁赞叹三国时代的少年英雄孙权,他坐断江南,拥数万雄兵,坚决抗击北方强敌曹操。作者钦仰不畏强敌奋发有为的孙权,并以其自励与自况,对怯懦苟安畏敌如虎的南宋朝廷当局表达了不满与讽刺。词中描写长江仅一句,但作者将其置于全篇中心,起到了串联上下片的作用。词句从杜甫七律名篇《登高》的"不尽长江滚滚来"化出,为押下平声尤韵,改"来"为"流",加强了动态感,音韵响亮有力。它与表示时间的"千古""悠悠"相互配合,把敢与曹、刘等前辈争雄的孙权烘托得更加威风凛凛。笔者每次吟诵此词,眼前都涌现出生气虎虎的孙权及其身后大江滚滚奔腾的意象。清代陈廷焯《云韶集》卷五评赞:"魄力之大,虎视千古。"[①] 洵非虚誉。

在辛稼轩写水的词作中,更多是表现他被主和派排挤打击罢官隐居后的内心矛盾:既念念不忘杀敌报国恢复中原,倾吐政治失意报国无门的愤懑,也表现出他回归自然亲近山水的隐居生活情趣。请读《沁园春·再到期思卜筑》上阕:

> 一水西来,千丈晴虹,十里翠屏。喜草堂经岁,重来杜

---

① (宋)辛弃疾著,吴企明校笺:《辛弃疾词校笺》中,第970页。

老；斜川好景，不负渊明。老鹤高飞，一枝投宿，长笑蜗牛戴屋行。平章了，待十分佳处，著个茅亭。

绍熙五年（1194）七月，辛弃疾被弹劾罢福建安抚使，归上饶。秋冬间，又到铅山县的期思卜筑，作此词。开篇即描写一条清溪，从西边奔腾而来，而那弯弯的桥，宛如晴空的彩虹投影在溪水中。四周层峦叠嶂，像一扇扇翠绿的屏风耸立。期思的秀丽山水风光使稼轩感觉自己就像杜甫战乱后重回浣花溪草堂一样欣喜，又像是陶渊明游斜川一样舒畅。稼轩笑对青山碧水的神情意态跃然纸上。

辛稼轩还有一些写水的词，表现出他从江水风浪中领悟到的人生哲理，例如《鹧鸪天·送人》：

唱彻阳关泪未干。功名余事且加餐。浮天水送无穷树，带雨云埋一半山。　　今古恨，几千般。只应离合是悲欢。江头未是风波恶，别有人间行路难。

词人在江边送别行人，遥望浮天江水、无穷之树以及远山云雨弥漫，深情劝慰友人说，悲欢离合只是人生万千愁恨之一种，不必过于在意；江头风浪固然险恶，但跟人世间的艰难险阻相比，就算不上什么了。此词上下片收尾，堪称写景抒情又蕴含理趣的精警之句。

二　妙笔生花，画出活水

辛弃疾写水，就如同他写山一样，有一支生花妙笔，能够画出各种水的动静状态，表现出水之光色、声音，水中之山影、云影、树影，水之凉暖乃至香味，令人惊心动魄或心旷神怡。

与山相比较，水的常态是动的。稼轩就善于描绘奔腾流动、充满生命活力的水。你看，他写清泉水："清溪奔快，不管青山碍。"（《清平乐·题上卢桥》）"清"状泉水之澄澈洁净，"奔快"写其流动之急速，"不管"句表现其勇敢乐观倔强的性格。真是白描写生自然明快的妙笔。他写瀑布水："正惊湍直下，跳珠倒溅。"（《沁园春·灵山齐庵赋，时筑偃湖未成》）"直下"白描瀑布从高空笔直飞泻而下，"倒溅"比喻水花如珍珠从下而上飞溅，炼字多么精准、妥帖、有力！又如："野水玉鸣渠，急雨珠跳瓦。"（《卜算子·用韵答赵晋臣·敷文，赵有真得归、方是闲二堂》）野水流入渠中，像玉石般叮咚鸣响，急骤的雨在屋瓦上如明珠蹦跳。再如："小渠春浪细无声。"（《临江仙》）因为渠小，水流细，所以听起来无声。"竹根流水带溪云。"（《临江仙·探梅》）在竹根流动的水，虽是无声，却悄悄地带走了溪中的片片云影。

　　稼轩还喜欢描写水色。"菖蒲自蘸清溪绿"（《归朝欢·山下千林花太俗》），这是清溪的绿色；"望中矶岸赤，直下江涛白"（《霜天晓角·赤壁》），赤壁与白浪两种色彩鲜明映照；"千丈悬崖削翠，一川落日镕金"（《西江月·渔父词》），千丈翠岩如同斧削而成，落日金光灿烂倒映江中，好像是水把金子熔化。可谓流光溢彩，灿烂夺目。

　　再看稼轩笔下的水声、水影、水凉与水香。"霍然千丈翠岩屏，锵然一滴甘泉乳"（《归朝欢·题赵晋臣敷文积翠岩》），积翠岩如千丈翠屏突然屹立在人们面前，那乳珠般洁白的甘泉滴落，发出铿锵的声响。"老眼羞明，水底看山影"（《祝英台近·与客饮瓢泉》），词人说自己老眼怕光，但仍爱欣赏水底的山影；"水底明霞十顷光。天教铺锦衬鸳鸯"（《鹧鸪天·席上再用韵》），明霞影落水底，好像老天要在水中铺锦衬托羽毛斑斓的鸳鸯。"一榻清风殿影凉"（《鹧鸪天·鹅湖道中》），清风吹来，使鹅湖寺院大殿的水中倒影也增添了凉意。"草木尽芬芳，更觉溪头水也香"（《南乡子·庆前冈周氏旌表》），因为山乡的草木尽是芬芳，词人感觉溪头水也散发出香气。

辛稼轩写水，善于灵活多变地运用白描、彩绘、譬喻、夸张、拟人、拟物、用典等艺术手法。例如他写杭州西湖："晚风吹雨，战新荷、声乱明珠苍璧。谁把香奁收宝镜，云锦周遭涵红碧。"（《念奴娇·西湖和人韵》）词人就把白描、彩绘、比喻等手法结合起来，表现出西湖傍晚晴雨变幻、水花飞溅、红河碧莲相映的美丽景色。再看他写福州西湖："绿涨连云翠拂空。……十里水晶宫，有时骑马去，笑儿童。殷勤却谢打头风。船儿住，且醉浪花中。"（《小重山·三山与客泛西湖》）描写西湖翠绿的荷叶也如波翻浪滚，与彩云相接，拂拭天空，气势惊人。他又把西湖比喻为一座晶莹透明的水晶宫；写他骑马去游湖，笑儿童走得缓慢；在湖上迎着打头风泛舟，船儿不前，他就喝酒，沉醉于浪花之中。词人把自己的行为、意态融入景中，格外真切、诙谐、趣味盎然。又如："楚天千里清秋，水随天去秋无际。"（《水龙吟·登建康赏心亭》）词人在清秋登高远眺，竟感觉千里楚天也在流动，长江水似乎随着天空一起流动的。在目力可及的尽头，水天融合，浑然一体，使他进而感受到这"秋"并非虚幻的，只是其形空阔高远，无边无际。词人妙用了拟人、幻觉、化静为动、化虚为实等艺术手段，表现出水、天、秋三位一体的意象与境界，新奇警动，浩浩荡荡，苍苍茫茫，生机勃勃，笼照全篇。又如："带湖吾甚爱，千丈翠奁开。"（《水调歌头·盟鸥》）开篇即直抒他喜爱带湖，因为湖水清澈见底，就好像打开千丈宽的翠绿色镜匣，看到一方明镜。还有"日日过西湖，冷浸一天寒玉"（《好事近·西湖》）、"为爱琉璃三万顷，正卧水亭烟榭"（《贺新郎·和前韵》），用比喻夸张的"一天寒玉"与"琉璃三万顷"意象，突出表现湖水广阔及其静态的光色之美。

无论是写山还是画水，辛稼轩都喜爱并擅长飞腾起超凡神奇的幻觉想象彩翼，创造出雄奇、瑰丽或者清幽、怪诞乃至诡谲的意象和境界。例如《水龙吟·过南剑双溪楼》上阕：

> 举头西北浮云，倚天万里须长剑。人言此地，夜深长见，斗牛光焰。我觉山高，潭空水冷，月明星淡。待燃犀下看，凭栏却怕，风雷怒，鱼龙惨。

词人起笔就以南剑双溪里有神剑的传说发兴，写自己渴望得到一把倚天万里的长剑去扫清西北浮云。这里即运用幻觉想象与象征手法，含蓄表达了驱除金人收复中原的报国情怀。其后写神剑化龙之地，只留下眼前的冷水空潭。他想燃犀照水寻剑，又恐怕风雷怒吼，水中妖魔兴风作怪。这里的"风雷怒，鱼龙惨"，就是词人以幻觉想象与象征手法比拟南宋朝廷投降派的嚣张气焰和阴险嘴脸。清代陈廷焯《云韶集》与《放歌集》评赞此词："雄奇之景，非此雄奇之笔，不能写得如此精神。""雄奇兀奡，真令江山生色。"[①] 皆中的之论。

以上所举，都是稼轩词写水的名篇或佳句。其实在大自然中，最美的景色往往是有山有水、山与水相映生辉的。稼轩词有句云："句里春风正剪裁，溪山一片画图开。"（《鹧鸪天·黄沙道中即事》）因此，稼轩有不少兼写山水的佳作，或以写山为主，如《沁园春·灵山齐庵赋，时筑偃湖未成》；或以写水为主，以山衬水，如前引"一水西来，千丈晴虹，十里翠屏"（《沁园春·期思卜筑》）。再如："山上飞泉万斛珠。悬崖千丈落鼪鼯。"（《鹧鸪天·石门道中》）泉水从山上飞泻而下，像万斛珍珠散落地面；悬崖壁立千丈，却有几只小鼠机灵地出没其间。境界既飞动又幽静，更有生机意趣。又如："问谁千里伴君行？晓山眉样翠，秋水镜般明。"（《临江仙·再用前韵送祐之弟归浮梁》）词人在这首送别词

---

① （宋）辛弃疾著，吴企明校笺：《辛弃疾词校笺》上，第519页。

的结尾,以晓山如眉、秋水如镜的美丽风景相伴行人,含蓄地表达出对行人的深情厚谊。《满江红·题冷泉亭》更是一首描山画水的佳作:

> 直节堂堂,看夹道、冠缨拱立。渐翠谷、群仙东下,珮环声急。谁信天峰飞堕地,傍湖千丈开青壁。是当年、玉斧削方壶,无人识。　山木润,琅玕湿。秋露下,琼珠滴。向危亭横跨,玉渊澄碧。醉舞且摇鸾凤影,浩歌莫遣鱼龙泣。恨此中、风物本吾家,今为客。

此词以杭州飞来峰下的冷泉亭为中心展开描写:传说飞来峰是天竺国灵鹫山飞来,又说它是神仙玉斧削就;通向冷泉亭的道路两旁,劲直挺拔的杉树如戴冠垂缨的士大夫拱手而立;亭边翠竹似润泽的美玉。词人运用幻觉想象,创造出一系列神奇浪漫的意象。更精彩的是写翠谷清泉,其声优美如仙女环佩叮咚,其潭如玉渊澄碧,其水如秋露、琼珠,晶莹凉爽、清冽甘美。有此冷泉,使其周围竹木湿润,生气蓬勃。词人驾轻就熟地运用虚实相生、真幻结合的艺术手法,从多种感觉落笔,出色地营造出一个幽冷静谧、清奇幻美的山水灵境。

三　师法屈苏,尽水之变

辛弃疾作为宋代集大成的词人,其词思想艺术渊源广博深厚。他认真学习屈原、陶渊明、李白、杜甫、韩愈、柳永、欧阳修、苏轼、李清照等大家、名家的诗词。其中给予其山水词影响最大的是屈原与苏轼。

稼轩的《水龙吟·普陀大士虚空》,词题云:"题雨岩。岩类今所画观音普陀,岩中有泉飞出,如风雨声。"其《山鬼谣》词题云:"雨岩有石,状甚怪,取《离骚·九歌》名曰山鬼,因赋

《摸鱼儿》，改名《山鬼谣》。"这两首词分别描写雨岩及其中一块山石，从词题中即可看出，是仿效屈原的。其《水龙吟·听兮清佩琼瑶些》词题云："用'些'语再题瓢泉，歌以饮客，声韵甚谐，客皆为之醺。"很明显，这是一首模仿屈原《招魂》体的写水词，词曰：

听兮清佩琼瑶些。明兮镜秋毫些。君无去此，流昏涨腻，生蓬蒿些。虎豹甘人，渴而饮汝，宁猿猱些。大而流江海，覆舟如芥，君无助、狂涛些。　路险兮山高些。愧余独处无聊些。冬槽春盎，归来为我，制松醪些。其外芳芬，团龙片凤，煮云膏些。古人兮既往，嗟余之乐，乐箪瓢些。

《招魂》是屈原为招楚怀王之魂而作。稼轩此词仿效《招魂》，为他喜爱的瓢泉招魂。上片劝说瓢泉不要出山去受污染；不要离开此地为坏人所用；也不要与它水汇流进入江海，为覆舟杀生推波助澜。下片为已经流逝的泉水招魂，招它归来给他酿造解愁的松子美酒，并煮出芬芳爽滑如云膏的醒酒菜。全篇艺术构思新奇，借咏瓢泉抒发自己对高洁人格志趣的追求和对污浊社会现实的厌恶。全篇以环佩叮咚形容泉声悦耳动听，用可明察秋毫的镜子描状泉水晶莹清澈，意象优美动人；而词人引瓢泉为肝胆相照的知己，与它真率恳切地交谈，表现出其性灵，使词篇闪射出奇丽动人的浪漫色彩。在词的体裁和韵律方面，它每句都用《招魂》的语尾"些"字作为后缀韵脚，而在"些"字前又押平声"萧肴豪"韵。这两个韵脚共鸣，正如词题所说，吟诵起来声韵格外和谐动听，饶有音乐之美。

稼轩词写水，更多地学习、吸收了苏轼关于画水的创作理论与诗词作品。苏轼在《书蒲永升画后》中主张，画水要画出"活水"，而不画"死水"。他赞扬唐代画家孙位："画奔湍巨浪，与山石曲折，随物赋形，尽水之变，号称'神逸'。"又评赏宋代画家孙知微画水，能画出"输泻跳蹙之势，汹汹欲崩屋"[1]。苏轼有不少绘水的佳作，对辛弃疾写水词有明显的启发。例如，苏轼《催试官考较戏作》诗中，有写钱塘潮的佳句云："八月十八潮，壮观天下无。鲲鹏水击三千里，组练长驱十万夫。红旗青盖互明灭，黑沙白浪相吞屠。"其意象的创造，对于稼轩《摸鱼儿·观潮上叶丞相》词的影响，是一目了然的。苏轼淋漓酣畅地运用博喻描绘徐州的激流《百步洪》诗，辛稼轩也运用博喻多角度地展现出钱塘潮惊心动魄的景象、声威与气势。苏轼吟咏杭州西湖的经典名篇《饮湖上初晴后雨》诗云："水光潋滟晴方好，山色空濛雨亦奇。欲把西湖比西子，淡妆浓抹总相宜。"稼轩《贺新郎·三山雨中游西湖，有怀赵丞相经始》词上片云：

> 翠浪吞平野。挽天河、谁来照影，卧龙山下。烟雨偏宜晴更好，约略西施未嫁。待细把、江山图画。千顷光中堆滟滪，似扁舟、欲下瞿塘马。中有句，浩难写。

稼轩词中"烟雨"二句显然概括、浓缩了苏轼这首七绝的句意，却作了改造创新，把原诗写杭州西湖晴雨相宜改为福州三山西湖晴景更佳，并风趣幽默地说晴天的三山西湖大概像西施未嫁时的淡妆本色，却又亮丽大方。可见，稼轩在学习、模仿苏轼佳作中有创新。苏轼七律名作《有美堂暴雨》描绘他在杭州吴山最高处有美堂观看钱塘江暴风雨，其颔联"天外黑风吹海立，浙东飞雨过江来"，状景雄奇飞动。稼轩词《汉宫春·会稽蓬莱阁观雨》上片云：

---

[1] 王水照选注：《苏轼选集》，上海古籍出版社1984年版，第376—377页。

> 秦望山头，看乱云急雨，倒立江湖。不知云者为雨，雨者云乎。长空万里，被西风、变灭须臾。回首听、月明天籁，人间万窍号呼。

开篇三句写他登阁眺望乱云急雨，就有东坡诗"风吹海立，飞雨过江"之意象与气势。其后几句，写长空万里，西风劲吹，云消雨散，天晴月出，惟闻风声。这种晴雨瞬息变幻的景象，使读者自然联想到苏轼《六月二十七日望湖楼醉书五绝》其一诗："黑云翻墨未遮山，白雨跳珠乱入船。卷地风来忽吹散，望湖楼下水如天。"卓人月《古今词统》赞稼轩此词"当其落笔风雨疾"，俞陛云《唐五代两宋词释》亦评"极飞动之致"[①]。这种高超的艺术描写，正是稼轩向东坡学习的。

在苏东坡诗词中，有不少借自然山水景象的描写寄寓人生哲理。例如《定风波·莫听穿林打叶声》，作于被贬居黄州期间，词中写他游沙湖途中遭遇风雨，黄昏转晴，有"竹杖芒鞋轻胜马，谁怕？一蓑烟雨任平生"，以及"回首向来萧瑟处，归去，也无风雨也无晴"的名句，借平常生活小景隐喻一生遭遇，体现他胸怀坦荡、乐观顽强的性格，寄寓其不以物喜不以己悲、随缘自适的人生哲理。东坡晚年被贬谪广东英州途中作《慈湖夹阻风五首》，其三云："卧看落月横千丈，起唤清风得半帆。且并水村敧侧过，人间何处不巉岩！"我们看上文所举稼轩《鹧鸪天·送人》词，其中"浮天水送无穷树，带雨云埋一半山"，"江头未是风波恶，别有人间行路难"句，尽管所写的山水意象各有特点，但两篇作品的艺术构思非常相似，二者所寄寓的人世间艰难险阻胜于自然界险恶风浪的哲理也很类似。可见，辛弃疾的写水词更多从苏轼的山水诗词中汲取了思想与艺术营养。二人的写水佳作，都善绘

[①] （宋）辛弃疾著，吴企明校笺：《辛弃疾词校笺》中，第636页。

"活水",像孙位那样"画奔湍巨浪,与山石曲折,随物赋形,尽水之变"①。

笔者认为:具有文学天才、善于取法屈苏、辛勤不倦创作的辛稼轩,其山水词在中国古代山水词史上成就最高。

---

① 王水照选注:《苏轼选集》,第376页。

第十二章 稼轩词的写山艺术

辛稼轩笔下的山，数量多，内涵广，形象丰富奇特，情感真挚深厚。稼轩词中有259首正文中出现过"山"这一字眼，达到340次，如果计入词序中出现的"山"，以及其他一些代称山的字眼，如峰、峦、岭、岩、石等，恐怕要超过500次了。稼轩笔下的山，有的以专有名词出现，如东山、南山、西山、北山、钟山、泰山、江山、山河、山川、山林等，更多的则作为描写对象出现。稼轩以创造性的艺术天才，将自身情绪、情感、理想以及对人生、自然、宇宙的体悟投注于山的形象之中。因而这些山的形象具有丰富深邃的情思意蕴和鲜明强烈的个性色彩，很值得探寻、游历、观赏、品味。

一 "东山"与"南山"之志

稼轩生于北国，目睹沦陷于金人铁蹄下的赵宋河山；南归以后，长期奔忙于各地州府，却无法实现其恢复中原的大志。因此，北方的大好河山时时映现于他的脑海，"江山、河山、山河、山川"等代指中原故土、宋室江山的意象词语在稼轩词中频频出现。我们粗略统计，稼轩词中，江山出现14次，山河出现6次，山川出现2次，它们与"长安"（19次）、"西北"（9次）、"神州"（7次）、"中州"（3次）等意象词语一起，寄托着稼轩急切如焚的恢复中原之情。试看稼轩《洞仙歌·为叶丞相作》云:"好都取、山河献君王,看父子貂蝉,玉京迎驾。"《木兰花慢·席上送张仲固帅兴元》云:"追亡事、今不见,但山川满目泪沾衣。"《江神子·和陈仁和韵》云:"却笑将军三羽箭,何日去,定天山。"《定风波·席上送范廓之游建康》云:"但使情亲千里近,须信。无情对面是山河。"《贺新郎·三山雨中游西湖,有怀赵丞相经始》云:"翠浪吞平野。挽天河、谁来照影,卧龙山下。烟雨偏宜晴更好,约略西施未嫁。待细把、江山图画。"在这些词中,江山、河山、山河、天山等意象词语,无不是稼轩心中恢复中原情结的具现。

然而,志在恢复中原的稼轩却从来没被派遣到抗金战场上,被迫辗转于江西、两湖、闽、浙一带做安内的事,甚至屡遭谗谤挤压,其恢复中原的宏愿一再受阻挠,于是他的精神取向由"江山"转向"山林"。这时,一再出现在他词中的就是与谢安相关的"东山"和与陶渊明相关的"南山"。

谢安,字安石,东晋名相,具雄才大略,曾遣谢石、谢玄等大破前秦苻坚。他壮年不肯做官,"累违朝旨,高卧东山"。后虽出仕,"然东山之志始末不渝"(《晋书·谢安传》)。稼轩极钦佩他的人格气节,因此在稼轩词中"东山"一词频频出现,表现出他对"东山之志"的推崇景仰。例如:

渡江天马南来,几人真是经纶手。长安父老,新亭风景,可怜依旧。夷甫诸人,神州沉陆,几曾回首。算平戎万里,功名本是,真儒事,公知否。　　况有文章山斗。对桐阴、满庭清昼。当年堕地,而今试看,风云奔走。绿野风烟,平泉草木,东山歌酒。待他年整顿、乾坤事了,为先生寿。

——《水龙吟·甲辰岁寿韩南涧尚书》

此词为淳熙十一年（1184）寿吏部尚书韩元吉而作。韩元吉年辈稍长于稼轩，高宗、孝宗两朝曾多次上书极言恢复，是当时的主战派人物。辛、韩二人声气相通。在这首寿词中，稼轩高度赞扬韩元吉的功业、文章与风度，以裴度、李德裕特别是功业成就之后高卧东山的谢安等前代贤臣来喻韩，与友人相互砥砺为国建功再归隐山林的志向。再看下面一些词句：

> 却忆安石风流，东山岁晚，泪落哀筝曲。
> ——《念奴娇·登建康赏心亭，呈史留守致道》
> 中年长作东山恨，莫遣离歌苦断肠。
> ——《鹧鸪天》
> 试问东山风月，更着中年丝竹，留得谢公不？
> ——《水调歌头·相公倦台鼎》
> 思量落帽人风度，休说当年功纪柱。谢公直是爱东山，毕竟东山留不住。
> ——《玉楼春》
> 曾与东山约。为鲦鱼、从容分得，清泉一勺。
> ——《贺新郎·题傅君用山园》
> 富贵他年，直饶未免，也应无味。甚东山何事，当时也道，为苍生起。
> ——《水龙吟》

以上6例，皆提及谢安之"东山"。第1例说谢安晚年遭受谗毁，第2、第3例说谢安中年伤别事，第4例以谢安之不得遂东山之志喻友朋之不得不出仕，第5例说自己有谢安东山之志，第6例说谢安应命出仕，作别东山。这些词皆与当时的政治局势和稼轩的处境密切相关。宋金南北对峙的时代与谢安所处的南北朝对峙格局相似。稼轩南归后，两度赋闲家居，前后长达20余年。这种被迫赋闲的生活，与谢安主动选择优游东山不同，却在外在形式上实现了他的"东山之志"。"东山"作为一个意象符号，体现出稼轩对于谢安这位既有雄才大略又不乏雅量高致的东晋名相的景仰与钦佩，也流露出自己不能如谢安那样在施展文韬武略之后才优游山林的忧愤和无奈。稼轩的"东山"情结，往往带有自嘲与反讽的意味。陶渊明是晋宋之际著名诗人，被奉为"古今隐逸诗人之宗"[①]。辛弃疾对于陶渊明这样一位忘怀世事而陶然于田园农耕生活的大隐士，一直有很深的认同感，尤其是他被迫退居带湖、瓢泉的二十余年中，更以这位隐逸之宗为同道。稼轩词经常吟及"南山"，便是这种心理的表现。例如：

> 种豆南山，零落一顷为萁。岁晚渊明，也吟草盛苗稀。
> ——《新荷叶·再题傅岩叟悠然阁》
> 谁向桑麻杜曲？要短衣匹马，移住南山。
> ——《八声甘州·夜读〈李广传〉，不能寐，因念晁楚老、杨民瞻约同居山间，戏用李广事，赋以寄之》
> 万事纷纷一笑中，渊明把菊对秋风。细看爽气今犹在，惟有南山一似翁。
> ——《鹧鸪天·和章泉赵昌父》
> 旧时楼上客，爱把酒，对南山。笑白发如今，天教放浪，来往其间。
> ——《木兰花慢·题上饶郡圃翠微楼》
> 陡顿南山高如许，是先生拄杖归来后。山不记，何年有。
> ——《贺新郎·题傅岩叟悠然阁》

以上5例，皆直接用"南山"事。第2例言及自己欲与晁楚老、

---

① （梁）钟嵘著，周振甫译注：《诗品译注》，中华书局1998年版，第66页。

杨民瞻一起效仿陶渊明选择山居生活，第 1、第 4、第 5 例分别赞扬傅岩叟、赵昌父、赵伯瓒三人的高逸风度，字里行间流露出对于陶渊明归隐田园生活姿态的赞美和向往。

无论是"东山"情结，还是"南山"情结，都与稼轩的人生遭遇有关。他本志在恢复中原，但南归之后始终无法实现其恢复中原的宏伟志愿。淳熙九年（1182）以后，他更遭嫉贤妒能者弹劾诋毁，被迫闲居。他屡言谢安的"东山之志"，而真正向往和崇尚的却是谢安的功业。遗憾的是，在当时的政治环境下，他根本无法建立类似谢安却秦的功业。于是他转而引陶渊明为同调，向往高蹈的隐逸生活。但这"南山"何尝是稼轩的本心呢？那只不过是英雄词人无可奈何的选择！

二　词人与山相对待

辛稼轩不仅把"东山""南山"作酒杯浇自己之块垒，还以独特的观察、感受力，对他游历、观赏乃至居住过的山作了创造性的开发和表现，赋予山以独特的情感意蕴。这主要包括三个方面。

第一，以山喻愁。对于愁，前人有以江水喻之者，如李煜《虞美人》"问君能有几多愁，恰似一江春水向东流"，秦观《江城子》其一"便做春江都是泪，流不尽，许多愁"；有以春雨喻之者，如秦观《浣溪沙》"自在飞花轻似梦，无边丝雨细如愁"；有以多种物象喻之者，如贺铸《青玉案》"试问闲愁都几许，一川烟草，满城风絮，梅子黄时雨"。稼轩喻愁的方式极多，其中以山喻愁尤为独特。在这类词中，山或者直接是愁的喻体，或者是勾起词人愁绪的媒介，使愁如大山、群山般在词人眼前和心底崛然而起，绵延不尽、沉重层叠。试看《念奴娇·书东流村壁》：

野棠花落，又匆匆过了，清明时节。刬地东风欺客梦，一夜云屏寒怯。曲岸持觞，垂杨系马，此地曾轻别。楼空人去，旧游飞燕能说。　　闻道绮陌东头，行人曾见，帘底纤纤月。旧恨春江流不断，新恨云山千叠。料得明朝，尊前重见，镜里花难折。也应惊问：近来多少华发？

这首词是稼轩由江西帅召为大理少卿，途经池州东流县时作。下片"旧恨春江流不断，新恨云山千叠"两句，唐圭璋《唐宋词简释》云："因不见当时之人，故旧恨如春江之流不断。而此后又未必得见当时之人，故新恨如云山之有千叠。"[①] 以奔流不断的春江和层层叠叠的云山来喻恨（愁），恨（愁）便有了具体生动的形象，有了时间的延长感、空间的层次感和力度的沉重感，故为写愁的千古名句。

以山喻愁或因山而愁的例子在稼轩词中有很多，如《满江红》云："层楼望，春山叠。家何在？烟波隔。把古今遗恨，向他谁说？"《水龙吟·登建康赏心亭》云："遥岑远目，献愁供恨，玉簪螺髻。"《南歌子》云："万万千千恨，前前后后山。"《满江红·敲碎离愁》云："满眼不堪三月暮，举头已觉千山绿。"《一剪梅》云："天宇沉沉落日黄，云遮望眼，山割愁肠。"在这些词句中，山或是愁的喻体，或是勾起词人愁绪的媒介。它们有时"献愁供恨"，有时遮挡词人怅望家山之眼，有时竟割词人之愁肠，有时却又同词人一起消瘦、憔悴。词人以山喻愁，其艺术表现的角度与手法灵活多变，不拘一格。

第二，以山为友。孔子云"好德如好色"。稼轩则云"自笑好山如好色"（《浣溪沙·偕杜叔高、吴子似宿山寺戏作》），可见他对山无比钟爱，视山为同道好友。请读下面词句：

青山欲共高人语，联翩万马来无数。

——《菩萨蛮·金陵赏心亭为叶丞相赋》

[①] 唐圭璋选释：《唐宋词简释》，上海古籍出版社1981年版，第173页。

青山意气峥嵘，似为我归来妩媚生。

——《沁园春·再到期思卜筑》

过眼溪山，怪都似、旧时曾识。

——《满江红·江行，简杨济翁、周显先》

何物能令公怒喜？山要人来，人要山无意。

——《蝶恋花》

在这些例句中，山与稼轩彼此倾慕，心心相印，同悲共喜，亲密无间，成为其抚平内心创伤的精神家园。特别是《沁园春·再到期思卜筑》词是绍熙五年（1194）稼轩卜筑瓢泉时作。上片写期思渡地理位置之胜：信江自西向东流经此地，一桥飞架如虹，数峰青翠如屏。他曾在此建筑房舍，而今罢官归里，正好休憩隐居。下片写期思渡的青山为他的归来而顿生妩媚。"青山"对稼轩的亲近，实乃稼轩对于青山的依恋，青山是他心灵的归宿地、精神的家园。词的结句"被山灵却笑：白发归耕"，这山灵好似一位善意的长者，轻拍他的肩膀，抚慰他的白发归耕。

稼轩以山为友，还善以轻松活泼、幽默诙谐的笔调显出生动的人格。如《玉楼春·戏赋云山》：

何人半夜推山去。四面浮云猜是汝。常时相对两三峰，走遍溪头无觅处。　　西风瞥起云横度，忽见东南天一柱。老僧拍手笑相夸，且喜青山依旧住。

全篇活画出青山的峥嵘意气，也表现了他热爱、关心青山的痴情，可谓一出寓庄于谐的喜剧。又如《生查子·独游西岩》：

青山招不来，偃蹇谁怜汝。岁晚太寒生，唤我溪边住。山头明月来，本在天高处。夜夜入清溪，听读《离骚》去。

词题的"西岩",是江西上饶城南的一座山岩,此词是稼轩闲居上饶带湖期间的记游之作,写他于岁暮寒冬独游西岩,宿于山中溪畔,夜读《离骚》。其中最妙是把青山、明月人格化,他们高尚纯洁,情深意挚,甘作词人的伴侣与知音。此词同样饶有戏剧性,如一出小喜剧,却以其"喜中含悲"而有别于前一首的"寓庄于谐"。这两首词,都体现出稼轩善以奇思妙想、拟人象征以及灵动活泼的笔触写山。

第三,以山自我象征。在许多词篇中,稼轩将内心抑郁兀傲之气投射于山,使山成为作者自我的象征。咏积翠岩词《归朝欢·题赵晋臣敷文积翠岩》堪称此类作品的代表:

> 我笑共工缘底怒。触断峨峨天一柱。补天又笑女娲忙,却将此石投闲处。野烟荒草路。先生拄杖来看汝。倚苍苔,摩挲试问,千古几风雨。 长被儿童敲火苦,时有牛羊磨角去。霍然千丈翠岩屏,锵然一滴甘泉乳。结亭三四五。会相暖热携歌舞。细思量,古来寒士,不遇有时遇。

稼轩此词大处着眼,讲述积翠岩的来历遭遇,借此与自己的人生经历相比照,从而抒发郁结于心的不平之气。首二句写积翠岩巍峨之状,仿佛是神话传说里共工发怒时所撞断的天柱;次二句说积翠岩是女娲补天余下的闲石。"却将此石投闲处"系全篇之眼,实借此山被女娲所弃来揭橥词人被闲置的痛苦和愤懑。而这被弃置于"野烟荒草路"的积翠岩,便成为英雄词人怀经世之才而未能为世所用的自我写照。在另一首名作《贺新郎·甚矣吾衰矣》中,山也是词人自我的象征:"我见青山多妩媚,料青山、见我应如是。情与貌,略相似。"在这里,稼轩与青山情貌相似,命运相同,互相欣赏,彼此慰藉,物我情融,人山合一,达到了最高妙的象征境界。

三 雄放飞动而多姿的形象

稼轩在赋予"山"以独特情感蕴含的同时，更以他丰富、超拔、神奇的想象力和幻想力，向我们展现姿态各异、气象万千的山的风姿。在他的笔下，"山"或具奇崛沉雄之气，或有奔腾飞动之势，或含灵秀雍容之韵，或呈活泼风趣之性。稼轩笔下的"山"大多具有奇崛沉雄之气。他退居带湖期间，常在博山的雨岩流连盘桓。雨岩有块怪石，状貌奇特，稼轩忽发奇想，将这块山石命名为"山鬼"，并作《山鬼谣》，歌咏这块怪石。词中先猜测山石来历，认为它在盘古开辟之际就来到这里。下片"昨夜龙湫风雨"以下数句，想象山石在风雨夜呜咽狂啸，翻腾掀舞，令人心惊神骇。这块山石在词人笔下有了生命，化为满腔愤恨的山神，与屈原《九歌·山鬼》中那个悲怨的山鬼精神气质相通，故明代卓人月《古今词统》卷十五评云："屈子《山鬼》篇不可无二。"[①]

又如《贺新郎·用韵题赵晋臣敷文积翠岩，余谓当筑陂于其前》云："巨海拔犀头角出，来向此山高阁。尚两两、三三前却。老我伤怀登临际，问何方、可以平哀乐。唯是酒，万金药。劝君且作横空鹗。便休论、人间腥腐，纷纷乌攫。九万里风斯在下，翻覆云头雨脚。"《千年调·开山径得石壁，因名曰"苍壁"。喜出望外，意天之所赐邪，喜而赋》云："左手把青霓，右手挟明月。吾使丰隆前导，叫开阊阖。周游上下，径入寥天一。览玄圃，万斛泉，千丈石。"这两首词描写的积翠岩和苍壁，无不充溢着激荡郁勃之情与奇崛沉雄之气。其意象的瑰奇壮美，来自词人大胆、浪漫、丰富的想象力。

山本为静态对象，以稳固凝重为基本特征，但在稼轩笔下，许多山峦像奔马，像孤鹗，像犀角，像飞檐，有奔腾之势、飞动

---

① （宋）辛弃疾著，吴企明校笺：《辛弃疾词校笺》上，第546页。

之姿。这既是稼轩词笔飞动和善于妙喻的表现，更是稼轩内心蕴蓄的郁勃雄放之气的外射。其写山名作《沁园春·灵山齐庵赋，时筑偃湖未成》的上片突出显示了这一特点。"叠嶂西驰，万马回旋，众山欲东。"开篇三句即写出灵山的飞动之势：层层叠叠的山峦西向倾斜，如万马奔驰，骤然在这里驻足回旋，一座座山峰仿佛要向东腾涌。顾随《稼轩词说》卷上评赞云："自来作家写山，皆是淡远幽静，再则写它突兀峻厉。稼轩此词，开端便以万马喻群山，而且是此万马也者，西驰东旋，跷足郁怒，气势固已不凡，更喜作者羁勒在手，故作驱使如意。真乃倒流三峡，力挽万牛手段。"① 评得精彩。

除上举《菩萨蛮·金陵赏心亭为叶丞相赋》外，下面这些写山词句也都有动荡飞驰的姿态和气势：

> 山头怪石蹲秋鹗。俯人间、尘埃野马，孤撑高攫。
> ——《贺新郎·题傅君用山园》
> 畴昔此山安在，应为先生见挽，万马一时来。
> ——《水调歌头·题张晋英提举玉峰楼》
> 莫笑吾家苍壁小，棱层势欲摩空。相知惟有主人翁。有心雄泰华，无意巧玲珑。
> ——《临江仙·莫笑吾家苍壁小》
> 却怪青山能巧，政尔横看成岭，转面已成峰。
> ——《水调歌头·赋松菊堂》

或以联翩万马摹山，或以蹲踞欲飞的孤鹗喻山顶怪石，或写苍壁"棱层势欲摩空"，或写青山倏忽变幻成岭成峰，正是这一系列富于动感的妙喻，使他笔下的山峦极具奔腾飞动之势。

---

① （宋）辛弃疾著，吴企明校笺：《辛弃疾词校笺》上，第 208 页。

稼轩词常常写出山的欲动，如"众山欲东"之"欲"，"青山欲共高人语"之"欲"，"棱层势欲摩空"之"欲"。这三个"欲"，是稼轩观照青山时，内心勃郁之气投射于山所产生的山势欲动的效果。稼轩心雄志壮，却被迫赋闲家居，欲有所为而无法有所作为。这种状态正与他笔下的山一样，有欲拔地而起的强烈冲动，但终因大地的牵掣而无法飞腾而起。

应当指出，北宋大诗人苏轼在诗中多次用奔马写山，形神飞动，如《江上看山》："船上看山如走马，倏忽过去数百群。前山槎牙忽变态，后岭杂沓如惊奔。"又如《游径山》："众峰来自天目山，势若骏马奔平川。中途勒破千里足，金鞭玉镫相回旋。"稼轩词的"青山欲共高人语，联翩万马来无数"和"叠嶂西驰，万马回旋，众山欲东"，显然是点化了苏轼的诗句，而又有变化创新。宋代诗坛词坛的双雄都热爱青山，同以如椽大笔，塑造出雄奇壮伟、奔腾飞动的山的形象。

当然，稼轩词中的山形态是多样丰富的，有时也格外轻灵，秀气逸韵，雍容婉丽。试看下列词句：

> 落日苍茫，风才定、片帆无力。还记得、眉来眼去，水光山色。
>
> ——《满江红·赣州席上呈陈季陵太守》
>
> 千峰云起，骤雨一霎儿价。更远树斜阳，风景怎生图画。青旗卖酒，山那畔、别有人家。只消山水光中，无事过这一夏。
>
> ——《丑奴儿近·博山道中效李易安体》
>
> 婆娑欲舞，怪青山欢喜。分得清溪半篙水。
>
> ——《洞仙歌·开南溪初成赋》
>
> 台倚崩崖玉灭瘢，青山却作捧心颦。
>
> ——《浣溪沙·席上赵景山提干赋溪台，和韵》

争先见面重重。看爽气朝来三数峰。似谢家子弟,衣冠磊落;相如庭户,车骑雍容。我觉其间,雄深雅健,如对文章太史公。

——《沁园春·灵山齐庵赋,时筑偃湖未成》

以上5例,第1例系赣州席上遥望赣江山水,以"眉来眼去"描摹水光山色,意态可人。第2例写博山道中所见所感,而出之以易安风味,显得清新秀美,闲适潇洒。第3例写青山婆娑欲舞满心欢喜,以表达南溪初成时的欢悦心情,赋予青山几多灵气!第4例赋赵景山溪台,以病西施捧心颦眉比喻溪山,写出青山的娇美柔媚。第5例的上片以"叠嶂西驰,万马回旋,众山欲东"等句描写群山的磅礴飞动气势,这里下片更深入一层,写山的内在精神魂魄,将灵山诸峰比拟成衣冠磊落的谢家子弟、车骑雍容的相如庭户、雄深雅健的太史公文章,以新鲜奇特的比喻妙传山峰之神,并使灵山与词人心灵以共有的"雄深雅健"而契合无间,更令人拍案叫绝!明人卓人月、徐士俊说:"'雄深雅健'四字,幼安可以自赠。"[1] 顾随先生《稼轩词说》卷上评:"此处说是写山固得,说是这老汉夫子自道,又何尝不得。"[2] 这首词想象瑰奇,比喻绝妙,意象独创,形神兼备,是稼轩写山的名篇,与英国诗人拜伦那些描绘阿尔卑斯山的诗章相比毫不逊色,而更显得活泼、精练。总之,辛稼轩是最爱也最擅长为青山写照传神的词人,堪称中国词史上写山第一高手。

---

[1] (明)卓人月汇选,(明)徐士俊参评,谷辉之校点:《古今词统》卷一五,辽宁教育出版社2000年版,第562页。

[2] 顾随:《稼轩词说》,《顾随文集》,第67页。

第十三章　稼轩的比兴象征词

近三年来，在研究辛词的过程中，笔者越来越感到稼轩的比兴寄托亦即象征词在南宋词人中数量最多，思想艺术水平也最高。其中不少篇章堪称中国古代词史的经典之作，例如《摸鱼儿·淳熙己亥，自湖北漕移湖南，同官王正之置酒小山亭，为赋》《满江红·暮春》《祝英台近·晚春》《贺新郎·别茂嘉十二弟》《贺新郎·赋琵琶》《八声甘州·夜读〈李广传〉，不能寐，因念晁楚老、杨民瞻约同居山间，戏用李广事，赋以寄之》《青玉案·元夕》《水龙吟·过南剑双溪楼》《菩萨蛮·书江西造口壁》《南乡子·登京口北固亭有怀》等。于是，笔者就想写一章探讨稼轩比兴象征词。

什么是象征？它是来自西方的诗学概念，是诗歌写作的一种重要的表现手法。19世纪80年代法国象征主义运动的领袖人物斯特芳·马拉美指出，象征就是"暗示"和"隐语"。正如钱锺书先生所说："东海西海，心理攸同。"[①] 中国的诗论家很早就把象征与比兴寄托看作名称不同实质一样的诗歌艺术手法。梁启超说：象征就是"把所感的对象隐藏过去，另外用一种事物来做象征"，又说："三百篇的作家没有象征派，然而三百篇久已作象征的应

---

① 钱锺书：《谈艺录》，"序"第1页。

用。纯象征派之成立,起自楚辞。篇中许多美人芳草,纯属代数上的符号,他意思别有所指。"①其后,梁宗岱说:"所谓象征是藉有形寓无形,藉有限表无限,藉刹那抓住永恒……它所赋形的,蕴藏的,不是兴味索然的抽象观念,而是丰富,复杂,深邃,真实的灵境。"②而"最幽玄最缥缈的灵境要借最鲜明最具体的意象表现出来"③。梁先生融会贯通中西诗学,给象征下了精切的定义,并且创造性地提出了象征意象和象征灵境这两个概念,推进了中国诗坛对象征的研究和运用。

巩本栋在其大著《辛弃疾评传》中,专设"以文为词兼用比兴:辛词的艺术特征之一"章节,指出辛词突出地运用了比兴寄托的艺术表现手法,颇具卓识。④但因"评传"文体与篇幅所限,其论辛词的比兴寄托,仅寥寥数百字,过于简略。笔者检阅已有辛词研究目录,也未看到专论其比兴寄托的。笔者撰写此章,拟从象征意象的真切性、鲜活性、多样性,象征灵境的雄奇性、戏剧性、层深性,象征词篇的多义性、歧义性、开放性这三个方面展开论述。

一 象征意象的真切性、鲜活性、多样性

辛弃疾约有数十首比兴象征词,长调、中调与小令兼备,题材内容宽广,艺术风格更是多姿多彩。这些象征词都营造出幽玄缥缈的象征灵境,其中蕴含着丰富深邃的情思,能引人入胜并动人心弦,更能发人感悟深思,这都得力于英雄词人辛稼轩感情充沛、感觉敏锐、观察细致、想象非凡,有灵巧的艺术手腕和强大的创新气魄。他在每首象征词中都能描绘出一两个或一连串具体

---

① 梁启超:《中国韵文里头所表现的情感》,载洪治纲主编《梁启超经典文存》,上海大学出版社2003年版,第91页。
② 梁宗岱:《诗与真·诗与真二集》,外国文学出版社1984年版,第69—70页。
③ 梁宗岱:《诗与真·诗与真二集》,第91页。
④ 巩本栋:《辛弃疾评传》,南京大学出版社1998年版,第242—243页。

真切、生动鲜活、饱含情意的比兴象征意象。我们先看咏物词《瑞鹤仙·赋梅》：

> 雁霜寒透幕。正护月云轻，嫩冰犹薄。溪奁照梳掠。想含香弄粉，艳妆难学。玉肌瘦弱。更重重、龙绡衬著。倚东风一笑，嫣然转盼，万花羞落。　　寂寞。家山何在，雪后园林，水边楼阁。瑶池旧约。鳞鸿更，仗谁托。粉蝶儿只解，寻桃觅柳，开遍南枝未觉。但伤心、冷落黄昏，数声画角。

稼轩巧妙地综合运用比喻、拟人、烘托、反衬等修辞手段，在描绘这一株梅花中注入了深挚的同情与怜爱。梅花在园林楼阁被弃置到野地溪头。她曾与天上瑶池有旧约，而今却无人传信；就连粉蝶儿也只顾寻桃觅柳，对她不屑一顾。词人表现梅花以溪水为镜奁梳妆。在月光下，她宛若一个穿着鲛绡的仙姝独舞。"倚东风"三句，创造性地化用《诗经·卫风·硕人》和宋玉《登徒子好色赋》的词句，活画出梅花秋波流转、嫣然一笑的神情意态，可谓"化美为媚。媚就是在动态中的美"[①]。结韵再推出梅花在"冷落黄昏，数声画角"中伤心的情景。全篇并无一字涉及政治与人生，但读者在梅花的遭遇中自然联想到作者被南宋朝廷冷落，受当权的主和派攻击弹劾，报国无门、知音难觅的孤独痛苦，感到梅花就是稼轩自我的象征。作者成功地刻画了梅花这一有性灵、有情思的象征意象，从而展现出一个要眇幽怨、深婉沉挚的象征灵境，强烈地叩响了读者的心弦。

咏物词基本上是每篇咏一物，篇中所写到的多种物象，都是为了衬托词题所标明的中心物象。辛弃疾诸多咏物词名篇，如《贺新郎·赋水仙》《贺新郎·赋海棠》《贺新郎·赋琵琶》《水龙

---

① ［德］莱辛：《拉奥孔》，朱光潜译，人民文学出版社 1979 年版，第 121 页。

吟·题瓢泉》《临江仙·探梅》等,都是通过塑造有性灵的象征意象从而营构出象征灵境的佳作。吴则虞说:"稼轩咏物,必有寄托。已开姜白石、王碧山之风。"① 指出稼轩比兴寄托的咏物词开启了姜夔、王沂孙咏物词创作的风气,可谓卓见。但他说"必有",过于绝对;如说"多有",则符合实际。

在稼轩的伤春怀人词中,也有不少比兴寄托的佳篇。《摸鱼儿·淳熙己亥,自湖北漕移湖南,同官王正之置酒小山亭,为赋》古今传诵,词云:

> 更能消、几番风雨,匆匆春又归去。惜春长怕花开早,何况落红无数。春且住。见说道、天涯芳草无归路。怨春不语。算只有殷勤,画檐蛛网,尽日惹飞絮。　　长门事,准拟佳期又误。蛾眉曾有人妒。千金纵买相如赋,脉脉此情谁诉。君莫舞。君不见、玉环飞燕皆尘土。闲愁最苦。休去倚危栏,斜阳正在,烟柳断肠处。

此词上片生动地描写几番风雨,花残叶败,落红无数;天涯海角,芳草萋萋,使春天迷失了归路。作者以这一系列真切生动的暮春衰残景象,层层深入地抒发伤春、惜春、留春、怨春的感情,暗示他对南宋国势忧心如焚。而画檐蛛网、殷勤黏絮,也隐喻爱国志士欲挽救政局的力不从心。下片由伤春所触发的"美人迟暮"拓展为"美人遭妒"。作者以被打入冷宫的陈皇后自喻,怒斥赵飞燕、杨玉环为争得君王专宠谗害他人,喻指当权小人千方百计阻挠抗金复国大业,表达他请缨无路虚度年华的悲愤。结韵描绘斜阳惨淡,烟柳迷蒙,危栏欲坠,正是行将坍塌的南宋小朝廷的象征。刘永济《唐五代两宋词简析》评云:"此词所写身世之感极

---

① 吴则虞选注:《辛弃疾词选集》,第15页。

深。""观结尾之意，可知所惜之春非止一身之遭遇，实乃身、世双关。此词颇似屈子《离骚》。盖谗谄害明，贤人失志，为古今所同慨也。"① 缪钺评析说："通篇皆用含蓄之笔，比兴之法，虽伤国事，抒壮怀，而所借以发抒者，如惜春之情，如落红，如芳草，如画檐蛛网，如男女幽怨，如斜阳烟柳，皆极美之意象。悲愤沉郁之情，映以凄美之光，遂成异采。既非仅豪壮之呼号，亦非只儿女怨慕。此稼轩独创之境界，以前词人所未有也。"② 评赞精切。

在辛弃疾的赠别会友词中，也有一些妙用比兴象征手法融入家国情怀和人生哲理的佳作，例如《鹧鸪天·送人》：

> 唱彻阳关泪未干。功名余事且加餐。浮天水送无穷树，带雨云埋一半山。　　今古恨，几千般。只应离合是悲欢。江头未是风波恶，别有人间行路难。

作者劝勉远行友人保重身体，努力加餐，少想功名余事。但细细品味，这是反语，其中透露出他不能为国杀敌立功的愤懑。对仗工致的写景联，展现出一幅寥远、阴沉、迷茫的山水图画，渗透了凄凉的行色与忧伤的别情。下片推进一层，抒写比离合更大更深的人生悲欢。而言外之意仍然是能否实现杀敌救国的壮志抱负。结尾写人间行路，比江上风波更为惊险，既蕴含哲理，又隐喻抗金大业因被投降派阻挠而困难重重。在送行题材的小词中表现出如此重大主题和深邃意蕴，可见稼轩运用比兴象征的高明手腕。

古代不少诗人和词家喜欢写节令诗词，借以表现民情风俗、节日欢乐，或抒发乡愁与岁月流逝之感。辛弃疾也有一些节令词，运用比兴象征，在写节令中倾吐国恨乡愁，诗情感人，寓意深长。《汉宫春·立春日》词云：

---

① （宋）辛弃疾著，吴企明校笺：《辛弃疾词校笺》上，第535页。
② 缪钺：《诗词散论》，第76页。

春已归来,看美人头上,袅袅春幡。无端风雨,未肯收尽余寒。年时燕子,料今宵、梦到西园。浑未办、黄柑荐酒,更传青韭堆盘。　　却笑东风从此,便薰梅染柳,更没些闲。闲时又来镜里,转变朱颜。清愁不断,问何人、会解连环。生怕见、花开花落,朝来塞雁先还。

据邓广铭考证,此词作于宋孝宗隆兴元年(1163),稼轩寓居京口,年24岁,已结婚安家。这是他南归以后的第一首词作[①]。全篇紧扣立春日的见闻感受来写,却又暗用比兴象征手法,使节物风光带有更深更大的寓意。上片起韵写春回大地,妇女头上装饰的春幡随风袅袅飘舞,但寒风冷雨,却要阻挡春天的脚步。词人料想那去年秋社时南来的燕子,今夜里一定会梦回北方故国的"西园"吧?于是,这只南来的小燕子,就成了词人思念故国的象征。由于思念故国,词人已无心去筹办春日应有的黄柑腊酒、青韭春盘了。下片写他取笑东风忙着薰梅染柳,从此不得清闲;即使偶尔清闲,也不过是把他在镜中的朱颜换成衰老之颜。这两句饱含着词人对于岁月流逝、人生易老、壮志成空的悲哀。其后,词人妙用《战国策·齐策》的典故,表达他的家国愁恨,就像玉连环一样无法解开。结尾写到暮春,他怕见花开花落,更怕见大雁北归而自己不能北归。明代沈际飞《草堂诗余续集》卷下评此词:"无迹有象,无象有思,精于观化者。"[②] 此词中的"无端风雨""梦到西园"之燕、"北还"的塞雁等意象,都被作者以其未能抗金北伐的痛苦情意渗透而带了象征性,共同营造出一个蕴藉深婉的象征灵境,既感动人心又发人深省,更耐人寻味。

辛弃疾的怀古咏史词如《八声甘州·夜读〈李广传〉,不能寐,因念晁楚老、杨民瞻约同居山间,戏用李广事,赋以寄之》

[①] (宋)辛弃疾撰,邓广铭笺注:《稼轩词编年笺注》(增订本),第5页。
[②] (宋)辛弃疾著,吴企明校笺:《辛弃疾词校笺》中,第628页。

《永遇乐·京口北固亭怀古》《南乡子·登京口北固亭有怀》等篇，都巧妙地从历史人物的生平事迹中提炼出生动的情节、场景和传神的言语、动作细节，使李广、孙权、刘裕等英豪和诗人陶渊明的形象跃然纸上。其实，稼轩是借古讽今，用比兴寄托手法，以古人酒杯浇自己胸中块垒，以古代英豪激发自己的报国壮志，抒写不能征战沙场的悲愤。这些怀古咏史词也带着浓厚的象征色彩。《生查子·题京口郡治尘表亭》就是境界雄阔、意蕴深沉、富于象征的杰作，词曰：

悠悠万世功，矻矻当年苦。鱼自入深渊，人自居平土。红日又西沉，白浪长东去。不是望金山，我自思量禹。

嘉泰四年（1204）春至开禧元年（1205）夏，辛弃疾 65 岁到 66 岁，任镇江知府，此词即作于任上。距其辞世仅两年多。词人登上城楼尘表亭，眺望着即将西沉的红日和依然白浪滚滚东流的大江，不禁想到远古英雄大禹，他胼手胝足，孜孜矻矻，治理了滔天洪水，使鱼入深渊，人归平土，神州大地免于沉陷，子孙万代平安幸福。结尾二句，表达词人怀念和颂扬大禹的丰功伟绩，他要以大禹为榜样，为了收复中原，拯救沦陷区苦难同胞，振兴神州而奋斗终身。稼轩此词，与初唐陈子昂的名篇《登幽州台歌》皆具大气魄与大抱负，有天地悠悠、上下千古之慨。但陈子昂诗通篇抒情，景寓其中，而稼轩此词却将叙事、写景、抒情、议论熔于一炉。子昂诗情调孤独寂寞，慷慨悲凉；稼轩词却豪迈自信，气象沉雄。吴则虞评赞此词："在稼轩词中为压卷之作。"[①] 眼光独到。

从上文对辛弃疾几首比兴象征词的分析可见，稼轩纯熟自如

[①] 吴则虞选注：《辛弃疾词选集》，第 277 页。

地运用"想象出象""借典造象""即景取象"这三种方法创造象征意象。《太常引·建康中秋夜为吕叔潜赋》写他在中秋节"把酒问姮娥",又飞上月宫,"斫去桂婆娑",使人间清光更多。这是大胆豪放的"想象出象"。"笑拍洪崖,问千丈、翠岩谁削"(《满江红·游南岩和范廓之韵》),他手拍仙人洪崖的肩膀,问这千丈翠岩是谁削成。这是兼用"想象出象"和"借典造象"。稼轩在这里化用了郭璞《游仙诗》"左挹浮丘袖,右拍洪崖肩"之句。"青山幸自重重秀。问新来、萧萧木落,颇堪秋否?总被西风都瘦损,依旧千岩万岫"(《贺新郎·用前韵再赋》),这几句写青山,用了拟人的修辞手法,"萧萧"是出自杜甫《登高》的语典,但主要是"即景取象",并赋予青山瘦削而有神的独特气韵,借以象征他在世事无常政治失意中仍保持着倔强刚毅的个性品格。青山这个象征意象看似平常,其实颇为新奇鲜活。

在辛稼轩的一些比兴象征词中,交织运用了上述"想象出象""借典造象"与"即景取象"三种方法,三者结合得巧妙自然,犹如天孙织锦,色彩斑斓耀眼。请读《水龙吟·过南剑双溪楼》:

举头西北浮云,倚天万里须长剑。人言此地,夜深长见,斗牛光焰。我觉山高,潭空水冷,月明星淡。待燃犀下看,凭栏却怕,风雷怒,鱼龙惨。　　峡束苍江对起,过危楼、欲飞还敛。元龙老矣,不妨高卧,冰壶凉簟。千古兴亡,百年悲笑,一时登览。问何人又卸,片帆沙岸,系斜阳缆。

宋光宗绍熙五年(1194)秋,55岁的辛弃疾受诬告,被罢免了福建安抚使。他回江西上饶,途经南剑州,登上双溪楼,遥望西北乌云蔽天,心潮汹涌,写下这首悲愤苍凉、怀古伤今之词。全篇除"千古兴亡"以下三句直抒胸臆外,交错运用"想象出象""借典造象""即景取象"三种方法营构象征意象与象征灵境。开篇即写他要用倚天万里的长剑扫荡西北妖氛，用了宋玉《大言赋》和《庄子·说剑》关于长剑倚天的典故，又发挥了非凡的想象与幻想，创造出雄奇壮丽、大气磅礴的象征意象。其下的"斗牛光焰"是借典造象，"潭空水冷，月明星淡"是即景取象，而"风雷怒，鱼龙惨"又是借典造象与想象出象结合。"峡束苍江"三句是即景取象结合想象出象，"元龙老矣"三句是借典造象结合想象出象。结韵三句皆是即景取象，词人以眼前所见白描写实之景物结情，兼用象征寄托，可谓信手拈来，天然入妙。英年早逝的邓红梅女史评曰："斜阳既是国运难振的象征，也是自己年华不再的隐喻；系缆止步的行人，是他遭逢这一风雷鱼龙把持政局的时代，不得不放弃自己的政治追求的隐喻。"① 真是灵心慧眼，评析独到！

二 象征灵境的雄奇性、戏剧性、层深性

作为一位跃马沙场建立奇功的虎胆英雄，辛弃疾的主要性格特征是雄豪刚毅，智勇超群，善于出奇制胜。体现在审美趣味上，就是格外爱好雄奇、壮丽、神秘的事物。他晚年闲居瓢泉开山径，偶得一石壁，喜其嶙峋突兀，因以"苍壁"命名，并作词二首，其中《临江仙·莫笑吾家苍壁小》一首有句云："莫笑吾家苍壁小，棱层势欲摩空。相知惟有主人翁。有心雄泰华，无意巧玲珑。"明白地表达他对泰山华岳这类雄奇、巍峨、险峻景物的钟爱。他在瓢泉山庄建有鹤鸣亭，赋诗云："翠竹栽成占一丘，清溪映带极风流。山翁一向贪奇趣，更引飞泉在上头。"② 也坦率地宣称他"一向贪奇趣"。苏轼曾说："诗以奇趣为宗，反常合道为趣。"③ 可见，稼轩同他所钦佩的前辈文学大师苏轼都是酷爱奇趣

---

① 邓红梅编著：《壮岁旌旗拥万夫：辛弃疾集》，第 33 页。
② （宋）辛弃疾撰，邓广铭辑校审订，辛更儒笺注：《辛稼轩诗文笺注》，上海古籍出版社 1995 年版，第 256 页。
③ 吴文治主编：《宋诗话全编》第 3 册，江苏古籍出版社 1998 年版，第 2447 页。

者。在稼轩的比兴象征词中，我们就读到了一首首富于雄奇、怪诞、壮伟之趣的佳篇，如《兰陵王》：

> 恨之极。恨极销磨不得。苌弘事，人道后来，其血三年化为碧。郑人缓也泣。吾父攻儒助墨。十年梦，沉痛化余，秋柏之间既为实。　相思重相忆。被怨结中肠，潜动精魄。望夫江上岩岩立。嗟一念中变，后期长绝。君看启母愤所激，又俄倾为石。　难敌。最多力。甚一忿沉渊，精气为物。依然困斗牛磨角。便影入山骨，至今雕琢。寻思人世，只合化，梦中蝶。

此词有一个很长的题目，可以说是一篇志怪笔记小说。为省篇幅，不录。邓广铭评析说："此词上中片用苌弘、郑人缓、望夫妇、启母四人变化之事。苌弘化碧玉，玉自石出；缓化秋柏之实，实石音同；望夫妇、启母皆化为石。四例取证古来怨愤变化为石之事。下片以张难敌虽斗败，化为石而仍作困斗之状，赞扬张难敌抵死不屈之精神。则此记梦词亦托意甚微，藉以抒胸中激愤之气耳。"[①]邓先生指出词运用象征寄托手法，而且"托意甚微"，乃中肯之论。稼轩运用以文为词与比兴寄托手法，满怀激情塑造了斗败化石仍困斗不已的张难敌形象，乃是为了激励南宋爱国志士发扬其"抵死不屈之精神"，坚持奋斗，直到成就统一山河的大业。稼轩把五个死后化石的奇人奇事投入其如烈火燃烧的感情洪炉，精心炼出了这首雄奇恢诡又悲壮沉郁的象征词篇。

笔者曾发表《论稼轩词浪漫神奇的"造境"》[②]一文，文中有"梦天游仙的奇幻境界"与"模仿屈原的浪漫传统"两节，评析了《水调歌头·我志在寥阔》《山鬼谣》《蝶恋花·月下醉书雨岩

[①]（宋）辛弃疾著，吴企明校笺：《辛弃疾词校笺》上，第23页。
[②] 陶文鹏：《论稼轩词浪漫神奇的"造境"》，《汉语言文学研究》2020年第4期。

《石浪》等词篇。稼轩在这些作品中都营造出雄奇瑰丽、缥缈迷离的象征灵境。为避重复，本章不再细论。但为了使读者对稼轩词象征灵境的雄奇瑰丽、缥缈迷离有具体真切的了解，这里再举一例：《满江红·建康史帅致道席上赋》上片云：

> 鹏翼垂空，笑人世、苍然无物。又还向、九重深处，玉阶山立。袖里珍奇光五色，他年要补天西北。且归来、谈笑护长江，波澄碧。

乾道五年（1169），辛弃疾30岁，任建康通判。史致道，名正志，时为建康知府，兼行宫留守、沿江水军制置使，当时他主张抗金，与稼轩相知相识。在史致道举办的宴会上，稼轩即席创作了这首词。词人一落笔就生动描绘庄子《逍遥游》中那只"背若泰山，翼若垂天之云"的大鹏鸟，它正展翅凌空翱翔，讪笑人世苍茫混沌，只有碌碌无为之辈，罕见气势恢宏的人物。于是，它就毅然飞回天宫深处，收敛双翼，宛若一座巍巍大山，伫立在玉阶天门之上。词人以大鹏象征史帅，赞扬他志向高远，气概豪迈，颇受天子器重。词人展开想象和幻想的灵翼，对神话传说与庄子笔下的大鹏形象作了新的发挥与创造，使此词开篇即弥漫着雄奇浪漫的抒情氛围。唐代大诗人李白《上李邕》起笔有"大鹏一日同风起，扶摇直上九万里。假令风歇时下来，犹能簸却沧溟水"之句。显然，稼轩是有意仿效李白，但他仍感意犹未尽，又妙用女娲炼石补天的神话，讴歌史帅恰似一尊补天之神将，衣袖里装着五色璀璨的珍奇之石，立志要修补好被象征金寇的妖魔砸破的西北半边天。可见，雄奇性乃是稼轩词象征灵境的第一特色。

辛弃疾的象征灵境，又具有鲜明突出的戏剧性。他模仿、借鉴汉代东方朔《答客难》、班固《宾戏》、扬雄《解嘲》等文，用主客对话体结构，又发挥他诙谐幽默的艺术个性，创作了《沁园春·杯汝来前》与《沁园春·杯汝知乎》姊妹篇，前者写戒酒，后者写开戒。他在词中是主人，酒杯是仆人，主仆两个角色搬演了两出风趣诙谐的小喜剧，就像唐代流行的"参军戏"。但这是两出含泪的喜剧。词人运用比兴手法，曲折含蓄地抒发出他政治失意、借酒浇愁的深沉痛苦。这两首兼具戏剧性与象征性的佳作，是稼轩词的艺术创新。稼轩还有几首具戏剧性的象征词，请读《玉楼春·戏赋云山》：

何人半夜推山去。四面浮云猜是汝。常时相对两三峰，走遍溪头无觅处。　西风瞥起云横度，忽见东南天一柱。老僧拍手笑相夸，且喜青山依旧住。

开篇就是词人惊问："是谁半夜推走了这座高山？"其后他看见四面浮云弥漫，便道："我猜是你们干的。我时常面对着两三座山峰，今日我走遍了溪头，都找不着了。"下片描写西风骤起，浮云飞散，忽见东南边一座山峰宛如顶天巨柱拔地升起。老僧拍手大笑相夸道："好教人欢喜呵，青山你依旧住在这里！"这首词仅五十六字，却写了词人自我、老僧、浮云、青峰、山溪，写了词人与浮云的对话，写了老僧拍手笑夸青峰的言语动作及其心态变化，情节生动曲折，戏剧性更强。与《沁园春·杯汝来前》相比较，它是喜气盈盈之剧，语言诙谐风趣，并非喜中含悲，却也有深邃的比兴象征。老僧赞扬云雾终究掩埋不住青山，在写景中蕴含哲理。如果联系稼轩其他词所写的"浮云"，如"举头西北浮云"（《水龙吟·过南剑双溪楼》），"快上西楼，怕天放、浮云遮月"（《满江红·中秋寄远》）；还有"东南"，如"凭栏望，有东南佳气"（《声声慢·滁州旅次，登奠枕楼作，和李清宇韵》），此首小令词的"浮云"，可以看作暗喻侵占神州西北中原的金兵，而冲破浮云跃出的"东南天一柱"，不就是南宋军民抗金救国坚强意志的象征吗？稼轩的友人刘过模仿稼轩，也创作了一首对话体的《沁园春·寄稼轩承旨》①，写他与白居易、林逋、苏轼一道看西湖、游天竺、访孤山梅花，其构思与情节更大胆、离奇、荒诞，富有艺术创新，但遗憾的是，刘过此词却没有稼轩词以比兴象征寄寓家国情怀，缺乏丰富深厚的思想内涵。

　　辛弃疾词的象征灵境更具层深性。不论是中长调还是小令，多是转折顿挫，层层深入，毫不板滞，绝不单薄。恰似大江潮涌，波澜起伏；又如层峦叠嶂，路转峰回。上文所举《摸鱼儿·淳熙己亥，自湖北漕移湖南，同官王正之置酒小山亭，为赋》词，清陈廷焯《白雨斋词话》卷一就赞叹："起句'更能消'三字是从千回万转后倒折出来，真是有力如虎。"② 俞平伯《唐宋词选释》亦云："上片以春去作为比喻，却分作多少层次。先说再经不起几回风雨了，这是一层。因怕花落，便常常担心花开太早了，何况今已落红无数，这又是一层。但春虽归去，春又何归？故反振一笔'春且住'。为什么要住？听说天涯芳草无归路，这又是一层。明明无处可去，它却偏偏去了，那更无话可说，算起来只有檐前蜘蛛网挂着的飞絮，是春光仅有的残痕。"③ 唐圭璋《唐宋词简释》评析下片："'长门'两句，言再幸无望，而所以无望者，则因有人妒也。'千金'两句，更深一层，言纵有相如之赋，仍属无望。脉脉谁诉，与'怨春不语'相应。'君莫舞'两句顿挫，言得宠之人化为尘土，不必伤感。'闲愁'三句，纵笔言今情，但于景中寓情，含思极凄婉。"④ 前文所举《玉楼春·戏赋云山》也被明代卓人月评赞为："一气呵成，无穷转折。"⑤ 我们再尝鼎一脔：

---

① 唐圭璋编：《全宋词》第3册，中华书局1999年版，第2761页。
② （宋）辛弃疾著，吴企明校笺：《辛弃疾词校笺》上，第531页。
③ （宋）辛弃疾著，吴企明校笺：《辛弃疾词校笺》上，第537页。
④ （宋）辛弃疾著，吴企明校笺：《辛弃疾词校笺》上，第538页。
⑤ （宋）辛弃疾著，吴企明校笺：《辛弃疾词校笺》下，第1106页。

第十三章 稼轩的比兴象征词

  绿树听鹈鴂。更那堪、鹧鸪声住,杜鹃声切。啼到春归无寻处,苦恨芳菲都歇。算未抵、人间离别。马上琵琶关塞黑,更长门、翠辇辞金阙。看燕燕,送归妾。　　将军百战身名裂。向河梁、回头万里,故人长绝。易水萧萧西风冷,满座衣冠似雪。正壮士、悲歌未彻。啼鸟还知如许恨,料不啼、清泪长啼血。谁共我,醉明月。

——《贺新郎·别茂嘉十二弟》

  此词是稼轩闲居瓢泉之作。茂嘉是其族弟,排行十二,故称。其人才气纵横,有抗金救国壮志,因事被远贬桂林。词的起笔别具匠心地用三种鸟儿伤春的悲鸣声,烘染出兄弟离别的浓重伤感氛围。其后即打破词分上下片的章法结构,连用五个典故,寄寓作者忧国愤世情怀。前三个古代薄命女子离别的典象,衬托他送别族弟的哀伤,也象征寄托他志大才高却被投闲置散的悲愤。后两个失败英雄辞家去国的典象,抒发古代英雄壮志未酬的悲慨,也寄寓着作者对抗金事业受挫的痛心。"啼鸟"二句回应开篇,又翻进一层,极言人间"长啼血"的别恨比春归之恨深重百倍。歇拍二句回归送弟,抒写茂嘉离去后他的孤独寂寞。俞平伯《唐宋词选释》指出此词是"借题发挥","将个人身世和家国兴亡打并成一片"①。王国维《人间词话删稿》赞赏此词:"章法绝妙,且语语有境界。"② 梁启勋《词学》下编说:"伯兄(指梁启超)谓此词用语无伦次之堆叠法。于极倔强中显出极妩媚。"③ 笔者深感此词大气包举,沉郁悲凉,转折层深,针线细密,章法确实严谨绝妙,是词人呕心沥血、戛戛独造之作。笔者每次诵读稼轩比兴象征词,无论是中长调还是小令,都感觉如同乘竹筏畅游武夷九曲,

---

① (宋)辛弃疾著,吴企明校笺:《辛弃疾词校笺》上,第86页。
② (宋)辛弃疾著,吴企明校笺:《辛弃疾词校笺》上,第84页。
③ (宋)辛弃疾著,吴企明校笺:《辛弃疾词校笺》上,第84页。

其"山重水复疑无路,柳暗花明又一村"的雄秀幽深风景,真使笔者身心俱醉!

三 象征词篇的多义性、歧义性、开放性

辛弃疾努力创造象征意象营构象征灵境,是为了使其词作的情思内涵丰富深厚,含蓄蕴藉,发人深思,耐人寻味。闻一多论述比喻与象征的区别说:"喻训晓,是借另一事物来把本来说不明白的说得明白点;隐(闻先生说的'隐语'即象征)训藏,是借另一事物来把本来可以说得明白的说得不明白点。"① 闻先生深入浅出地说明了象征与比喻的明显区别,象征拥有比喻罕见的隐蔽性、暗示性、模糊性。为了说明这一点,我们先看一首辛词《行香子·三山作》:

> 好雨当春,要趁归耕,况而今、已是清明。小窗坐地,侧听檐声。恨夜来风,夜来月,夜来云。　花絮飘零,莺燕丁宁,怕妨侬、湖上闲行。天心肯后,费甚心情。放霎时阴,霎时雨,霎时晴。

笔者初读此词,只感到稼轩模仿同乡前辈李清照,用口语白描福州地区清明时节春雨未晴、风云不定的气候和景色,抒发他意欲归耕不得,要游西湖因道路泥泞又不能的烦闷忧虑,写得情景交融,清婉灵秀,令人喜爱。而梁启超在《辛稼轩先生年谱》中考证此词是绍熙五年(1194)春,55岁的辛弃疾于福建安抚使任上作。他因为不堪忍受朝中及地方官场小人的谗谤迫扰,从上一年冬天到此时,已屡次上表请求退休,但朝廷一直不予答复。梁氏说,此词发端"要趁归耕"就"直出本意,文意甚明"。"小窗坐

---

① 闻一多:《说鱼》,《神话与诗》,上海古籍出版社1957年版,第117页。

地"五句,"谓受谗谤迫扰,不能堪忍也"。"花絮飘零"三句,"尚虑有种种牵制,不得自由归去也"。"天心肯后"到结尾,"是君意难测,然疑间作,令人闷杀也"。梁氏最后总结云:"此诗人比兴之旨,意内言外,细绎自见。"① 可见辛弃疾词的象征灵境多具惝恍迷离、幽玄缥缈的艺术特色。其象征意蕴若隐若现,似无实有,空灵蕴藉,足以吸引众多的词评家和读者阅读的兴趣。而人们的文学欣赏水平不一,思维能力也不同,从而在解读中显现出辛弃疾比兴象征词的多义性、歧义性和开放性。我们先看近代以来人们对辛词《青玉案·元夕》的解读情况,词云:

东风夜放花千树。更吹落、星如雨。宝马雕车香满路。凤箫声动,玉壶光转,一夜鱼龙舞。　蛾儿雪柳黄金缕。笑语盈盈暗香去。众里寻他千百度。蓦然回首,那人却在,灯火阑珊处。

此词题为"元夕",全篇描写南宋都城临安元宵夜的繁华热闹景象。词人绘声绘色,写光写香。粗心的读者可能只看到一幅满城狂欢的图画。词评家陈廷焯、俞陛云等人更注意词的结尾,把这首词看作爱情词、艳体词。② 梁启超评析此词"自怜幽独,伤心人别有怀抱"(见梁令娴《艺蘅馆词选》)③。俞平伯说:"结尾只用'那人却在,灯火阑珊处'一语,即把多少不易说出的悲感和盘托出了。"④ 刘扬忠认为:"这个孤独美人的形象所反映出来的,就是作者自己在政治失意之后,宁愿幽居,甘受冷落,也不随大流的品质。"⑤ 王兆鹏指出:"这位美人,与其说是词人追寻的对象,

---

① (宋)辛弃疾著,吴企明校笺:《辛弃疾词校笺》中,第827页。
② (宋)辛弃疾著,吴企明校笺:《辛弃疾词校笺》中,第813页。
③ (宋)辛弃疾著,吴企明校笺:《辛弃疾词校笺》中,第813页。
④ (宋)辛弃疾著,吴企明校笺:《辛弃疾词校笺》中,第813页。
⑤ 刘扬忠评注:《辛弃疾词》,人民文学出版社2005年版,第26页。

毋宁说是词人自己的写照。临安人彻夜狂欢，直把杭州作汴州。而英雄辛弃疾却保持着清醒的头脑，孤独而无奈地审视着这表面繁华却暗藏危机的社会现实。"① 可见，从古到今，越来越多的读者看到了这首词表面上是写寻觅美人，其实是用比兴象征手法寄托政治怀抱。但对词人所寄托的情意，却有失落感、孤独感、清醒感、忧患感等不同理解。身兼诗人、哲人、学者的王国维，在其《人间词话》论述"古今之成大事业大学问者必经之三种境界"时，别出心裁、独具只眼地把晏殊词句"昨夜西风凋碧树。独上高楼，望尽天涯路"视为第一境界；把柳永词句"衣带渐宽终不悔，为伊消得人憔悴"视为第二境界；而把辛弃疾此词的"众里寻他千百度。蓦然回首，那人却在，灯火阑珊处"看作第三境界，即千百回求之不得却偶然得之的境界，为最高之境界②。正是辛弃疾高妙的艺术构思，运用对比强烈的美的意象，营构出一个复杂深邃、幽玄缥缈的象征灵境，向古今众多读者显示出其多义性、歧义性、开放性。此词恰似一朵盛开千载的宝石花，闪射着缤纷多彩、永不熄灭的光芒。

更令人赞叹的是，辛弃疾在篇幅短小的令词中，也能营造出丰富、复杂、深邃、真实的象征灵境，同样使读者见识到其多义性、歧义性、开放性。例如，被明人李濂《批点稼轩长短句》誉为"脍炙古今"③ 的《菩萨蛮·书江西造口壁》：

郁孤台下清江水，中间多少行人泪。西北望长安，可怜无数山。　　青山遮不住，毕竟东流去。江晚正愁余，山深闻鹧鸪。

---

① 王兆鹏：《辛弃疾词选》（古代诗词典藏本），第266页。
② 王国维原著，施议对译注：《人间词话译注》，第47页。
③ （宋）辛弃疾著，吴企明校笺：《辛弃疾词校笺》下，第1211页。

此词八句，前二句七言，后六句五言，两句一韵，平仄韵交替。通篇运用比兴象征手法，每一联都引发古今词评家截然不同乃至针锋相对的见解。南宋罗大经《鹤林玉露》甲编卷一"辛幼安"条云："南渡之初，虏人追隆祐太后御舟至造口，不及而还。幼安因此起兴。'闻鹧鸪'之句，谓恢复之事行不得也。"① 近人陈匪石《宋词举》曰："'多少行人泪'包括不少伤心事，不专指隆祐而言。遥望西北'无数'之'山'隔之，喻恢复之事难也。"②《稼轩词编年笺注》卷一评："罗大经谓'闻鹧鸪之句谓恢复之事行不得也'，殊为差谬。稼轩一生奋发有为，其恢复素志，胜利信心，由壮及老，不曾稍改，何得在南归不久即生'恢复之事行不得'之念哉！"③ 郑骞《稼轩词校注》卷一说："望长安而青山无数，伤朝士之蔽贤也。""闻鹧鸪之句谓还朝行不得也。赣江不受青山之遮，毕竟东流，己则终难东归京师。"④ 邓红梅认为，"可怜无数山"句的"山"，"就具有了阻挠他恢复故土之志的主和派力量的象征意义。而这两句合起来，又含蓄地表明了作者对中原未复、祖国南北分裂局面的忧心如焚。""不畏青山遮挡而奔涌东去的流水，象征坚持抗金复土者不屈的斗志和胜利的愿望。"⑤

先师吴小如先生和学友王兆鹏也各有独到见解。吴先生解释"西北望长安"二句："北宋刘攽《九日》诗：'可怜西北望，白日远长安'才是辛此词真正的出处。""刘攽的'可怜'是感伤情调，辛则为遗憾之词。盖青山无数，尽在北方。凭吊山河，当然大可怜惜了。"对于"青山遮不住"二句，吴先生说："山在江畔，再高大也拦不住江水奔腾……鄙意这两句真正含义，似应解为青山虽无数，却遮不住敌人兵马；而宋室半壁山河，最终恐仍

---

① （宋）辛弃疾著，吴企明校笺：《辛弃疾词校笺》下，第1214页。
② （宋）辛弃疾著，吴企明校笺：《辛弃疾词校笺》下，第1214页。
③ （宋）辛弃疾著，吴企明校笺：《辛弃疾词校笺》下，第1215页。
④ （宋）辛弃疾著，吴企明校笺：《辛弃疾词校笺》下，第1216页。
⑤ 邓红梅编著：《壮岁旌旗拥万夫：辛弃疾集》，第12—13页。

不免付诸东流水。""白居易《山鹧鸪》诗云：'山鹧鸪，尔本此乡鸟，生不辞巢不别群，何苦声声啼到晓！啼到晓，唯能愁北人，南人惯闻如不闻。'……辛本北人，南来后偏偏遇上不争气的南宋小朝廷……这正是使得作为北人的辛幼安忧愁不已的主因。""罗大经揪住'行不得也'一句不放，真是近乎痴人说梦也。"① 王兆鹏考证此词作于淳熙三年（1176）。由于前一年辛弃疾任江西提点刑狱时平定了茶商的武装叛乱，宋孝宗下诏推赏，先授秘阁修撰，次年又调任京西转运判官，于赴任途中路过造口，作此词。此时，词人内心欣喜、骄傲，对未来充满了梦想，又交织着失落、不满、怅惘、忧虑。因此，"'西北望长安'当然是思念中原沦陷的故都汴京。""赣江滔滔而去的江水，让词人联想到光阴易逝，不知道何时才能受到朝廷重用，让他统率千军万马，杀向北方，收复中原失地。"而结尾二句，"词人恍然觉得那是江西的父老在声声挽留他。""'愁余'，就是'愁予'，语出屈原《九歌·湘夫人》"，"辛弃疾内心是把自己看作是屈原的化身"，"他就像屈原一样，徘徊在水边，充满了忧伤。"②

　　从上面的摘引可见，古今众多词评家对辛弃疾这首《菩萨蛮》小令词的解读与评析，观点相同的少，相异的多，相异的观点有的大相径庭，有的更是针锋相对，但大多持论有理有据，合情合理，孰是孰非，难以判定。词评家们都有一个共识：这是一首成功地运用了比兴象征的杰作，它小中见大，浅中寓深，"不仅抒个人身世之感，兼有家国兴亡之戚"；"惜水怨山""慷慨生哀""血泪淋漓""宕逸中亦深炼"，堪称"大声鞺鞳"的《菩萨蛮》经典之篇。③ 其所具有的多义性、歧义性、开放性，给现今与未来的读者提供了继续进行创造性解读与评析的广阔空间。又如上文所举

---

① 吴小如：《古典诗词札丛》，天津古籍出版社2004年版，第400—402页。
② 王兆鹏：《辛弃疾词选》（古代诗词典藏本），第23—26页。
③ （宋）辛弃疾著，吴企明校笺：《辛弃疾词校笺》下，第1212—1213页。

《玉楼春·戏赋云山》，笔者认为：词中所写冲破浮云跃出的"东南天一柱"，是南宋军民抗金救国意志的象征。吴则虞先生却说："此用禅理作词也。慧忠曰：'念想由来幻，性自无始终。若得此中意，长波自当止。'浮云翳山山不见，念想幻也。云去山住，性自在也。此类词似写景，实似偈语。在《稼轩词》又是一格。"[1]笔者的观点和吴先生的解释简直就是南辕北辙，但各有理据，可谓见仁见智，共同见证与彰显稼轩比兴象征词的多义性、歧义性、开放性。

在辛弃疾词集中，也有一些几乎全篇或白描或彩绘写景，只在结尾一两句于写景中暗含比兴象征，使词篇陡然提升到象征灵境，并且产生了令人品味不厌、诠释不尽的多义性、歧义性、开放性。《鹧鸪天·代人赋》是精彩的一例：

　　陌上柔桑初破芽。东邻蚕种已生些。平冈细草鸣黄犊，斜日寒林点暮鸦。　　山远近，路横斜。青旗沽酒有人家。城中桃李愁风雨，春在溪头荠菜花。

此词写江西上饶乡村的春景农事。作者像一位丹青妙手，寥寥几笔就描绘出一幅有声有色、动静结合、远近有致的风景画兼风俗画。画中景物都那么饶有生趣，散发出乡土的生活气息和早春的蓬勃朝气。词的结尾，作者推出了在溪头先春绽放的荠菜花的特写镜头，并将它同城市中愁风苦雨的桃李花作强烈对比，顿时使此词上升到一个隐含丰富深邃情意的象征灵境，引发人们对其美妙的象征意蕴的热烈探寻和讨论。刘永济《唐五代两宋词简析》说："末尾二句，可见作者之人生观。盖以'城中桃李'与'溪头荠菜'对比，觉'桃李'方'愁风雨'摧残之时，而'荠菜'

---

[1] 吴则虞选注：《辛弃疾词选集》，第246页。

则得春而荣茂，是桃李不如荠菜，亦即城市生活不如田野生活也……城市繁华难久，不如田野之常得安适。再推言之，则热心功利之辈，常因失意而愁苦，不如无营、无欲者之常乐。此种思想与道家乐恬退、安淡泊之理相合。"① 吴则虞说："春在野而不在城，此显然深有寄慨。"② 邱俊鹏说，词人"由衷地体验和感受到真正的春光是在这广阔的农村。这固然反映了词人爱好清新、朴素、健壮的美学观点，但更表现了对城市（特别是官场）熙熙攘攘生活的厌弃"③。余恕诚说："荠菜花不怕风雨，占有春光，在它身上仿佛体现了人格精神。""词人一方面借荠菜花的形象自我写照，一方面又隐隐流露这样的意思——不要做愁风雨的城中桃李，要做坚强的荠菜花，以此与友人共勉。"④ 郁贤皓说，这两句词"不但赞美农村比城市有生气，而且表达了这样的思想：在朝廷上做官，享受荣华富贵，就像桃花、李花那样娇弱，经不起风雨打击，经常担惊受怕；倒不如在农村里闲居，就像野荠菜那样不怕风吹雨打，自由自在，才是有生命力的"⑤。钟陵说，这首词"曲折地表达作者对官场风雨的厌恶，又悟出了美在自由朴素之中的真谛"⑥。如果笔者继续搜集对稼轩这一联词的评析言论，可能还要占几页稿纸。笔者认为，辛弃疾用朴素自然又精练警策的语言，把写景、抒情、议论熔于一炉，在这两句词中创造了生动鲜活、写实兼象征的意象，将全篇提升至一个幽玄缥缈的象征灵境。而这两句词蕴含着极其丰富深邃的哲理，激发那么多学者分别从哲学、政治学、社会学、美学、诗学，从人的生活、人格、

---

① （宋）辛弃疾著，吴企明校笺：《辛弃疾词校笺》中，第 981 页。
② 吴则虞选注：《辛弃疾词选集》，第 225 页。
③ 邱俊鹏：《生意盎然的农村画卷》，载《辛弃疾词鉴赏》，齐鲁书社 1986 年版，第 338 页。
④ 唐圭璋等撰写：《唐宋词鉴赏辞典·南宋·辽·金卷》，第 1546 页。
⑤ 唐圭璋主编：《唐宋词鉴赏辞典》，江苏古籍出版社 1986 年版，第 903 页。
⑥ 孙望、常国武主编：《宋代文学史》，人民文学出版社 1996 年版，第 143 页。

个性、生命等视角探讨其奇趣妙谛,愈品愈觉其意味无穷。辛稼轩一生无限热爱伟大的东晋诗人陶渊明,作词也努力学习陶诗。笔者认为,辛词的"城中桃李愁风雨,春在溪头荠菜花",可与陶诗的"采菊东篱下,悠然见南山"相媲美,二者堪称中国古代田园归隐诗词的"点睛之笔"。

中国现代杰出诗人艾青说:"象征是事物的影射;是事物相互间的借喻,是真理的暗示和譬比。"[1] 但如此高妙的象征手法,在辛弃疾之前的唐宋词坛上却极少有人运用。只有苏轼和周邦彦各有几首运用比兴象征的词,颇为人赞赏。苏轼的《贺新郎·夏景》《卜算子·黄州定慧院寓居作》《念奴娇·中秋》《定风波·莫听穿林打叶声》《水龙吟·次韵章质夫杨华词》等,在写景咏物与叙事中寄托了作者孤高失时、怀才不遇之慨;也抒写出他经历政治与人生风雨的感受、思考。周邦彦的咏物词《花犯·小石梅花》《六丑·蔷薇谢后作》《大酺·春雨》等,借咏花和春雨含蓄深婉地抒发身世之感。詹安泰先生精辟地指出:南宋"国势陵夷,金元继迫,忧时之士,悲愤交集,随时随地,不遑宁处;而时主昏庸,权奸当道,每一命笔,动遭大懑,逐客放臣,项背相望;虽欲不掩抑其辞,不可得矣。故词至南宋,最多寄托,寄托亦最深婉"[2]。辛弃疾是南宋较早写比兴寄托词,并且是写得最多最出色的词坛大家。稼轩词的象征意蕴,由北宋的抒写个人身世之感拓展到表达抗金救国壮志以及壮志难酬的悲愤,也表达他对于自然、社会、宇宙、人生的哲理感悟,使其忧国忧民、热爱大自然、热爱生活、热爱美的诗魂长出了翅膀,翱翔在浩瀚的历史时空。其比兴象征词高超深邃的思想内容与"不伤崭露,不易指陈"[3] 的

---

[1] 艾青:《诗论》,第 201 页。
[2] 詹安泰:《论寄托》,载吴承学、彭玉平编《詹安泰文集》,中山大学出版社 2004 年版,第 199 页。
[3] 詹安泰:《论寄托》,载吴承学、彭玉平编《詹安泰文集》,第 199 页。

表现艺术,对元明清比兴象征词创作的发展和周济等人"寄托说""词史说"理论的形成,都产生了重大深远的影响。清陈廷焯《白雨斋词话》卷一赞曰:"辛稼轩,词中之龙也。"[①] 信然,善哉!

---

① (宋)辛弃疾著,吴企明校笺:《辛弃疾词校笺》下,第1688页。

第十四章 稼轩小令词的宏大气魄与深远境界

辛弃疾既擅长以中长调发时代的风雷之音，创作雄放悲壮的爱国词，又善于在短调小令中挥动如椽健笔，营造意境浑厚深远的英雄篇。学界对稼轩的《贺新郎》《满江红》等长调词已有较深入的研究，但对其小令词表现重大主题、展现雄阔深远境界尚缺少专门探讨。为此，笔者撰写这一章，从三个方面展开论述。

一 重大主题与高尚情操

辛弃疾胸怀北伐中原光复山河的壮志抱负。他在大量词作中表现抗金复国这一重大主题，其中就有不少小令词。请看《清平乐·独宿博山王氏庵》[1]：

> 绕床饥鼠。蝙蝠翻灯舞。屋上松风吹急雨，破纸窗间自语。　　平生塞北江南。归来华发苍颜。布被秋宵梦觉，眼前万里江山。

这是稼轩闲居带湖之作。一个秋夜，他借宿在山中王姓的庵堂里，

---

[1] （宋）辛弃疾著，吴企明校笺：《辛弃疾词校笺》下，第1179页。

写下了这首仅46字的小令。上片写饥鼠绕床乱窜,蝙蝠围灯飞舞,屋上松风吹急雨,糊窗的破纸被风雨吹打得沙沙作响,好像在自言自语。作者描写这阴森凄恻、荒凉丑陋的景象非常逼真。置身其中的他,其请缨无路的悲愤不平之情已跃然纸上。过片二句概括了他在青年时曾到燕山观察形势以备抗金,归宋后在江南地区任职的经历,再叙述他被罢官闲居后华发苍颜的境况,形成强烈对照,表达了他的悲愤不甘。结韵写他醒来,眼前尚依稀可见梦中的万里江山,宛如奇峰突起,展现出一个宏大境界,含蓄地表达词人身处逆境仍念念不忘统一河山的高尚爱国情操,真有"烈士暮年,壮心不已"之气概。清代陈廷焯《词则·放歌集》卷一评曰:"短调中笔势飞舞,辟易千人。结尾更悲壮精警。"①评得精切。

稼轩还在小令词中把自己比喻为一匹天马,抒发怀才不遇被迫退隐的悲愤,请读《卜算子》:

> 万里籋浮云,一喷空凡马。叹息曹瞒老骥诗,伏枥如公者。　山鸟哢窥檐,野鼠饥翻瓦。老我痴顽合住山,此地菟裘也。

在作者的笔下,这匹天马神骏不凡,它在高空追蹑浮云,飞驰万里。当它喷鼻一响,尚未发出长嘶,就使天下凡马尽皆黯然失色。它就像曹操《龟虽寿》所写的老骥一样,尽管被迫伏枥,仍"志在千里""壮心不已"。显然,这匹天马既是历史上怀才不遇英雄的写照,也是作者生命不息奋斗不止精神的象征。我们再看一首咏物的《临江仙·莫笑吾家苍壁小》:

---

① (宋)辛弃疾著,吴企明校笺:《辛弃疾词校笺》下,第1180页。

第十四章　稼轩小令词的宏大气魄与深远境界

>　　莫笑吾家苍壁小，棱层势欲摩空。相知惟有主人翁。有心雄泰华，无意巧玲珑。　　天作高山谁得料，解嘲试倩扬雄。君看当日仲尼穷。从人贤子贡，自欲学周公。

作者在其瓢泉别墅附近发现一座石壁。因喜爱它高峻，就取名苍壁。客人们慕名而来参观，见苍壁平凡无奇，大笑而去。作者为苍壁解嘲，作此词，借山石以言志。上片反驳嘲笑者说，莫要瞧不起这小小山石，它突兀峻拔，有一股子与天比高的非凡气势，它还有心要与名扬天下的泰山、华岳争雄，却无意打扮得小巧玲珑以取媚流俗。作者赋予苍壁雄豪高傲的性格，其实即是显示自己倔强傲岸的人格。辛弃疾的审美情趣是兼容刚柔，既喜阳刚之美也爱阴柔之美。这里的"无意巧玲珑"是针对不欣赏苍壁之美的人而发，却也明白表露了他对雄奇刚健的事物特别钟爱。词的下片直抒政治情怀，表示要学孔子及其贤徒子贡，追步周公事业，按照儒家的美好理想和高尚情操治国平天下，振兴宋朝。从艺术表现的角度看，下片缺乏形象，失于直露，却使读者认识到他在落职闲居中尽管有英雄失路的愤懑，仍坚守着为国建功的恢宏大志。

　　辛稼轩还在一些小令词中以借古讽今的表现方法，对南宋朝廷当权者的昏聩无能予以辛辣的讽刺。例如另一首《卜算子》写道：

>　　千古李将军，夺得胡儿马。李蔡为人在下中，却是封侯者。　　芸草去陈根，笕竹添新瓦。万一朝家举力田，舍我其谁也。

上片前二句写李广在对匈奴的鏖战中因寡不敌众，重伤被俘，却能以其大智大勇夺得胡马胜利归来。这位名扬千古的将军一生战功卓著，却不得封赏，最后含冤自尽。后二句写其堂弟李蔡，其人品才能只列入中下等，却偏获重用，官至宰相，得以封侯。下片前二句以平静口吻叙写了他的田园生活，使读者自然体会到他这双能够抗金杀敌收复中原的手，竟然用来锄草和修房子。结韵用反语说，万一朝廷要选拔种田能手，除了我还有谁？全篇对比强烈，感情沉郁，语言简练明快，能激发人心弦共鸣。清代先著《词话辑评》卷一说："南渡以后名家，长词虽极意雕镌，小调不能不敛手，以其工出意外，无可着力也。稼轩本色自见，亦是赏心。"[①] 对稼轩小令词给予高度的评赞。

二　悲壮气概与阔大境界

小令词篇幅短小，最短的《苍梧谣》，单调，四句，仅十六字；最长的是《踏莎行》和《临江仙》，都是双调，前后段各五句，共五十八字。小令词源于宴会中的酒令，由二八佳人执红牙板婉转歌唱，所以基本上是抒写男女间相恋相别，春愁秋怨的闺阁词和艳情词，当然也有身世之感词、怀古咏史词、理趣词等，但作品数量很少。到了南宋，由于"靖康之难"的历史剧变及其造成的社会动荡，词人的心灵受到极大震撼，于是涌现出一批爱国词人，如张元干、岳飞、李纲、赵鼎、胡铨、张孝祥等，他们在词中表现抗金斗争，抒发爱国情怀，词的风格沉雄悲壮，属于苏轼开创的豪放一路，但这些爱国词基本上是中调和长调。小令词只有朱敦儒的《相见欢》、岳飞的《小重山》、张孝祥的《浣溪沙》，还有陆游的《好事近》其十二、《秋波媚》、《桃园忆故人》、《诉衷情》等，表现爱国主题，意境豪放悲壮。但是，与辛弃疾同时代的词人，他们的小令词加起来也不如辛弃疾多。

辛弃疾的小令词具有悲壮的气概与阔大的境界。上文评述的《清平乐·独宿博山王氏庵》的结尾，就展现出尺幅万里之势。我

[①] （宋）辛弃疾著，吴企明校笺：《辛弃疾词校笺》下，第1251页。

们再看《南乡子·登京口北固亭有怀》：

> 何处望神州。满眼风光北固楼。千古兴亡多少事，悠悠。不尽长江滚滚流。　　年少万兜鍪。坐断江南战未休。天下英雄谁敌手，曹刘。生子当如孙仲谋。

这首登临怀古之作，构思新奇，章法严谨。全篇设三问作三答，层层推进。第一问答，把北固楼风光与神州联结；第二问答，以"不尽长江滚滚流"的意象，表现千古兴亡的往事，于过片中引出少年英雄孙权统率兵马雄踞江东，不畏强敌，与曹操、刘备等前辈争雄，征战不休；第三问答，借用曹对刘所说，指出天下英雄只有曹刘才是孙权的对手。结尾更用曹操赞孙权之语："生子当如孙仲谋，刘景升（笔者注：刘表）儿子若豚犬耳！"妙在只用上半句，却将下半句留给读者去联想、补充，品味当年孙权生气虎虎，敢于并善于抗御南侵的强敌曹操大军，而今南宋当权者却像刘表之子那样怯懦无能恰如豚犬。作者化用杜诗与曹刘事典语典，信手拈来，自然合拍，妙手天成。在小令中囊括了悠远寥廓的历史时空，大笔振迅，境界壮阔。清代陈廷焯《云韶集》卷五评曰："魄力之大，虎视千古。"① 洵非过誉。

在稼轩的小令词中，还有一首借古讽今之作，作者悲愤勃郁的情思与雄奇险峻的自然景色相结合，营造出一种失志英雄的精神境界，这就是《霜天晓角·赤壁》：

> 雪堂迁客。不得文章力。赋写曹刘兴废，千古事、泯陈迹。　　望中矶岸赤。直下江涛白。半夜一声长啸，悲天地、为予窄。

---

① （宋）辛弃疾著，吴企明校笺：《辛弃疾词校笺》中，第970页。

作者游赤壁,怀念曾被贬到黄州的苏轼。起韵两句感慨苏轼有绝世才华却屡遭贬斥。接韵说苏轼在黄州创作了《念奴娇·赤壁怀古》词和前后《赤壁赋》等脍炙人口的杰作,抒写"曹刘兴废"的三国史事,而今这些历史英雄人物及其功业都已成为陈迹。但这雄丽的江山与沧桑变化的人事,激发出作者壮志难酬而人生易老、宇宙永恒却生命短暂的悲愤。结韵三句,写他难以抑止,半夜长啸一声,竟使天地为之变窄。此词言简意赅,艺术概括力强。过片以"矶岸"与"江涛"、"赤"与"白"对比映照,"直下"妙状赤壁陡峭奇险,写景逼真。全篇情感沉郁拗怒,精神境界寥廓无垠,令人心弦震撼又沉思不已。

辛弃疾晚年创作了一首小令《生查子·题京口郡治尘表亭》:

悠悠万世功,矻矻当年苦。鱼自入深渊,人自居平土。
红日又西沉,白浪长东去。不是望金山,我自思量禹。

作者站在北固山巅的尘表亭前,由"尘表"二字引发出对远古治水英雄大禹的怀念。上片首二句写当尧之时,洪水泛滥,大禹治水,使神州大地免于陆沉,这是万代不朽之功德。为了拯救民众,大禹胼手胝足,不辞劳苦。"悠悠""矻矻"两个叠字词,生动地写出了大禹的劳苦功高。三四句写鱼儿自由自在地游于深水中,人们得以在平地上安居乐业,这是颂扬大禹使尘世万物均能各得其所,给人类子孙万代带来了平安幸福。过片描绘红日冉冉西沉、白浪滔滔东去的景色,境界阔大壮丽。古代诗话对于炼字有一共识,就是炼虚字(副词、介词、连词)更难于炼实字(形容词、动词、名词)。宋人范晞文说:"虚活字极难下,虚死字尤不易,盖虽是死字,欲使之活,此所以为难。老杜'古墙犹竹色,虚阁自松声'及'江山有巴蜀,栋宇自齐梁',人到于今诵之。予近读其《瞿塘两崖》诗云:'入天犹石色,穿水忽云根。''犹''忽'二字如浮云著风,闪烁无定,谁能迹其妙处?"① 稼轩此联的"又""长"两个虚字用得极活,表达出这不只是眼前之景,而是远古至今转变与流动之景,有象征意义。有学者说:"意谓日月升沉,岁月如流,伟人虽逝,功绩长存。"② 也有学者认为:"'红日'句,喻南宋小朝廷岌岌可危的局势;'白浪'句,指流光飞逝,历史是无情的。这正是一代爱国者的时代忧虑,是作者愤懑难平的情感流露。"③ 二说俱有见识,但从上片吊古下片伤今,下片两韵紧密联系的角度看,后说所指象征意义更具体也更深邃。词的结句表达作者思念大禹,热切盼望有大禹式的英雄出来收复中原,挽救沦陷区的苦难同胞,进而统一祖国,振兴神州;同时,也含蓄表达作者要以大禹为榜样救国救民的宏大抱负。吴则虞先生说:"此词气魄之伟,抱负之大,有天地悠悠,上下千古之慨,在稼轩词中为压卷之作。"④ 可谓卓识。

三 深邃意蕴与隽永韵味

上文论述了稼轩小令词的重大主题与高尚情操,悲壮气概与阔大境界。稼轩还有一些写景抒情的小令词,巧妙运用比兴寄托、隐喻象征手法,使词具有深邃意蕴与隽永意味。例如《生查子·独游雨岩》:

> 溪边照影行,天在清溪底。天上有行云,人在行云里。
> 高歌谁和余,空谷清音起。非鬼亦非仙,一曲桃花水。

---

① (宋)范晞文:《对床夜话》卷二,载丁福保辑《历代诗话续编》上,中华书局1983年版,第418页。
② 刘扬忠评注:《辛弃疾词》,第248页。
③ 杨积庆:《振衣玉立风尘表——〈生查子·题京口郡治尘表亭〉赏析》,载《辛弃疾词鉴赏》,第377页。
④ 吴则虞选注:《辛弃疾词选集》,第277页。

这是稼轩闲居上饶游玩博山雨岩所作。上片描写雨岩明媚景色：清溪透明如镜，蓝天在镜中，天上白云就在水底漂游，而人竟走进了白云里，也就是走到天上去了，这里透出作者的诗情与豪气。下片写他在天水一色的美景中慷慨高歌，想得到应和。但空谷无人，只有一泓清水在潺潺流响。作者感到这声音是从一曲桃花水中发出来的，既不是鬼也不是仙。于是他引吭高歌，希望有应和，象征着他对知音的寻求，而无人理会，也就含蓄地表达了他内心的孤独寂寞。《生查子》一调，与五律字句相同，只是中间两联不要求对仗，将平声韵改成了仄声韵。在稼轩笔下，此词有别于五律的凝重典雅，而显得流动空灵。作者以清丽的语言着重描绘溪中倒影与幻觉，配以高歌与空谷清音，使意境有声有色，虚实相映，意蕴深远，韵味悠长。

在一些咏物的小令词中，稼轩也营造出耐人咀嚼的幽深意境，如《临江仙·探梅》：

老去惜花心已懒，爱梅犹绕江村。一枝先破玉溪春。更无花态度，全是雪精神。　　剩向青山餐秀色，为渠着句清新。竹根流水带溪云。醉中浑不记，归路月黄昏。

这是稼轩闲居带湖之作，写他江村探梅。上片起韵写他老去惜花之心已懒，但仍绕江村探梅，表明他爱梅远胜群芳。接韵写一枝梅花冲寒绽放带来春意。"破"字新奇有力，妙写此梅一放，春色即被破开，是点睛传神之笔。三韵对仗，完全否定"花态度"，彻底肯定"雪精神"，突出梅花冰雪之姿，铮铮风骨。下片写他探梅之久与爱梅之深。最后写他一直欣赏梅花与瘦竹在清溪里的倒影，直到黄昏月出才恋恋不舍地归去。作者以景结情，宕出远神。全篇层层深入，作者与梅花的性灵神韵融为一体，表现出一种坚贞不渝、清真高洁的精神，使读者品味不尽。还有一些作品，全篇直接抒情，但仍有深邃意蕴，含蓄不尽。例如《丑奴儿·书博山道中壁》：

少年不识愁滋味，爱上层楼。爱上层楼。为赋新词强说愁。　　而今识尽愁滋味，欲说还休。欲说还休。却道天凉好个秋。

稼轩"而今"内心积郁着山石般的愁情，识尽了愁的滋味，却"欲说还休"。到底是什么样的愁呢？如果我们深细了解作者南归后的经历和境况，就能感悟他的愁包含国耻未雪之愁、请缨无路、壮志成空之愁，被投降派排挤、打击之愁，岁月流逝、生命虚度之愁，等等。这样一些愁，同少年时青春的闲愁或失恋相思之愁是大不同的。词的结尾，面对最易激发人们愁绪的秋色，作者竟以轻松幽默的口吻写道："却道天凉好个秋。"邓红梅评论道："全词采用对比式结构和吞咽式抒情，妙在以不言言之。这比那种历历陈说的言情，包孕更深广。而且在美学效果上，也余味更深长。"[1] 评赞中肯。

在辛稼轩的小令词中，用《鹧鸪天》这个词调填写的作品最多，计有 63 首，题材内容很丰富，其中有农村词、行旅词、送人词、咏物词等。有一些作品在写景、叙事、抒情中包含着象征意义或人生哲理。例如题为《送人》的结尾"江头未是风波恶，别有人间行路难"，就以旅途的艰难象征抗金北伐中原事业的艰难以及人生的艰难。还有题为《代人赋》的结尾"城中桃李愁风雨，春在溪头荠菜花"，既表现作者对官场的厌恶和对农村的喜爱，还表现了作者顽强的个性和清新朴素的美学思想，具有"多义性"。笔者在上一章中已有具体深入的论述，这里就不多说了。

---

[1] 邓红梅编著：《壮岁旌旗拥万夫：辛弃疾集》，第 95 页。

第十五章　稼轩《鹧鸪天》词

《鹧鸪天》是小令词调，双片55字，上片四句三平韵，下片五句三平韵。唐人郑嵎诗"春游鸡鹿塞，家在鹧鸪天"[①]，调名取于此。因民俗象鹧鸪鸣声曰"行不得也哥哥"，故赋男女离别相思为本调之作。辛弃疾词计六百二十余首，《鹧鸪天》就有63首，占十分之一多，其中有多首脍炙人口，堪称经典，但至今未有人作专门研究。为此，本章试对稼轩《鹧鸪天》词的思想艺术特色与成就作全面探讨。

一　广泛、丰富的题材内容

稼轩《鹧鸪天》词题材极广泛。前人之作以相思、艳情、贺寿、酬答、咏物为多，除此之外，稼轩词还有赠别、述怀、抒愤、山水行旅、田园生活乃至论诗艺及揭示人生哲理等内容。赠别之作如《离豫章别司马汉章大监》：

聚散匆匆不偶然。二年历遍楚山川。但将痛饮酬风月，莫放离歌入管弦。　　萦绿带，点青钱。东湖春水碧连天。明朝放我东归去，后夜相思月满船。

---

① 童养年：《全唐诗续补遗》卷七，载陈尚君辑校《全唐诗补编》，中华书局1992年版，第418页。

词中抒写"相思满船"的浓郁别情,作者与友人痛饮美酒以酬风月的洒落胸襟跃然纸上。

抒怀之作如《鹅湖归,病起作》:

> 翠竹千寻上薜萝。东湖经雨又增波。只因买得青山好,却恨归来白发多。　明画烛,洗金荷。主人起舞客齐歌。醉中只恨欢娱少,明日醒时奈病何。

稼轩中年后被谗毁罢官,长期家居,一腔壮志未酬的忧愤常寄于词。纵然青山碧水明媚怡人,终究难平英雄的失意与落寞。"白发多""奈病何"在觥筹歌舞的映衬下,越发凸显出词人内心的郁闷苍凉。

再看山水行旅之作如《石门道中》:

> 山上飞泉万斛珠。悬崖千丈落鼯鼯。已通樵径行还碍,似有人声听却无。　闲略彴,远浮屠。溪南修竹有茅庐。莫嫌杖屦频来往,此地偏宜著老夫。

词的前七句描写山上飞泉如万斛珍珠散落,小飞鼠在悬崖峭壁间出没,还写了樵径、小桥、竹林、佛寺、茅庐,在幽静秀丽的景色中饱含着作者热爱自然、寄情山水的兴致。结拍二句直写他要常来游玩,还想在这儿住下来颐养天年。全篇由寓情于景到借景抒情,宛若一幅天章云锦,舒卷自如,赏心悦目。

在稼轩的《鹧鸪天》词中,还有论诗之篇,如《读渊明诗不能去手,戏作小词以送之》:

> 晚岁躬耕不怨贫。只鸡斗酒聚比邻。都无晋宋之间事,自是羲皇以上人。　千载后,百篇存。更无一字不清真。

若教王谢诸郎在，未抵柴桑陌上尘。

这首词表达了稼轩对渊明的仰慕和对陶诗的喜爱。词中肯定千载之后，陶诗百篇必将流传下去。"更无一字不清真"，是对陶诗高度精准的评价。稼轩还有一首无题的《鹧鸪天》，词中也有"竹篱茅舍要诗翁""诗在经营惨淡中"的论诗之句。

辛弃疾不仅开拓了《鹧鸪天》词的题材内容，而且致力于深化其感情内涵，提升其思想境界。他在词中从不同角度抒发忧心国事却请缨无路的悲愤，或奋笔直抒胸臆，或含蓄婉曲表意，其词有如惊雷怒涛，淋漓悲壮；或似通幽曲径，深邃盘郁，具有强大的艺术震撼力与感染力，这是此前《鹧鸪天》词不曾具备的。

先看直笔抒愤的名篇《有客慨然谈功名，因追念少年事，戏作》：

壮岁旌旗拥万夫。锦襜突骑渡江初。燕兵夜娖银胡䩮，汉箭朝飞金仆姑。　　追往事，叹今吾。春风不染白髭须。却将万字平戎策，换得东家种树书。

词的上片忆昔。"壮岁"二句写当年领导义军抗金，以及擒获叛徒后率军渡江南归的经历；"燕兵"二句则重点展现紧张激烈的战斗场景。下片叙今。前三句感叹年华流逝，报国无门，人已衰老。后二句推出"万字平戎策"与"东家种树书"这两个典型意象，并使之对照与置换，从而生动地抒写出自己被南宋小朝廷弃置不用，只能闲居种树栽花的不幸遭遇，于谐谑中流露出透骨的沉痛与悲凉，令人读之扼腕，不胜唏嘘。清人陈廷焯评结尾二句"哀而壮"，并与陆游的"早信此生终不遇，当年悔草《长杨赋》"（《蝶恋花》）比较，认为陆词"浅而直"而辛词"郁而厚"[①]，诚为卓识。

[①] （清）陈廷焯：《白雨斋词话》卷一，载吴熊和主编《唐宋词汇评·两宋卷》第3册，第2484—2485页。

稼轩《鹧鸪天》词里，还有无情地揭露与抨击丑恶社会现实的力作，试读《寻菊花无有，戏作》：

> 掩鼻人间臭腐场。古来惟有酒偏香。自从来住云烟畔，直到而今歌舞忙。　　呼老伴，共秋光。黄花何处避重阳。要知烂漫开时节，直待西风一夜霜。

劈头一句就直指官场是"人间臭腐场"，并以"掩鼻"表达强烈的厌恶之情。次句说这臭腐场散发出的气味，使得整个世界除了酒香之外，一切东西都是臭腐熏人的。"古今"二字，更进一步说明古往今来官场无不臭腐，投降派掌权的南宋官场尤其腐败透顶。这二句是愤激之语，却概括深广，真是力透纸背。下片写他已住到云烟之畔，正等待菊花在秋风中凌霜盛开，借以表现他的愤世情怀、高洁志趣，与"人间臭腐场"形成强烈对比。

更多的《鹧鸪天》词，则是以含蓄婉曲之笔抒写郁勃情怀，例如《博山寺作》：

> 不向长安路上行。却教山寺厌逢迎。味无味处求吾乐，材不材间过此生。　　宁作我，岂其卿。人间走遍却归耕。一松一竹真朋友，山鸟山花好弟兄。

首二句说他不走长安路，却一次次游览山寺，致使其厌于逢迎，似是要表达他倦于国事，寄情山水，细味之，乃是怨绝之语。"味无味处"二句用老庄语，看似淡泊洒脱，实寓牢骚愤懑。过片二句妙用古人语，表达归耕山野心愿，却又流露其好胜、高傲、倔强的个性。"人间走遍"与"归耕"间着一"却"字，兼有无奈与不甘之意。"一松一竹"二句取用元结和杜甫句意，既有对自然万物的挚爱，有知音难觅的寂寥，也流露出对富贵功名的蔑视。作者种种复杂情思如同平静水面下的暗流涌动，使得这首表面抒写逍遥林下悠然心境的小词含蓄婉曲，意味丰厚深沉。正如缪钺先生所说："稼轩晚岁颇多闲适之词，朴淡清逸，翛然世外。然吾人读之，非徒感觉闲适之趣而已。闲适之中，仍蕴含豪放之情，郁勃之气。"①

龙沐勋先生曾评赞辛弃疾"喜以哲理入词，别开生面"②，确实，稼轩的一些《鹧鸪天》词在送别、述怀、赠人或抒写日常生活中思考世态人情，表达对人生的深刻感悟，从而蕴含哲理，给人以思想启迪。例如《送欧阳国瑞入吴中》：

> 莫避春阴上马迟。春来未有不阴时。人情辗转闲中看，客路崎岖倦后知。　　梅似雪，柳如丝。试听别语慰相思。短篷炊饭鲈鱼熟，除却松江枉费诗。

此词写早春送友人入吴中。三、四句说：世态人情的翻覆转变，到你无权无势、冷静无事时才能看得清楚；人生旅途上的崎岖险恶，常常是你奔波忙碌到疲惫不堪后方可深知。辛稼轩在政治上屡遭投降派奸人诬谤打击，多年来饱尝辛苦，故而对世态、人情及人生有深刻透彻的认识，又能运用平易而精警的语言表达出来，足以发人深省，启人灵智。在稼轩《鹧鸪天》词中，还有"江头未是风波恶，别有人间行路难"（《送人》），"百年旋逐花阴转，万事长看鬓发知"（《重九席上再赋》），"若教眼底无离恨，不信人间有白头"（《代人赋》）等，都是情理交融、意味深长、耐人深思细品的佳句。

二　农村生活与田园风光的美妙书写

在辛弃疾的 63 首《鹧鸪天》中，描写农村生活和田园风光的

---

① 缪钺：《诗词散论》，第 78 页。
② 龙沐勋：《唐五代宋词选》，载吴熊和主编《唐宋词汇评·两宋卷》第 3 册，第 2348 页。

作品有十余首，写得生动逼真，富于诗情画意，散发出浓郁的泥土芬芳，宛若一长串光彩夺目的明珠，令人爱不释手。

辛弃疾善于发现和捕捉农村中最平常也最典型的风光景物和生活情境，运用清新明快的笔调、素净淡雅的色彩，描绘出一幅幅意象鲜活、层次清晰、生机盎然的图画，给人以丰富的美感享受，进而触发出心弦的共鸣。《代人赋》是最出色的一首：

> 陌上柔条初破芽。东邻蚕种已生些。平冈细草鸣黄犊，斜日寒林点暮鸦。　　山远近，路横斜。青旗沽酒有人家。城中桃李愁风雨，春在溪头荠菜花。

词中初发的桑叶芽、刚孵出的蚕宝宝、悠然吃草的小牛犊、斜日林中的归鸦以及村头风中飘扬的酒旗、溪边盛开的荠菜花，每种意象都是山乡田野寻常可见的景物，在词人妙笔下自然融合成一幅主次分明、远近有致、动静相生、有声有色、情致盎然的田园早春图。通篇是素淡的白描，只有"青""黄"两个颜色字，却显现丰富的色彩：桑芽和春草的绿、蚕儿的灰、牛犊的黄、夕阳的金红、暮鸦的黑、酒帘儿的青，还有那一大片荠菜花的雪白，真是色彩斑斓，明媚动人。结拍处，作者以忧愁风雨的城中桃李作对比，更显示出溪畔荠菜花的无限生机与丰盈活力，使人感到春确在林野而不在城市。这二句兼具景趣、情趣、理趣，堪称点睛妙笔。

辛弃疾还善于在描绘农村恬静优美又生机勃勃的风景中突出刻画农人的形象，寥寥几笔，速写素描，便神态毕现，呼之欲出。请看《游鹅湖醉书酒家壁》：

> 春入平原荠菜花。新耕雨后落群鸦。多情白发春无奈，晚日青帘酒易赊。　　闲意态，细生涯。牛栏西畔有桑麻。青裙缟袂谁家女，去趁蚕生看外家。

前七句生动地描绘出春天傍晚田野乡村的景致，写了农人勤劳朴素又悠闲自在的性情与生活，还写了白发多情、饮酒遣愁的词人自我形象。结拍二句，推出词人一霎间所见：不知是谁家的年轻媳妇，穿着白衣青裙，趁着大忙前的闲暇，去娘家帮助孵蚕子。14个字，活画出乡村少妇健美淳朴的形象和欢乐劳动的情态，也表现了农村和睦融合的民俗风情，真是金句。

再看一首无词题的作品：

石壁虚云积渐高。溪声绕屋几周遭。自从一雨花零乱，却爱微风草动摇。　　呼玉友，荐溪毛。殷勤野老苦相邀。杖藜忽避行人去，认是翁来却过桥。

此词应该是稼轩退居瓢泉期间的作品。上片写瓢泉的云影溪声与作者对农村景色的喜爱。下片写一位野老，他准备了美酒佳肴，殷勤邀请稼轩去共饮。他挂着藜杖走来，在小桥边看见行人，急忙闪避，定睛细瞧，认出了正是所要邀请的客人，便赶忙走过桥来迎接。前三句是叙述和交代，后二句展现一个戏剧性的场景：野老"杖藜"的外在特征，凝神认人的特写镜头，以及由"避"到"认"到"过桥"的过程，宛然在目。于是，这位白发飘髯、热情好客又谦恭有礼的野老便形神兼备，活灵活现。

在辛稼轩之前，只有苏轼写过一组五首《浣溪沙》农村词。东坡以清新秀丽的语言，从不同角度描绘农村的生产和生活情景，刻画出各式各样农村人物的剪影，表现他对农村的喜爱以及对农民的同情和关怀。例如第二首写道："旋抹红妆看使君。三三五五棘篱门。相挨踏破茜罗裙。　　老幼扶携收麦社，乌鸢翔舞赛神村。道逢醉叟卧黄昏。"上片写农村姑娘很快地梳妆打扮，拥挤着来看"使君"（作者）的情景，可见她们好奇、活泼、爱美、羞涩的性情意态。下片写农民扶老携幼参加迎神赛会的活动，渲染神鸦社鼓的欢腾景象，结拍又信笔推出一个老农醉卧黄昏的特写。两相比较，不难看出，辛弃疾的农村词是学苏轼的，他从东坡这组《浣溪沙》中汲取了思想和艺术营养。在善用白描和口语、生动鲜明的画面感、浓郁的乡村生活气息、亲切感人的人情味等方面，苏辛的农村词有笙磬同音之妙。不同的是，苏轼的农村词写于他在徐州太守任上，当时苏轼仕途顺利，在徐州抗洪和祈雨都大获成功，所以词中着力描写农民劳动、丰收的欢乐情景，也洋溢着词人乐在其中的感情，每首词的情调、风格都是喜悦轻快、单纯明朗的。而辛弃疾的农村词所表现的情思是复杂、矛盾的，其中既有对农村人物和景物环境的喜爱，对自由自在的乡居生活的惬意满足，又不时流露出被弃置赋闲、壮志成空的忧愤不平，总的来看，词的内容意蕴更丰富深沉。在艺术表现上，辛词描写山乡的自然景色更多更细致，用典多，情调风格也更多样。

应当指出，辛弃疾的农村词除了这十余首《鹧鸪天》外，还有诸如《清平乐·村居》《西江月·夜行黄沙道中》《鹊桥仙·己酉山行书所见》《浣溪沙·父老争言雨水匀》等，而与他同时代的陆游、杨万里、范成大等著名诗人，尽管都写了不少田园诗，范成大甚至以《四时田园杂兴六十首》等诗，被誉为古代田园诗的集大成者，但他们的农村词却寥寥无几。由此可见，在两宋词人中，辛稼轩的农村词数量最多，成就最高。

三 多种多样的艺术表现

清代词论家况周颐《蕙风词话》说："词无不谐适之调，作词者未能熟精斯调耳。……不拘何调，但能填至二三次，愈填愈佳，则我之心与昔人会。"[①] 辛弃疾有六百余首词，其中《鹧鸪天》调有63首，使用频率最高，足见稼轩对此词调情有独钟，运

[①] （清）况周颐：《蕙风词话》卷五，载唐圭璋编《词话丛编》第5册，第4526页。

用自如，其丰富多样的艺术表现手段，值得认真总结。

先看写景手法。除上文所论白描出彩之外，稼轩在创作《鹧鸪天》词中还擅长运用拟人与比喻手法营造新鲜生动的意象。例如《席上再用韵》：

水底明霞十顷光。天教铺锦衬鸳鸯。最怜杨柳如张绪，却笑莲花似六郎。　　方竹簟，小胡床。晚风消得许多凉。背人白鸟都飞去，落日残霞更断肠。

作者在夏日临水饮酒纳凉，但见明丽的晚霞映入水底，波光晶莹闪烁。一对对鸳鸯仿佛嬉游于一幅七彩的锦缎之上。岸边杨柳风流可爱，令人联想到南朝刘宋时的才子张绪；亭亭玉立的莲花，也宛若唐朝武后宠幸的六郎张昌宗。而晚风中背人倏然飞去的白鸟，则为整幅画面增添了活泼灵动。稼轩把拟人和比喻手法巧妙结合运用的，还有《鹅湖归，病起作》：

枕簟溪堂冷欲秋。断云依水晚来收。红莲相倚浑如醉，白鸟无言定自愁。　　书咄咄，且休休。一丘一壑也风流。不知筋力衰多少，但觉新来懒上楼。

池塘中的红色荷花好似醉酒的美人相互依偎，岸边的白色水鸟却默默伫立，看样子一定是怀着愁绪吧？作者运用比拟，将主观情意与独特感受移注于其笔下的景物。沈际飞评曰："生派愁怨与花鸟，却自然。"[①] 何止是"自然"？"醉""愁"二字还寄寓着作者英雄迟暮的失意情怀呵！

笔者大致统计，稼轩63首《鹧鸪天》中，有近20首用了拟人

---

① （明）沈际飞：《草堂诗馀正集》卷一，载吴熊和主编《唐宋词汇评·两宋卷》第3册，第2390页。

手法。例如："黄花不怕秋风冷，只怕诗人两鬓霜"（《席上子似诸公和韵》），"黄花何事避重阳"（《寻菊花无有，戏作》）。"有情无意东边日，已怒重惊忽地雷"（《败棋，罚赋梅雨》）竟用"有情无意"与"已怒重惊"分别比拟日色、雷声，新颖奇警之至。"乱鸦毕竟无才思，时把琼瑶蹴下来"（《黄沙道中》）。唐代韩愈《晚春》诗，有"杨花榆荚无才思，惟解漫天作雪飞"之句，稼轩借用"无才思"形容乱鸦在松竹枝上踏落残雪的情景，更幽默诙谐。还有"背人翠羽偷鱼去，抱蕊黄须趁蝶来"（《寄叶仲洽》）用"偷""抱"二字形容翠鸟与黄蜂的行为意态，也颇有谐趣。

辛弃疾在《鹧鸪天》词中还多次运用象征手法表达含蓄、丰富、深邃的意蕴。所谓象征，就是暗示，通常用自然景物暗示社会人事，用小事物暗示大事物，用具体的个别事物暗示普遍性的意义。试读稼轩的《有感》：

> 出处从来自不齐。后车方载太公归。谁知孤竹夷齐子，正向空山赋采薇。　　黄菊嫩，晚香枝。一般同是采花时。蜂儿辛苦多官府，蝴蝶花间自在飞。

稼轩此词抒写他内心中出处行藏的思想矛盾。下片由"同是采花时"引出象征性意象"蜂儿"和"蝴蝶"强烈对比。蜂儿采花酿蜜，非常辛苦，每天早晚两次还要嗡嗡成群地排成行列赶回蜂窠参见蜂王，称为"两衙"，就像官府的官员排班参见上司一样。而蝴蝶无须酿蜜，也没有参衙，它们整天在花丛中自由自在地飞舞游戏。显然，稼轩是用"蜂儿辛苦"暗示、象征用世即"出"，以"蝴蝶自在"暗示、象征隐居避世即"处"，这里反映出他确实产生了忘怀国事、寄情山水、逃避现实的消极情绪。李濂评此词："结句，比也。"[①]

[①] 吴则虞选注：《辛弃疾词选集》，上海古籍出版社1993年版，第234页。

他也看出并欣赏结拍两个意象是比喻，有暗示性，有寄托，有寓意。但从整体来看，此词的象征艺术表现并不是很成功。因为词的上片已经用议论和典故明白说出了出处行藏的主旨，已破坏了象征含蓄深隐、诱人寻味的艺术魅力。而前文所引述的"城中桃李愁风雨，春在溪头荠菜花"这两个意象的对比，是词人展现了一系列生动的农村风物之后才出现的，它们形象、含蓄地表达出稼轩对险恶官场的憎厌和对生机勃勃的山野的喜爱，以及对清新、朴素、自由的美丽感悟。因此，其象征性是暗示的，含蓄有味的。至于上文所举描写野老的那首词，上片"自从一雨花零乱，却爱微风草动摇"两句，写出花绚烂多姿，但不堪风雨，易于零落；草平淡无奇，却风吹不折，雨打不散。朱靖华、王洪评析说："此时，词人笔下的花草，有可能是由眼前实景而产生的联想，更有可能是词人在使用二个意象，分别象征政治生涯和农村隐居生活。……'却爱微风草动摇'，是词人热爱农村生活、景色、人物的概括和象征。"① 笔者对此分析颇为赞赏。这两句确实有象征性，其暗示的意义隐藏不露，似无实有，出之以自然浑融，尤觉空灵蕴藉。

　　再说叙事。诗词的天职是抒情，情可直抒，但更多是寓情于景或借事抒情。即使是篇幅短的小令词，也有片断的叙事，这就考验作者叙事的艺术功力。在稼轩的《鹧鸪天》词中，那首《有客慨然谈功名，因追忆少年时事，戏作》，就是叙事极精彩的名篇。上片追忆青年时代的英雄传奇经历，仅四句20个字，"旌旗""锦襜""银胡䩮"与"金仆姑"几个军容、军装、兵器意象，并使之与"拥""媪""飞"三个动词搭配，就把他聚众抗金、跃马杀敌的事迹叙写得生动鲜明、有声有色，使一位叱咤风云的英雄形象栩栩如生。这是精练的叙事，形象的叙事，抒情的叙事，诗意浓郁的叙事。又如上文所举野老邀请词人作客的叙事，先作简

---

① 《辛弃疾词鉴赏》，第266页。

明概括的交代，再推出一个戏剧性场面来细致描绘，二者结合，既刻画人物形象，又饶有生活情趣。再看一首将叙事与写景、抒情融为一体的《代人赋》：

扑面征尘去路遥。香篝渐觉水沉销。山无重数周遭碧，花不知名分外娇。　　人历历，马萧萧。旌旗又过小红桥。愁边剩有相思句，摇断吟鞭碧玉梢。

此词约作于淳熙五年（1178），稼轩任京都临安大理寺少卿时，因事赴浙江东阳途中。全篇以叙事为主，与写景、抒情之句交织穿插，读之如见行人历历、旌旗飘飘，如闻马鸣萧萧，词人策马行进，扬鞭吟哦，又见青山旋绕，野花妖娆，清溪映红桥。全篇画面美丽，格调清新，节奏明快，喜悦欢畅之情洋溢于字里行间，充分显示出词人叙事的高超手段。

再说抒情。除了上文所说直抒胸臆，寓情于景，即事生情之外，稼轩的《鹧鸪天》词还用了以下几种独到的抒情手段。

其一，以美景写愁情。清人王夫之说："以乐景写哀，哀景写乐，一倍增其哀乐。"[①] 上文所引"红莲相倚浑如醉，白鸟无言定自愁""东湖春水碧连天"都是以美景反衬离别友人愁情的句子。

其二，物我两隔，情景难洽。这是魏同贤先生提出的观点。《鹅湖归，病起作》词云：

着意寻春懒便回。何如信步两三杯。山才好处行还倦，诗未成时雨早催。　　携竹杖，更芒鞋。朱朱粉粉野蒿开。谁家寒食归宁女，笑语柔桑陌上来。

---

① （清）王夫之著，夷之校点：《姜斋诗话》，第140页。

此词是稼轩归隐带湖的春游之作。开篇两句就袒露其疏懒沉郁、了无兴致、行止两难的心情。魏先生评析道："正由于具有这种心情，所以接着涌向笔端的既不是甲山秀水的春光胜景，也不是客观景物所带给作者的欢快美感，相反地倒是'行还倦''诗未成'。在这里，通常所说的物我两通、情景交融的艺术境界，作者似乎并未或者不想达到，偏偏是物我两隔、情景难洽的文学追求在起着绝大的作用：脱离了人事嚣烦的自然美景尚且调动不起作者的兴致，其心境的沉重不表露得更深邃么？！"[①] 笔者认为魏先生评析中肯细致，论点新颖独到。其实，上文所引"春入平原荠菜花。新耕雨后落群鸦。多情白发春无奈，晚日青帘酒易赊"四句，前两句写山野春景之美与后二句写词人白发多情，赊酒遣愁，也属"物我两隔，情景难洽"。直到词人见到牛栏桑麻、农家女笑语归宁时，他才深受感染，化愁为乐，为农家女传神写真。

其三，淡语写深情。上引"不知筋力衰多少，但觉新来懒上楼"两句，化用唐人刘禹锡《秋日书怀寄白宾客》诗："兴情逢酒在，筋力上楼知。"借新来懒上楼的日常生活细节，写病后衰弱的感觉，语调轻松平淡，细味却悲愤凄怆，含蕴深厚。俞平伯先生说："懒上层楼，虽托之筋力衰减，仍有烈士暮年的感慨。"[②] 是很有见地的。又如《鹧鸪天·不寐》中的"一生不负溪山债"句，吴则虞先生评："看来似恬淡，实则三仕三已之幽愤全蕴乎其中。"[③]

其四，以反语、谐语排遣牢骚愤懑。上文所举"不向长安路上行，却教山寺厌逢迎"，"有何不可吾方羡，要底都无饱便休"，"功名余事且加餐"，"将扰扰，付悠悠。此生于世百无忧"（《登一丘一壑偶成》），还有"归休去，去归休。不成人总要封侯"（无词题）都是反语，或称怨绝语。而"不妨旧事从头记，要写

---

① 《辛弃疾词鉴赏》，第131页。
② 俞平伯：《唐宋词选释》，人民文学出版社1979年版，第198页。
③ 吴则虞选注：《辛弃疾词选集》，第239页。

行藏入笑林"(《不寐》)、"欲上高楼去避愁,愁还随我上高楼"(无词题)、"十分筋力夸强健,只比年时病起时"(《重九席上再赋》)、"穷自乐,懒方闲,人间路窄酒杯宽"(《吴子似过秋水》)等,都是谐语。稼轩运用谐语和反语的形式曲折表达牢骚愤懑,往往比直接发泄更有艺术效果。

　　用典使事是稼轩词常用的艺术手法,稼轩的《鹧鸪天》用典也多,但很少生典、僻典,用得自然贴切。他善于从典故中营构出典象,或选择、提炼古人的话语,加强词的形象性,又丰富词的意蕴。例如"书咄咄,且休休。一丘一壑也风流"三句,连用《晋书·殷浩传》《旧唐书·司空图传》《世说新语·品藻》中的这三个典故,活画出词人的动作、神态、口吻,饶有诗意地表达隐居的乐趣,又显得气势连贯,意思曲折。又如"味无味处求吾乐,材不材间过此生。宁作我,岂其卿",也是连续四句用典,亦有上述的好处,词情并不晦涩难懂,却使古典与新意珠璧相映生辉。

　　《鹧鸪天》词调有七个七言句,两个三言句,全篇押平声韵,一韵到底,其格律最接近七律,只比七律少一个字。上片七言的三四句以对偶为工。晏几道《鹧鸪天》词的多数作品,七言的三四句和三言的五六句一般都对仗。辛弃疾的《鹧鸪天》可能受晏几道的影响,同样如此。甚至一首词中有三个对仗联,如《元溪不见梅》,就有"乱云胜带炊烟去,野水闲将日影来""穿窈窕,过崔嵬""动摇意态虽多竹,点缀风流却少梅"三个对仗联,全篇却不板滞。稼轩《鹧鸪天》七言对仗联较多,有写景精彩的,如"浮天水送无穷树,带雨云埋一半山",写送别时江上景色:远水浮天,碧树无穷;浓云带雨,埋没半山。云水变灭,宛如一幅水墨画,可谓"状难写之景,如在目前"[①]。这里顺带指出,顾随先生论稼轩词,多有精辟见解,但他说:"稼轩是最不会写景的,

---

　　[①] (宋)欧阳修:《六一诗话》,载(清)何文焕辑《历代诗话》上,第237页。

他纯粹写景的作品多是失败的。"① 其实,稼轩是宋代最会写景的词人之一,他纯粹写景的作品,长调如《沁园春·叠岭西驰》《丑奴儿近·博山道中效李易安体》,短调如《西江月·夜行黄沙道中》,加上本章所评析的《鹧鸪天》多首,都是传诵千古的佳作。有叙事精彩的,如"燕兵夜娖银胡䩮,汉箭朝飞金仆姑"。有抒情精彩的,如"无言每觉情怀好,不饮能令兴味长"(无词题),写他与茂嘉弟无言相对,情怀更好;亦无须饮酒,兴味绵长,令人感动。说理精彩的,如前引"人情辗转闲中看,客路崎岖倦后知"。对仗手法更多样变化,灵活自如,不拘一格。例如,"人情""客路"一联,为双声叠韵对;"千章云木钩辀叫,十里溪风稏稏香"(《鹅湖道中》)为数量对兼叠韵对;"味无味处求吾乐,材不材间过此生"(《博山寺作》)是重言错综对;"不堪向晚檐前雨,又待今宵滴梦魂"(无词题)是流水对;"事如芳草春长在,人似浮云影不留"(《和人韵,有所赠》)是比喻对;"居山一似庚桑楚,种树真成郭橐驼"(《自古高人最可嗟》)是人名对;"遥知醉帽时时落,见说吟鞭步步摇"(《过碛石,用前韵答子似》)是叠字对。无论是七言还是三言句对仗,句式都变化多端,毫不单调。一首词有了三字句与七字句的对仗联,再配以一二句和第七句的单行,骈散结合,长短参差,节奏变化,有七律平衡对称、音韵和谐之美,又显得流动活泼,如珠走玉盘。

稼轩《鹧鸪天》词的语言,生动形象,精练流畅,清新自然,既有点化前人诗文辞赋的书面语,又较多提炼民间口语、俚语、家常语,书卷气与生活气兼备。例如下面无词题的一首:

困不成眠奈夜何。情知归来转愁多。暗将往事思量遍,谁把多情恼乱他。　　些底事,误人哪。不成真个不思家。

---

① 顾随讲,叶嘉莹笔记,顾之京、高献红整理:《中国古典诗词感发》,第272页。

娇痴却妒香香睡，唤起醒松说梦些。

通篇以女子声情口吻写独守空闺的思念与幽怨，心理刻画传神微妙。大量运用口语，使读者如闻其声，如见其人。还有"那边玉箸销啼粉，这里车轮转别肠"（《送元省干》），"君归休矣吾忙甚，要看蜂儿趁晚衙"（无词题），"此身已觉浑无事，却教儿童莫恁么"（《三山道中》），"闲愁投老无多子，酒病而今较减些"（《和子似山行韵》）等，都是通俗的口语。口语的频繁使用，使稼轩《鹧鸪天》词多数呈现出平易浅近、俗中见雅的特色。

当然，稼轩《鹧鸪天》词也有缠绵悱恻、清丽婉约、语言妍雅的，如《代人赋》：

晚日寒鸦一片愁。柳塘新绿却温柔。若教眼底无离恨，不信人间有白头。　　肠已断，泪难收。相思重上小红楼。情知已被云遮断，频倚阑干不自由。

此词与"困不成眠奈夜何"篇题材内容相同，那篇纯是思妇内心独白，此首是写景、叙事、抒情熔于一炉。在语言上，那篇纯是口语，浅俗中见妩媚；此首字字皆炼，秀雅工致。稼轩写《鹧鸪天》力求雅不避俗，俗不伤雅，以俗为雅，以故为新，使口语与书面语结合，在惨淡经营中达到精练而自然。例如"陌上柔桑初破芽"的"破"，"斜日寒林点暮鸦"的"点"，"春入平原荠菜花"的"入"，"浮天水送无穷树，带雨云埋一半山"的"浮""送""带""埋"等字眼，都明显经过词人反复推敲、锤炼。顾随先生最欣赏稼轩"莫避春阴上马迟。春来未有不阴时"（《送欧阳国瑞入吴中》）两句，他赞评："真是又当行，又自在。若教老杜，写不了这样自在。"[1] 信然。

---

[1] 顾随讲，叶嘉莹笔记，顾之京、高献红整理：《中国古典诗词感发》，第278—279页。

《鹧鸪天》这个词调，夏竦最早填写，仅一首。其后，柳永、欧阳修、宋祁等少数名家也是略试一二首而已。才大如苏轼，实际上也只有一首（《林断山明竹隐墙》），其他两首应是他人伪作。在稼轩之前，《鹧鸪天》写得最出色的，当推晏几道、贺铸与朱敦儒。其中小晏共有19首，数量之多，前所未有，而且几乎每首都堪称佳作。小晏以清丽柔婉之笔抒写与情人的悲欢离合，当中寄寓着凄凉落寞的身世之感，一往情深，别具动人韵致。"彩袖殷勤捧玉钟""醉拍春衫惜旧香""小令尊前见玉箫"等，皆是脍炙人口的名篇。贺铸有《鹧鸪天》十首，但他不似小晏那样专注于爱情题材，十首中包括悼亡、叹老、思归、身世、相思等不同情感内容，风格刚柔兼济，沉郁中有疏宕之气，苍凉又不失清劲，也堪称高手。两宋之交的朱敦儒，由于经历了家国剧变，词的情思意蕴明显有前后期之别，其14首《鹧鸪天》也是如此。"我是清都山水郎"一阕最可见出其人早期逍遥林下的疏狂放逸。"唱得梨园绝代声"此首道尽国破后的沉痛心境。晚年在政治上坎壈波折，复多隐居遁世的自我解脱之思。总的来看，题材并不宽广，成就略逊于晏、贺二人。而在辛弃疾的笔下，《鹧鸪天》词的数量远多于前人，高居于两宋词家之首位。其词题材广泛，内容多创新开拓，情思意蕴丰富深厚，表现手法纯熟高明。其艺术风格更是多姿多彩：豪放、悲壮、苍凉、沉郁、温婉、清新、疏淡、幽默、俳谐、浅俗等兼而有之，从而多角度、多侧面地展现了忧愤中不失豪宕洒脱，热爱生活、热爱大自然、热爱农村的英雄与诗人自我形象，也显示出既有自家面目，又能融汇众长的词坛大家气派。总之，无论是思想还是艺术成就都超越了前人，把《鹧鸪天》词的创作推上了前所未有、后难企及的高峰。前人论稼轩词，多称赏其长调才气纵横、悲壮沉郁，《贺新郎》诸调于两宋无人能及。然而研读其《鹧鸪天》词63首，可知这位"词中老杜"不但以长调称胜，小令词同样擅长，不愧为词史上写作《鹧鸪天》第一高手。

第十六章　稼轩《贺新郎》词

宋代爱国英雄词人辛弃疾，号稼轩，传世词620余首，用词调66种，是两宋词人中用词调最多、创作量最为丰赡的。稼轩的《贺新郎》词有23首，在其所填词调的作品中，数量居第五位；而在其长调慢词中，数量居第三位。这23首《贺新郎》都是佳作，其中首句为"把酒长亭说""老大那堪说""细把君诗说""绿树听鹈鴂""甚矣吾衰矣""鸟倦飞还矣""听我三章约""凤尾龙香拨""翠浪吞平野""逸气轩眉宇"等，堪称宋词的名篇经典。宋人岳珂与清人陈廷焯更赞誉"甚矣吾衰矣"和"绿树听鹈鴂"二首"豪视一世"[1]，"古今无此笔力"[2]。近人顾随说："稼轩最能作《贺新郎》，一个天才总有几个拿手的调子。辛之拿手的调子如《贺新郎》，宋无人能及，后人作此亦多受辛影响。"[3] 评得中肯。稼轩《贺新郎》词深受历代广大读者喜爱，也有不少研究成果。本章拟从以下三个部分作深入的探讨。

---

[1] （宋）岳珂：《桯史》卷三，载（宋）辛弃疾著，吴企明校笺《辛弃疾词校笺》上，第104页。

[2] （清）陈廷焯：《白雨斋词话》卷一，载（宋）辛弃疾著，吴企明校笺《辛弃疾词校笺》上，第82页。

[3] 顾随讲，叶嘉莹笔记，顾之京整理：《顾随诗词讲记》，第121页。

一 以诗为词，兼学苏张

《贺新郎》词调又名《贺新凉》《乳燕飞》《金缕曲》等。创调者是苏轼，他最早写了一首，词云：

> 乳燕飞华屋。悄无人、桐阴转午，晚凉新浴。手弄生绡白团扇，扇手一时似玉。渐困倚、孤眠清熟。帘外谁来推绣户，枉教人、梦断瑶台曲。又却是，风敲竹。　　石榴半吐红巾蹙。待浮花浪蕊都尽，伴君幽独。秾艳一枝细看取，芳心千重似束。又恐被、西风惊绿。若待得君来向此，花前对酒不忍触。共粉泪，两簌簌。[1]

此词作于元祐五年（1090）夏，苏轼被排挤出京任杭州知州期间。上片表现佳人的孤寂，下片写佳人看榴花的情思。词人以榴花比拟佳人，寄托其政治失意之感。全篇刻画人物动作神态和风光景物生动细腻，意象幽美，情调婉曲缠绵，令人回味不尽。其比兴寄托的艺术表现手法，显然与屈原《离骚》和杜甫《佳人》诗一脉相承，显示了东坡开创的"以诗为词"的高超艺术表现力。

苏轼写了这首《贺新郎》词后，在将近40年中，用这个词调填写的作品极少，而且没有佳作。直到南宋高宗绍兴八年（1138）和绍兴十二年（1142），张元干先后填写了《贺新郎·寄李伯纪丞相》和《贺新郎·送胡邦衡待制》这两首抗金忧国词。词人强烈谴责南宋朝廷对金屈膝议和，表达坚持抗金恢复中原的壮志，颂扬李纲、胡铨主战爱国的精神。这两首词意境壮阔，格调悲凉慷慨又沉郁顿挫，声情并茂，扣人心弦，被推为张元干《芦川词》的压卷之作，广为传诵，对辛弃疾创作产生了巨大影响。淳熙七

---

[1] （宋）苏轼著，刘乃昌、崔海正选注：《东坡词》，浙江古籍出版社1992年版，第131—132页。

年（1180），辛稼轩任湖南安抚使时，创作了《贺新郎·柳暗清波路》这首送别词。次年，稼轩在洪州任江西安抚使，写下了怀古词《贺新郎·赋滕王阁》。淳熙九年（1182），稼轩因被台臣论列落职，于上饶带湖家居，直到淳熙十五年（1188）前，先后写了《贺新郎·赋水仙》《贺新郎·赋海棠》《贺新郎·赋琵琶》这三首咏物词。淳熙十五年（1188）冬，爱国志士陈亮来上饶访问稼轩，两个志同道合的战友同游鹅湖，相聚十日，纵论天下大事。在送走陈亮当夜，稼轩写下了《贺新郎·把酒长亭说》。陈亮寄来和韵词，稼轩又于淳熙十六年（1189）春，写下了《贺新郎·老大那堪说》，倾吐思念陈亮的深情，表达抗金救国的抱负。不久，金华友人杜仲高来访，临别之际，稼轩再用同韵作《贺新郎·细把君诗说》赠给仲高。这三首赠友、送别词，抒发忠贞报国情怀，大义凛然，气势如虹，响遏行云，又余音袅袅，不绝如缕，既是稼轩"以诗文为词"的名篇，又是稼轩作为英雄人写英雄词的杰作。这三首词与张元干的二首词，题材、主题、风格都很相似，可见稼轩认真学习了苏轼和张元干词，从中汲取了思想与艺术营养。请读稼轩的咏物词《贺新郎·赋水仙》：

　　云卧衣裳冷。看萧然、风前月下，水边幽影。罗袜生尘凌波去，汤沐烟波万顷。爱一点、娇黄成晕。不记相逢曾解佩，甚多情、为我香成阵。待和泪，收残粉。　　灵均千古怀沙恨。记当时、匆匆忘把，此仙题品。烟雨凄迷僝僽损，翠袂摇摇谁整。谩写入、瑶琴幽愤。弦断《招魂》无人赋，但金杯、的皪银台润。愁殢酒，又独醒。①

东坡的《贺新郎·乳燕飞华屋》上片着力写绝代佳人，下片集中

---

① （宋）辛弃疾著，吴企明校笺：《辛弃疾词校笺》上，第24页。

咏榴花，以花比拟佳人，借以寄托个人政治失意之感。稼轩的《贺新郎·赋水仙》学习了东坡的作法，却反过来，上片写水仙花，下片写屈原忠心忧国而被排斥，赋《怀沙》，将沉汨罗却忘了品题水仙，使水仙欲抒发幽愤而不可得。结尾"愁殢酒，又独醒"是点睛妙笔，暗示南宋朝廷主和派已忘记恢复大业，只有"我"仍独思抗敌救国。两首词都有比兴寄托，但苏词书个人失意而辛词写家国之恨，政治性与时代感更强，感情也更沉痛。可见，稼轩的《贺新郎》咏物词学东坡以诗为词和比兴寄托，又有思想与艺术的发展创新。

稼轩以《贺新郎》调写怀古词，也是一个创新的尝试，发挥了"以诗为词"的特长。请看其《贺新郎·赋滕王阁》：

> 高阁临江渚。访层城、空余旧迹，黯然怀古。画栋朱帘当日事，不见朝云暮雨。但遗意、西山南浦。天宇修眉浮新绿，映悠悠、潭影长如故。空有恨，奈何许。　　王郎健笔夸翘楚。到如今、落霞孤鹜，竞传佳句。物换星移知几度，梦想珠歌翠舞。为徙倚、阑干凝伫。目断平芜苍波晚，快江风、一瞬澄襟暑。谁共饮，有诗侣。

"初唐四杰"之一王勃《滕王阁》诗云："滕王高阁临江渚，佩玉鸣鸾罢歌舞。画栋朝飞南浦云，珠帘暮卷西山雨。闲云潭影日悠悠，物换星移几度秋。阁中帝子今何在？槛外长江空自流。"吴企明评："全词将王勃《滕王阁诗》八句，悉数隐括入词，形成稼轩本词的重要艺术特征。"[①] 确实如此，但又不止于此。稼轩保留了王勃诗抒写盛衰不常、物是人非、人生短暂的情思，又添加了对王勃赋笔诗才的赞赏，指出王勃《滕王阁序》中"落霞与孤鹜

---

① （宋）辛弃疾著，吴企明校笺：《辛弃疾词校笺》上，第33页。

齐飞，秋水共长天一色"是古今传诵的写景佳联。全词情思充沛，气势壮大，意境清雄。此外，稼轩还巧妙地化用了韩愈《南山》诗，将其"天空浮修眉，浓绿画新就"浓缩成"天宇修眉浮新绿"。总之，这首词很完整地櫽栝了王勃诗及其《滕王阁序》的写景名联，又融入词人所感受到的诗情画意，堪称"以诗为词"的佳作。

《贺新郎·三山雨中游西湖，有怀赵丞相经始》，是绍熙三年（1192）稼轩帅闽游西湖之作，词云：

> 翠浪吞平野。挽天河、谁来照影，卧龙山下。烟雨偏宜晴更好，约略西施未嫁。待细把、江山图画。千顷光中堆滟滪，似扁舟、欲下瞿塘马。中有句，浩难写。　　诗人例入西湖社。记风流、重来手种，绿成阴也。陌上游人夸故国，十里水晶台榭。更复道、横空清夜。粉黛中洲歌妙曲，问当年、鱼鸟无存者。堂上燕，又长夏。

此词从描绘福州西湖雨景起笔，对曾知福州并疏浚西湖的赵汝愚表达敬意和怀念。首句一个"吞"字，即以"气吞万里如虎"之势，展现翠浪滔天似欲吞没平野的壮观。其后化用杜甫《洗兵马》"安得壮士挽天河，净洗甲兵长不用"，既写游人在卧龙山下临湖照影，又暗喻期望爱国志士力挽天河、洗净胡尘光复中原之意。"烟雨"三句，化用苏轼吟咏杭州西湖的七绝名篇《饮湖上初晴后雨》诗意，更以"约略西施未嫁"，把雨后天晴水光潋滟的福州西湖比拟为未嫁的西施，青春焕发、清新俏丽。这是词人的灵思妙想，诙谐幽默，风趣横生！在和此词韵的"觅句如东野""碧海成桑野"两首词中，还有"更忆小孤烟浪里，望断彭郎欲嫁。是一色、空濛难画"以及"自是三山颜色好，更著雨婚烟嫁。料未必、龙眠能画"句，也是化用苏轼诗，又以稼轩特有的戏谑调笑笔调描山画水的佳句。

稼轩两首寄赠陈亮的杰作,笔者在此文的第三部分再谈,这里先看《贺新郎·用前韵赠金华杜仲高》。这是一首鲜明体现"以诗为词"特色的赠人之作,词云:

> 细把君诗说。怅余音,钧天浩荡,洞庭胶葛。千丈阴崖尘不到,唯有层冰积雪。乍一见、寒生毛发。自昔佳人多薄命,对古来、一片伤心月。金屋冷,夜调瑟。　　去天尺五君家别。看乘空、鱼龙惨淡,风云开合。起望衣冠神州路,白日销残战骨。叹夷甫、诸人清绝。夜半狂歌悲风起,听铮铮、阵马檐间铁。南共北,正分裂。

杜仲高,名旃,金华兰溪(今属浙江)人,兄弟五人,俱有诗名,人称"金华五高"。词的上片赞美杜仲高的诗歌,并为其怀才不遇鸣不平。下片抒写仲高纵谈国事的悲愤与杀敌报国的壮志,将于本章第三部分论述,这里只说上片。在词中论诗并以诗笔再现诗境,就连"以诗为词"的首创者苏轼也没有作过。而稼轩此词开篇即极力表扬仲高诗歌不同凡响,读者恍若聆听神话中的钧天广乐,浩浩荡荡,气势雄伟,气象万千;又好像黄帝奏《咸池》之乐于洞庭之野,乐曲幽深旷远,其声能短能长,能柔能刚,变幻莫测。诗的境界,宛若千尺阴崖下的层冰积雪,纤尘不染,令人有寒生毛发之感。稼轩连用几个神奇、壮丽、幽美的喻象,从视、听、触觉和内心感觉来形容仲高的诗境诗风,并显示出仲高的高洁品格。以上的描写,与东坡《百步洪》诗和《念奴娇·中秋》词用博喻形容轻舟湍流与月宫仙境同一机杼。而用博喻描绘诗风诗境,无疑是稼轩首创,使此词也鲜明体现出"以诗为词"的艺术特色。

稼轩这23首《贺新郎》词,具有丰富的题材内容与多样的艺术风格。除了上文说过的爱国词、赠友词、送别词、怀古词、咏物词、山水词之外，还有归隐词《鸟倦飞还矣》、题画词《濮上看垂钓》、题园亭楼阁词《题傅君用山园》《题赵晋臣敷文积翠岩》《题傅岩叟悠然阁》等。在苏轼"以诗为词"的基础上进一步扩大了词表现现实生活的范围与能力。

唐宋诗人都有彼此唱和的诗篇，北宋词人包括苏轼、周邦彦却无唱和之词。宋词的唱和，也应是辛弃疾开创。辛词中既有自我唱和，更有与他人唱和，而且多是次韵。其《贺新郎》词次韵之作多达八首。次韵又叫步韵，不仅要用原唱的原韵原字，而且所用韵字的先后次序必须与原唱相同。一首《贺新郎》上下片总共要押十二个仄声韵，其对步韵者限制束缚之严、创作难度之大，可想而知。而我们吟诵稼轩这八首次韵的《贺新郎》词，感觉每首词都那么自然晓畅，有如行云流水。词人押的每一个韵，都声情俱美，恰到好处，毫无勉强、硬凑之病，可见稼轩"以诗为词"的艺术功力高超深厚。

二　以文为词，独树一帜

"以文为词"是辛弃疾在词创作上独树一帜的艺术创新方法。其后，众多响应追随者如龙腾虎跃，各显神通，取得了丰硕成果，辛弃疾的成就尤为辉煌夺目。

"以文为词"，首先表现为采用与古文辞赋相类的铺张扬厉、开合无端、跳跃动荡又层层深入的章法结构。其次是大量用典，包括事典和语典。化用典故，使词具有借古讽今的历史感和时代感，又有情节性和画面感。在稼轩的23首《贺新郎》词中，并无其《沁园春·杯汝来前》和《沁园春·杯汝知乎》这类明显学习和模仿汉代东方朔《答客难》和班固《答宾戏》等辞赋"问答体""戏剧体"的章法结构，但他善于利用《贺新郎》词调有116字或117字的较长篇幅，有字数为三、四、五、六、七、八的长短参差的多种句式，还有全篇押仄声（或上声或去声或入声）韵，韵脚较密，自由活泼，气韵流动地叙事抒情和写景议论，从而创作出多首"以文为词"的佳作，先看《别茂嘉十二弟》：

> 绿树听鹈鸪。更那堪、鹧鸪声住，杜鹃声切。啼到春归无寻处，苦恨芳菲都歇。算未抵、人间离别。马上琵琶关塞黑，更长门、翠辇辞金阙。看燕燕，送归妾。　　将军百战身名裂。向河梁、回头万里，故人长绝。易水萧萧西风冷，满座衣冠似雪。正壮士、悲歌未彻。啼鸟还知如许恨，料不啼、清泪长啼血。谁共我，醉明月。

茂嘉是稼轩堂弟，因力主抗金，被远谪桂林。这首送别词上片，先用三种鸟的悲鸣，烘托渲染离别的伤感。接着写昭君出塞、陈阿娇失宠被逐出金殿、庄姜送妾戴妫避乱归国三个女性的历史故事。换头意脉连贯而下，写被迫降匈奴的名将李陵送别持节不屈的苏武返汉，燕太子易水送别荆轲西去行刺秦王。词人用这五个离别故事，曲折表达自我与族弟怀才见黜、壮志难酬、被迫别离的悲恨。其后再以杜鹃啼血递进一层，呼应开篇，点明送别族弟的题旨。结尾抒发族弟去后的孤独寂寞。全篇构思新奇，前后照应，针脚细密，打破了上下片的程式。近人王国维评此词："章法绝妙，且语语有境界。"① 全篇押入声韵，"取入声之逼侧，以尽情发壮烈之怀抱"②，慷慨激越，又沉郁苍凉。

清代词学家周济对稼轩词的叙事提出了一个精到的观点，他说："北宋词多是就景叙情……至稼轩、白石变而为即事叙景。"③ 所谓"就景叙情"就是以抒情为主旨，借景抒情，北宋词绝大多

---

① 王国维：《人间词话删稿》，载（宋）辛弃疾著，吴企明校笺《辛弃疾词校笺》上，第84页。
② 龙榆生：《龙榆生词学论文集》，上海古籍出版社1997年版，第185页。
③ （清）周济：《介存斋论词杂著》，载唐圭璋编《词话丛编》第2册，第1634页。

数是这样的作品。而稼轩开创了"即事叙景",正如薛祥生、王少华所说:"是以叙事为主干,以抒情为血脉,以写景作为叙事的烘染铺垫。"① 在《别茂嘉十二弟》中,"绿树"句及其后四句写鸟悲啼春归去,都是烘染人间离别的景句。而"马上琵琶关塞黑"就是"即事叙景"。词人化用了李商隐《王昭君》"马上琵琶行万里"和杜甫《梦李白》"魂返关塞黑"诗句,合成了既叙事又状景抒情的佳句。"黑"字虽出自杜诗,但化用得极精警,宋人张端义《贵耳集》曰:"此'黑'字不许第二人押。"② 下片叙李陵送别苏武事,"向河梁"二句,将叙事写人、绘景抒情融为一体。"易水萧萧西风冷"三句,写西风萧萧,易水波寒,太子宾客衣冠如雪送别荆轲,众皆涕泣,悲歌慷慨。真是感人肺腑,催人泪下,又令人热血滚沸!这是稼轩以生龙活虎之才,铸史熔经,即事叙景的妙笔。再读一首《赋琵琶》:

> 凤尾龙香拨。自开元、霓裳曲罢,几番风月。最苦浔阳江头客,画舸亭亭待发。记出塞、黄云堆雪。马上离愁三万里,望昭阳、宫殿孤鸿没。弦解语,恨难说。　辽阳驿使音尘绝。琐窗寒、轻拢慢捻,泪珠盈睫。推手含情还却手,一抹梁州哀彻。千古事、云飞烟灭。贺老定场无消息,想沉香、亭北繁华歇。弹到此,为呜咽。

这首赋琵琶词,铺排了一系列有关琵琶的典故,从章法上看,与上一首大同小异。但上首是咏古说今,此首是借唐喻宋。前首抒写词人与族弟离别的悲痛和二人壮志难酬的失意愤懑,此首抒写家国兴亡的政治情怀,在叙事用典中有比兴寄托,有隐喻性、象征性。正如刘永济所评:"此词虽题为《赋琵琶》,言外仍是借琵

---

① 唐圭璋等撰写:《唐宋词鉴赏辞典·南宋·辽·金卷》,第1532页。
② (宋)辛弃疾著,吴企明校笺:《辛弃疾词校笺》上,第83页。

琶以写其怀抱也。观其起结皆用开元琵琶事，以见其盛衰之感……上半阕用《霓裳曲》、浔阳江上妓及昭君三琵琶事，后半阕则虚用戍边人家室之琵琶，皆与怨思有关者，而总以'千古事、云飞烟灭'一句结束之……又借时无琵琶能手如贺怀智者，一弹可以'定场'，以寄托其忧国无人之情。"① 吴则虞也析论："此稼轩寄托琵琶，而抒写忧愤之词也……盖伤汴京之陷，徽、钦北去而作。上片言开元曲罢，出塞黄云，指北狩；下片言辽阳音绝，谓不得二帝讯息；贺老定场，慨今日残局更有甚于天宝之乱。'沉香亭北繁华歇'，谓艮岳上河沦为异域。稼轩最能以开合之法，取闪烁之妙，与南宋末晦隐表微者有别，然亦索解人不易。"② 评析精到。

辛稼轩创作《贺新郎》词运用铺叙用典与"即事叙景"的表现方法，使笔者联想到闻一多借绘画论唐诗时提出的一个独到的观点，他说："中国诗是艺术的最高造诣，为西洋人所不及。法国有一名画家曾发明用点作画，利用人远看的眼光把点联成线条，并由此产生颤动的感觉，使画景显得格外生动。在中国诗里同样有点的表现手法，不过像大谢（灵运）的诗人只有点而不能颤动，（王）昌龄的诗则简直是有点而又能颤动了……我们读这类诗时也应掌握这个特点，分析要着重在点的部分，使人读起来自然引起颤动的感觉。"③ 王昌龄《芙蓉楼送辛渐》诗曰："寒雨连江夜入吴，平明送客楚山孤。洛阳亲友如相问，一片冰心在玉壶。"闻先生分析说："前面三句是用线的手法，依层次串连下来，从夜晚到天明，由眼前到别后，末句用的又是点的表现手法了。"④ 据此笔者认为《别茂嘉十二弟》和《赋琵琶》可以说是"用线串联，以点颤动"的两幅诗画杰作。

---

① （宋）辛弃疾著，吴企明校笺：《辛弃疾词校笺》上，第41页。
② 吴则虞选注：《辛弃疾词选集》，第18—19页。
③ 郑临川述评：《闻一多论古典文学》，重庆出版社1984年版，第132—133页。
④ 郑临川述评：《闻一多论古典文学》，第132—133页。

稼轩以文为词，大量用典，典故中包括事典和语典。稼轩大胆地、独创性地驱使经史子集散文辞赋的语汇入词，并灵活巧妙地运用散文化的句法，使其《贺新郎》词的语言"变化多端，雅俗纷陈，丰富多彩"[①]，美不胜收。例如《甚矣吾衰矣》：

甚矣吾衰矣。怅平生、交游零落，只今余几。白发空垂三千丈，一笑人间万事。问何物、能令公喜。我见青山多妩媚，料青山、见我应如是。情与貌，略相似。　　一尊搔首东窗里。想渊明、停云诗就，此时风味。江左沉酣求名者，岂识浊醪妙理。回首叫、云飞风起。不恨古人吾不见，恨古人、不见吾狂耳。知我者，二三子。

开篇劈头一句"甚矣吾衰矣"，扣人心弦。《论语·述而》："子曰：'甚矣吾衰矣。久矣，吾不复梦见周公。'"何晏《集解》引孔安国云："梦见周公，欲行其道。"稼轩用孔子语深慨自己衰老，抗金复国抱负不能实现。其虚度大半生的悲愤，全都凝聚于此五字中。这个散文化的感叹句，被词人妙手拈来，其意味、语气、声律皆自然贴切，仿佛是孔老夫子为稼轩填此词预先准备的。句首的"甚"和句中的"吾"先后带出两个"矣"字，使读者如闻词人的长叹声，如见其仰首慨叹之神情动作。其后，词人化用李白名句，于"白发三千丈"中，添加了"空垂"二字，既表达了他忧国忧民却徒然无用的心境，又使读者感到他头上似乎真有三千丈白发如瀑布般垂悬下来。其后，词人又化用《新唐书·魏征传》："帝大笑曰：'人言征举动疏慢，我但见其妩媚耳。'"用拟人化手法，写出"我见青山多妩媚"这一新奇之句。而紧接着的"料青山、见我应如是。情与貌，略相似"又是散文化的句

[①] （宋）辛弃疾著，吴企明校笺：《辛弃疾词校笺》，"前言"第12页。

式,却传神微妙地表达了他与青山互赞"妩媚",情貌相似。诗味何等鲜美浓郁!顾随赞赏这四句是稼轩"在物中看出其灵魂"①,评赞精妙!下片"不恨古人吾不见"二句,化用《南史·张融传》:"(融)常叹云:'不恨我不见古人,所恨古人又不见我。'"遥应上片"我见青山"二句,使词的意脉前后贯通。词人对典故原句略加改动,使其符合词的平仄、节奏、韵味,尤其是下句添加一个"狂"字,更突出一种雄视古今的豪情胜慨。南宋岳珂《桯史》卷三称此词"豪视一世",并称上述两组散文句是"警语"②,可谓眼光独到。

在辛稼轩的《贺新郎》中,"以文为词"还表现为几乎通篇用典与议论的完美结合。请看《韩仲止判院山中见访,席上用前韵》:

> 听我三章约。有谈功、谈名者舞,谈经深酌。作赋相如亲涤器,识字子云投阁。算枉把、精神费却。此会不如公荣者,莫呼来、政尔妨人乐。医俗士,苦无药。　　当年众鸟看孤鹗。意飘然、横空直把,曹吞刘攫。老我山中谁来伴,须信穷愁有脚。似剪尽、还生僧发。自断此生天休问,倩何人、说与乘轩鹤。吾有志,在丘壑。

韩仲止,名淲,自号涧泉,上饶人,诗名甚著,与赵蕃(字章泉)并称"信上二泉"。志趣雅洁,有高节,出仕不久即归隐。其父韩元吉曾任吏部尚书,坚持抗金复国,为辛弃疾敬重。辛长仲止19岁,二人结为忘年之交。庆元六年(1200)辛氏61岁,幽居于铅山县瓜山下。韩来访,辛设宴招待。席间,辛用其《贺新郎·题傅君用山园》韵填此词,以戏谑语调咏怀书愤。上片写席前约法的缘由,表现鄙弃功名、憎恶俗士的风节。下片即席议论,追昔

---

① 顾随讲,叶嘉莹笔记,顾之京整理:《顾随诗词讲记》,第139页。
② (宋)辛弃疾著,吴企明校笺:《辛弃疾词校笺》上,第104页。

抚今，抒发英雄垂暮却不甘同流合污的心态。稼轩在此词中引用了《孟子·滕文公》《左传·闵公二年》《史记·高祖本纪》《史记·司马相如列传》《汉书·扬雄传》《后汉书·祢衡传》《晋书·向秀传》《世说新语·排调》《世说新语·任诞》，以及杜甫《醉时歌》、苏轼《于潜僧绿筠轩》、黄庭坚《和答登封王晦之登楼见寄》等诗。通篇以议论说理为主，基本句句用典，但用得自然贴切，灵活多变，有正用，有反用；有的保留含意，改造句式；也有的利用其语，深化意蕴，脱胎换骨，点铁成金。可贵的是，议论带情韵以行，说理多用生动的历史故事和形象比喻。例如，以司马相如涤器和扬雄投阁的故事，说明才华横溢、谈经论文的人，往往并不能建功立业，只是空耗精力心血，最后落得个悲惨的结局；用王戎、阮籍、刘公荣的故事，说明俗世无药可医。下片词人追昔抚今，说他当年有少年英雄孙权敢于抗击西北强敌曹操刘备的豪气，而今老了，孤居山中，穷困愁苦好像有脚一样紧紧跟随不离开，又像僧人剃头，白发剪了又生。词人在引经据典的议论中，用了"孤鹙""穷愁有脚""剪尽、还生僧发"三个比喻，新鲜、形象、贴切、有趣，真是想象非凡，奇比妙譬！"当年众鸟"三句，下文再论。其后，因为要符合词句的平仄，词人把杜甫《曲江》诗的"自断此生休问天"句，改为"自断此生天休问"，从而强有力地表现出一种挥斥老天的豪气。结尾"吾有志，在沟壑"，化用《孟子·滕文公下》"志士不忘在沟壑"句，用几个字句表明自己归隐山林的心志，斩钉截铁，掷地有金石之声！

笔者还想说说稼轩《贺新郎》词的开头与结尾，以及词的小序。《贺新郎》词开篇是一个五言单句，结尾是两个三言短句。稼轩灵活巧妙地运用起笔的五言单句直抒胸臆，如"把酒长亭说"；或是曼声长叹老而无用，如"甚矣吾衰矣"；或写珍奇之物，如"凤尾龙香拨"；或描绘浩渺壮丽之景，如"翠浪吞平野"；或勾画才子的形神，如"逸气轩眉宇"等，使这个五言起句如奇峰陡然而来，总领全篇，其奇妙可与被誉为"工于起调"的建安诗人曹植媲美。而结尾两个三字句，稼轩也精心构思与锤炼，如"弹到此，为呜咽"，用宛若呜咽的琵琶声，表达忧国无人的悲哀；如"长夜笛，莫吹裂"，化用典故，以中夜吹裂的竹笛之音，抒山河破碎之沉痛；如"谁共我，醉明月"，以谁能与我共醉明月之问，吐露送别族弟后孤独悲凉的深情；再如"推翠影，浸云壑"，精心锤炼"推""浸"两个动词词眼带出令人神往的湖山美景，并显示其隐居之乐。总之，结尾手法灵活多变，结得铿锵有力，又有余韵。再说稼轩《贺新郎》词的小序。诗早就有诗序，词起初只有词调名而无词题。北宋晏殊和欧阳修的词，有词题的绝少，而在张先词中，有词题的已有 60 多首，绝大部分是寥寥短语，但《定风波令·西阁名臣奉诏行》和《木兰花·去年春入芳菲园》二词，则有长达三四十字的小序，反映出诗中的制题之风已经浸及词。其后，苏轼有 90 多首词有词题，其中 6 首词题已是 40 字左右的小序。辛弃疾词的词题和词序数量很多，其中《兰陵王》的序文长达 137 字，俨然是一篇传奇小说；《哨遍·池上主人》词序竟多达 223 字，叙写为友人的鱼计亭赋词缘由，论述亭名为鱼计的老庄哲理。稼轩的 23 首《贺新郎》中，有 17 首有词题，其中三首是小序，词首句为"把酒长亭说"序文 122 字，首句为"甚矣吾衰矣"词序文 47 字，首句为"濮上看垂钓"序文 122 字。我们看"甚矣吾衰矣"的序文："邑中园亭，仆皆为赋此词。一日，独坐停云，水声山色，竞来相娱，意溪山欲援例者。遂作数语，庶几仿佛渊明思亲友之意云。"稼轩在这则仅 47 字的序文中，抒写出他独坐停云亭中与水声山色相亲相爱的情意，也表达了他对陶渊明的尊敬与怀念。熔写景、叙事、抒情于一炉，语言质朴自然，却饱含诗情画意，犹如一篇散文小诗，与词篇紧密配合，相映成趣，相得益彰。这也是稼轩以文为词的艺术表现。其后，姜夔词的小序更多，他在序中精心地描绘清幽的景色，有很高的审美价值，可能也受了稼轩的影响。但姜词小序与词本身内容时有重复，不如稼轩的词序与词篇配合密切自然，可谓珠璧相照、光彩夺目。

三 写英雄词，激励人心

辛弃疾是一位有传奇性抗金战斗经历且有超常勇力、智慧与胆略的爱国英雄。他挥动如椽大笔，用《贺新郎》词调，写出了几首英雄词，表达他与战友以天下为己任的崇高理想，写出了英雄人格、英雄心态和英雄命运，使英雄形象豪情洋溢，神采飞扬。我们先看他与战友陈亮唱和的一首：

> 把酒长亭说。看渊明、风流酷似，卧龙诸葛。何处飞来林间鹊，蹙踏松梢微雪。要破帽、多添华发。剩水残山无态度，被疏梅、料理成风月。两三雁，也萧瑟。　　佳人重约还轻别。怅清江、天寒不渡，水深冰合。路断车轮生四角，此地行人销骨。问谁使、君来愁绝。铸就而今相思错，料当初、费尽人间铁。长夜笛，莫吹裂。

陈亮（1143—1194），字同父，人称龙川先生，婺州永康（今属浙江）人。他是一位爱国奇才。正如辛弃疾曾向南宋朝廷上《美芹十论》《九议》分析宋金双方形势，提出一系列统一国家的战略策略，陈亮也向宋孝宗进《中兴五论》，其后又连上三书，对当时抗金和收复中原的斗争形势作了精辟分析，请孝宗勿图苟安，当以恢复中原为职志，却被主和派朝臣从中阻挠，反诬之为"狂怪"。他屡遭挫折，但爱国赤忱，忠贞不渝。淳熙十五年（1188）冬，陈亮去上饶访辛弃疾，这两位肝胆相照的爱国英雄同游鹅湖，相聚十日，纵论天下大事，策划恢复大业。据此词小序所写，陈亮走后，稼轩恋恋不舍，第二天即上路追赶，因雪深路滑，无法前行，当夜投宿旅舍，闻笛声悲凉而作此词，表达对陈亮的思念和忧国心事。词的开篇写两人"把酒长亭"，无比痛快。稼轩称赞陈亮气度潇洒如陶渊明，抱负谋略堪比诸葛亮，这是对战友的由衷赞赏和确切评论，也无异于夫子自道。以下写他上路追赶陈亮途中之景象及其感受。鹊踏松梢，雪落破帽，词人戏言是喜鹊为他的破帽添加白发。这一笔细节描绘可谓"一石二鸟"：真切地描绘冬日雪野的寒冷枯寂，表现他追赶挚友不辞辛劳，更是对人生易老壮志难酬的幽默自嘲。以下写冬日雪后，水瘦山枯，旷野荒凉，只有几枝寒梅妆点风光，在写景中有比兴寄托。"剩水残山"语出杜甫《陪郑广文游何将军山林》："剩水沧江破，残山碣石开。"词人有意用来象征被金人侵占中原后南宋的小半壁江山。而几枝寒梅和两三只萧瑟征雁，又隐喻人数越来越少的抗金志士，他们势单力薄，仍在奋力抗争。词的下片又回叙别情，推许陈亮"重约"，又微怨其"轻别"。以下写清江水深冰合，天寒不渡；陆路雪深泥滑，难以前行。这里反用唐代诗人陆龟蒙《古意》诗"愿得双车轮，一夜生四角"，说车轮像长了角似的转不动了。"此地"句用孟郊《答韩愈李观因献张徐州》诗"富别愁在颜，贫别愁销骨"形容自己忧愁伤心。"问谁使"含蓄道出陈亮的愁怨。"铸就"一韵，以极度的艺术夸张与形象的比喻，写他俩费尽人间铁来铸就相思错。这是一语双关，既抒发未能挽留陈亮的后悔与痛苦，又谴责南宋统治者妥协投降造成南北分裂的极大罪过。结尾两句"长夜笛，莫吹裂"，呼应词的小序所写："夜半，投宿泉湖吴氏四望楼，闻邻笛悲甚。"也兼有隐喻象征意蕴。正如蔡厚示所说："'长夜'一词显然是针对时局而发，……在那样一个'长夜难明'的年代里，如龙似虎的英雄人物若辛弃疾、陈亮等，哪能不'声喷霜竹'似地发出撕裂天地的叫喊呢？"[1] 可见，这首词抒

---

[1] 唐圭璋等撰写：《唐宋词鉴赏辞典·南宋·辽·金卷》，第1531页。

写了稼轩与陈亮的深挚战友情谊,使他和陈亮的轩昂气概及英雄形象跃然纸上。再看此词的姊妹篇《贺新郎·同父见和,再用前韵》:

> 老大那堪说。似而今、元龙臭味,孟公瓜葛。我病君来高歌饮,惊散楼头飞雪。笑富贵、千钧如发。硬语盘空谁来听?记当时、只有西窗月。重进酒,唤鸣瑟。　　事无两样人心别。问渠侬、神州毕竟,几番离合?汗血盐车无人顾,千里空收骏骨。正目断、关河路绝。我最怜君中宵舞,道男儿、到死心如铁。看试手,补天裂。

此诗作于淳熙十六年(1189)春,时稼轩仍在上饶。去岁冬稼轩寄《贺新郎·把酒长亭说》给陈亮后,陈和词奉还,情调慷慨激昂。稼轩深受感染,于是再作此词相答。因为陈亮的和作首句是"老去凭谁说",所以稼轩开篇以"老大那堪说"回应,"那堪"比"凭谁"表达光阴虚度壮志成空的感情更沉郁,也更有力度。接着,稼轩用陈登和陈遵两位姓陈的豪士,表达出他和陈亮志趣相投,友谊深厚。其后追念鹅湖聚会时两人痛饮狂歌,竟然使楼头积雪为之惊散飞舞。"惊散楼头飞雪"是艺术夸张与拟人的神来之笔,以积雪惊飞表现歌声洪亮有力。两人的英风豪气和狂放精神,令人如见如闻。继而写两人的人生志向。世人看富贵重比千钧,他俩却视若毛发;那些不合时宜的盘空硬语,他俩彼此都能心领神会。白日痛饮,兴犹未尽,晚上又举杯进酒,呼唤歌妓来弹瑟助兴。这一连串的"即事叙景",真是痛快淋漓,豪情满纸。下片情调陡转,由两人的离合而念及神州的离合,由"即事叙景"转为直抒胸臆。词人说:世间事无两样,人心却大有差别。山河破碎,爱国志士痛心疾首,南宋的执政者却苟且偷安。词人严厉质问他们:神州大地究竟还要有几番离合?朝廷口头上说要爱惜人才,事实上埋没了多少英才俊杰,就好像让千里马拉盐车,让他们累死或者老死于民间，空剩下累累白骨。举目遥望，通向中原的道路早已断绝。于是稼轩对陈亮呼唤：我最爱你这个为人豪侠有胆略的朋友，你就像渡江北伐的东晋名将祖逖在中夜闻鸡起舞，说男子汉到死，收复中原的壮心仍坚强如铁。让我们一起大显身手，学女娲炼石补天裂！结句的"补天裂"是稼轩勃发的肺腑之言，是英雄说出的英雄语。全篇慷慨激昂，唱出了时代的最强音，令人读之也豪气冲冠，恍若与稼轩陈亮一起闻鸡起舞！

  本章第一部分说过的《贺新郎·用前韵赠金华杜仲高》也是一首英雄词。稼轩在上片赞扬杜仲高诗歌意境雄奇幽美，为仲高怀才不遇、命运不偶鸣不平。词的下片转入与仲高纵论国事。稼轩说：仲高不仅才华横溢，而且出身于贵胄人家，门庭显赫，本应飞黄腾达，然而时代风云变幻莫测，朝廷中掌权的奸人如水中鱼龙妖魔兴风作浪，肆无忌惮地压制打击有胆识有才华的爱国志士，还有一些如西晋宰相王衍的人，不务实事，只是空谈误国。我经常深夜不眠，听到屋檐下的铁马儿在悲风中撞击发出的声响，就好像自己骑着铁马征战沙场一样，不禁引吭高歌。仲高，我的好诗友，我们应该时刻牢记：祖国的大好山河正在南北分裂！笔者读着此词，好像听见了稼轩在夜半狂歌疾呼，声震夜空！

  鲁迅先生评俄国大作家陀思妥耶夫斯基小说《穷人》中的人物形象塑造时说："显示灵魂的深者，每要被人看作心理学家；尤其是陀思妥耶夫斯基那样的作者。他写人物，几乎无须描写外貌，只要以语气，声音，就不独将他们思想和感情，便是面目和身体也表示着。又因为显示着灵魂的深，所以一读那作品，便令人发生精神的变化。灵魂的深处并不平安，敢于正视的本来就不多，更何况写出？"[①] 稼轩在这三首《贺新郎》词中，并没有描写他本人和陈亮、杜仲高的外貌，只写了他们的语气和声音、行为和动

[①] 鲁迅：《集外集·〈穷人〉小引》，《鲁迅全集》第七卷，人民文学出版社2005年版，第105页。

作，同样表现出他们的面目与身体、思想与感情，从而显出了他们崇高、丰富、深邃的英雄之灵魂，使他们神采奕奕，活灵活现！

  稼轩在《贺新郎》词中描绘英雄的自我形象，还善于运用拟物与象征手法，塑造出孤鹗和青山的意象，来展现其英雄的豪气胆略、精神品格。上文所举《韩仲止判院山中见访，席上用前韵》下片"当年众鸟看孤鹗。意飘然、横空直把，曹刘吞攫"三句，把他自己青年时代率领义军奋勇杀敌的形象比喻为一只雕鹗，并且以"众鸟看"，烘托出他的智勇超群，众望所归。而"飘然""横空"则显示他兼具儒将的潇洒与骁将的勇猛。"直把曹刘吞攫"，"吞""攫"仍扣紧雕鹗，"曹"指曹操，"刘"指刘备。在众鸟的仰视中，雕鹗正展翼长空，吞曹攫刘。笔者不禁联想到稼轩《水调歌头·舟次扬州和人韵》的"季子正年少，匹马黑貂裘"，眼前闪现出稼轩骤马驰金营于数万敌军中生擒叛徒的惊险场景。而在《用前韵再赋》中，稼轩又有以青山象征英雄的美妙创造，词曰：

  肘后俄生柳。叹人生、不如意事，十常八九。右手淋浪才有用，闲却持螯左手。谩赢得、伤今感旧。投阁先生惟寂寞，笑是非、不了身前后。持此语，问乌有。 青山幸自重重秀。问新来、萧萧木落，颇堪秋否？总被西风都瘦损，依旧千岩万岫。把万事、无言搔首。翁比渠侬人谁好，是我常、与我周旋久。宁作我，一杯酒。

  此词是庆元六年（1200）稼轩61岁家居铅山时作。前韵，指此前作的《题傅岩叟悠然阁》韵。全篇抒写人生失意的牢骚，也表现出绝不苟合世俗的倔强。"青山"六句，写他有幸在家中观赏到重峦叠嶂、风神挺秀的青山，于是他关切地向青山询问道：在这万木摇落的秋季，你能否承受风雨的打击？纵然被西风吹光了木叶，你变得那样消瘦,却依旧是千岩万岫,气象雄伟,屹立于天地之间。在《甚矣吾衰矣》词中,稼轩曾写过他和青山"情与貌,略相似",这里他对青山的赞美,也是对自我英雄风骨与豪气的颂扬。可谓借山写我,山我情融。总之,稼轩《贺新郎》的英雄词成功地刻画出写实的和象征的英雄形象。近千年来,无数读者在获得丰富美感享受的同时,也获得强大的精神激励,立志像英雄辛弃疾和陈亮一样树立恢宏大志,为祖国母亲建立功业。

以上笔者从三个方面评论了辛弃疾的《贺新郎》词。事实证明,辛弃疾是中国古代词史上第一个大量创作《贺新郎》词的杰出词人。据当代学者考证,稼轩《贺新郎》词受到广大读者的喜爱,被历代词人和韵、次韵、学习、模仿最多,传播广泛,影响深远[1]。但从古至今,人们创作《贺新郎》词的成就都不及稼轩,因为这些作者缺少稼轩天赋的文学才华、丰富的思想、渊博的学识、富于传奇的英雄人生经历,以及锐意创新的气魄。稼轩的《贺新郎》词不愧是中国词史上独树一帜的经典。

---

[1] 参见钱锡生、雷雯《论辛弃疾〈贺新郎〉词的传播与接受》,《江西师范大学学报》(哲学社会科学版)2014年第5期。